サイモン、船に乗る

SIMON SHIPS OUT

Jacky Donovan

ジャッキー・ドノヴァン

梶山あゆみ＝訳

飛鳥新社

サイモン（写真提供／ Purr'n'Fur UK）

Simon Ships Out

本書はフィクションであり、猫の目を通して語られるが、主人公の猫は実在し、背景となる出来事や大まかなあらすじもすべて実話である（史実を踏まえた補足説明は巻末註参照）。

主な登場動物紹介（★印は実在した動物）

★サイモン　本書の主人公。白黒のハチワレ模様の野良猫。香港でイギリス海軍艦アメジスト号の水兵に拾われ、冒険の船旅に出る。

ジョジョ　サイモンの兄猫。サイモンからとても慕われている。

★Uボート　サイモンの友だち。海の冒険についていろいろと教えてくれる先輩猫。「Uボート」とは元々ドイツ軍の潜水艦の名称。

チェアマン　大きな体と緑色の隻眼《せきがん》を持つ灰色の猫。サイモンたちを目の敵《かたき》にする。

リレット　サイモンが思いを寄せる香港の美しい白猫。

★ペギー　アメジスト号に乗るサイモンの相棒。茶色と白の毛並みのテリア犬。

★モータクトー　アメジスト号に住みつくネズミたちのリーダー。

サイモン、船に乗る　目次

プロローグ

ジョジョの隣で丸くなって「ぼくには九つあるんだよ」と言ったら、ジョジョは「なあに、ひとつだけさ」と笑った。ジョジョの胸がドク、ドクと打って、ぼくの体に伝わってくる。耳でも聞こえる。本当に。それは少しずつ大きくなって、大きくなって、それからいきなり心臓が破裂した。だってドドーーーンとものすごい音がしたから。ベッドを飛びだして床におりる。

　きっとほかのみんなにも聞こえたんだろう。次々に跳ねおきている。今のは何？　甲板《かんぱん》に走りでて艦首《かんしゅ》のほうに向かう。すると、大きくて恐ろしいハエがヒューンと飛んできて、船に当たった。あわてて身をかわし、艦橋《ブリッジ》に駆けあがる。艦長がいた。コンウェイとウェルバーンが船の舵《かじ》をとっている。

「この船を撃ってくるとは……！」艦長は信じられないという顔をしている。「戦闘配置につけ！　戦闘旗を掲げろ！」艦長は怒鳴り、部下が何人かぼくを跳びこえて大急ぎで走っていった。ぞっとするような音が船じゅうにこだましている。こんなに大きくて悲しい叫び声がこの世にあるなんて。聞いていると全身が震えて、耳も頭も痛くなってくる。誰かあれを止めて。

またすさまじい音がドッカーンと弾けて、ぼくはブリッジの端まで飛ばされた。起きあがりたいけど、できない。前足は床につけられるのに、うしろ足が動かない。体の下にあるものがみんな傾いていて、真っ黒な濃い煙が入りこんできた。煙が目と鼻を突きさし、耳と耳のあいだで甲高い音が鳴りひびいている。首を振って、なんとか体をもちあげようとする。だんだん暗くなり、暑くなってきた。何かが焦げているような、いやなにおいもする。何も見えないし、聞こえない。息をするのもやっとだ。ぼくはうずくまった。ひげも、耳も、毛も、全部立っている。艦長が床に横たわっていた。ウェルバーンは舵の上に伏せている。何がどうなっている？

痛みをこらえて体を起こした。あたりのものを探りながらゆっくりと腹ばいで進んで、どうにか戸口の外に出る。少し空気が吸いやすくなったけれど、息が切れて苦しい。煙の向こうに何かが見えた。コンウェイが寝そべっている。眠っているみたい。変なの。すばやくにおいをかぎ、体をよけながら這《は》っていって、それから甲板におりた。甲板はずいぶんぬれていてすべりやすい。うしろ足がまだ痛む。でも、少しずつなら体を前に引きずっていけた。またドーンと落ちて何人かが倒れ、何人かが甲板の反対側に走っていく。立ちこめる煙。目がさっきよりもひりひりして、のどが焼けるようだ。

恐ろしい音から逃げたくてブリッジを出たけれど、甲板のほうがもっとひどい。泣き叫ぶ声はあたり一面をおおっていて、それをかき消すようにまたすごい音が降ってきた。ズンと響いて船がさらに傾く。しっぽのついた飛行機が飛んではいないかと、煙だらけの空に目をこらす。もしかしたらこれはあのごっこなんじゃないだろうか。昔いた場所でやっていたみたいな？　水兵たちが大きな布を広げているところに何かが爆発して、ふたりが倒れた。ううん、これはきっとごっこじゃないし、もしそうだとしても楽しくない。本物なんだ。広げていたのは旗だった。それを船の横に掛けている。旗がどういうものかは知っているけれど、なんで今そんなことをするんだろう。どこから来たかを教えるだけなら、別のときにやればいいのに。

　恐ろしい音と煙がやんで何も落ちてこなくなるまで、隠れていたほうがいいのかもしれない。でもどこで？　耳が痛い。息を吸うとひどいにおいがして、鼻の奥に刺さる。この音と煙からどうすれば逃れられる？

いや、これが本物なんだとしたら、ぼくは逃げたくない。怖がっていちゃいけないんだ。いったいこのドカーンはどこから来るのか。そしてどうしてなのか。ゆっくりゆっくり艦首に這っていって、外を確かめる。汚い煙が水の上に厚く垂れこめていた。その向こうに何が？

　煙が少し晴れた隙間に、黒々としたものが浮かんでいる気がした。なんだろう。そうだ、船だ。こっちよりは小さいけれど、男の人が大勢乗っている。それならぼくたちと同じなのに、どうしてこんなことをする？　そのとき、人間に交じって別の何かも見えた。小さくてふさふさしたのが足のあいだを動きまわっている。そいつはこちらを向くと、ひとつしかない緑色の目でぼくをにらみ返した。あれはまさか！　そんなはずは……いや、そうなのか……？

頭のすぐ横でまたすごい音が破裂して、耳がもう一度悲鳴を上げた。足が痛い。耳が痛い。ぼくの全部が痛い。今そこを通ったのはペギーだろうか。物音を立てて知らせたいけど、できない。まわりの何もかもがまぶしくてうるさくて、しかもそれがどんどんこちらに迫ってくる。押しつぶされて、体が縮んでいくようだ。甲高い音が鳴りつづけているけれど、それが頭の外なのか中なのか、もうわからない。うしろ足の痛みが脇腹をじわじわとのぼって、前足におりてきた。頭が重い。首ががくりと垂れて、ぼくは甲板に横向きに倒れた。目もくらむ光が黒い闇に変わり、耳をつんざく音はやがて……

静かになった。

第1章　空と陸と

その一年ほど前――

鳥は高く高く、うんと高く上がって、それから港めがけて一気におりてくる。ほら、あれがカツオドリ。今来たのがアビだよ。水にもぐろうとしてる。アカアシカツオドリが頭の上でぐるぐる回って、ふわりと柵《さく》にとまった。みんなしばらくここにいるけど、も少しするともっと暑くなる。そしたら、たくさんの鳥が港を離れてく。

ぼくも飛んでけたらいいのにな。

頭の中で、自分が空にいる絵を見てたら、汽笛が大きくぼーっと鳴った。びっくりして目をつむったとたんに、絵ははじけて消えちゃった。変なの。でも、ほんの少しだけ飛んでみて、こんな感じってわかればもういいのかもしれないね。ぼくはこうして地面に立ってるのが好き。いつまでも浮かんでたくはないし、そのまま二度ともどらないなんてもっとやだ。そりゃあ、鳥はきらきら光る空に上がって、どこでも行きたいとこに行けるよ。けど、ぼくは今の暮らしが気に入ってるし、これからも同じように生きてきたい。ここがぼくの全部。ぼくの場所。ほかのどこでもだめなんだ。

なぜって？

だってここが港だから。大きな船や、それよりもっともっとおっきな船が、いっつもたくさんとまってる。広い海から入ってくるのもあれば、出てくのもある。色とりどりの船、真っ白にかがやく船、暗い時間みたいな灰色の船。煙突が突きでてるのもあるし、たいていの船にはマストに布がくくりつけてある。残らず見分けられるわけじゃないけど、あの布はほんとは「旗」ってゆうんだ。いろんな旗があるとゆうことは、船が世界じゅうから来てるってこと。港の外に広がる海は、たくさんの場所と全部つながってる。それから、大きな船のあいだには小さい船もいるよ。鳥と一緒で、みんな名前がちがう。サンパン、ジャンク、タグボート、フリゲート。

あともうひとつは、もちろんここにジョジョがいるから。鳥の名前でも、船の名前でも、知ってる名前は全部ジョジョが教えてくれた。ジョジョはぼくの兄さんだ。ジョジョの話じゃ、鳥はここが好きなんだって。泳いだりもぐったり、遊んだりするのにちょうどいい場所だから、って。でもほんとは、魚がものすごくいっぱいいるからなんだよ。魚は鳥の食べ物になる。お前だってその気になれば食べ物をとれるぞ、ってジョジョはゆう。桟橋《さんばし》

におりた鳥にそっとうしろから飛びかかったり、水のへりに前足を入れてツメで魚をつかまえたりすればいい、って。でも、はっきりいってあんまり気が進まない。わざわざ体をぬらすのもやだしね。水は苦手なんだ。

こんなことゆうとジョジョは笑うけど、ぼくは鳥が飛ぶのを止めたくないし、小さな魚が泳ぐのも止めたくない。それより桟橋にすわって、みんなをじっと眺めてたい。ぼくの下では魚たちがすいすい動きまわって、上では鳥たちが大きな声で鳴いてる。みんな好きなことをしてて、それがうれしいんだね。もしかしたら歌を歌ってるのかな、よくわからないけど。ジョジョとぼくも夜遅くに歌うことがあるよ。そうすると女の人が「うるさい!」って怒鳴るのが、おかしくておかしくて。一度、バケツの水を掛けられたこともあった。ぼくはぐっしょりぬれちゃったけど、ジョジョは大丈夫だったから、いつもよりもっと大笑いしてたっけ。

男の人や女の人は、よく船に乗って釣りに行く。帰ってくるときには、網やバケツの中にかならず魚をいくつか残しといてくれるんだ。暗い時間にぼくが桟橋で待ってると、笑顔でその魚を放ってくれることもある。こんなこと、ジョジョは知らないんじゃないかな。いっつもあちこちを探検するのに忙しいからね。ジョジョと一緒に出かけるのも楽しいけど、ぼくはただすわってたり、お日様のなかで寝ころんだりしてるだけでもぜんぜんたいくつしない。寝そべってると、毛がほっかりあったまってくる。そしたら、にゅううっと全部の足を伸ばすんだ。

魚をもらったあとや、夜の歌を歌う前には、ジョジョが見つけた新しい場所に連れてってもらうこともある。波止場《はとば》を歩いて、階段を駆けあがって、角を曲がって路地に入ったら、あとはもうスピードを上げてぐんぐん港から遠ざかる。野菜を売ってる屋台の前を通って、止まったニワトリが竹ざおに吊るされてるとこをすぎて、数えきれないほどの人間の足のあいだをすり抜けてく。次々といろんなにおいが鼻をくすぐって、頭がくらくらしてくるんだ。最初は魚、次は肉、それから煙たいにおい。どこから来るのか確かめに行きたいけど、がまんして走る走る、ひたすら走る。男の人や女の人を追いこして、荷車の車輪や黒い車をかわす。人も物もみんな急いでて、みんな叫んでる。忙しい忙しい、速く速く。

じきにジョジョのお目当ての場所に着く。それは、遊び場や隠れ家になりそうな静かなとこだったり、白い足や茶色い足がたくさんすわって何かを食べてるとこだったりする。においでたまらなくおなかがすいてくると、店のご主人がぼくたちに気づいて食べ物を投げてくれることもあるんだ。ほかにもそうゆう場所を一、二度試したことがあるけど、追いはらわれちゃった。ほうきでしっぽを押さえつけられたときには、思わず悲鳴を上げて、いつもよりうんと速く走って逃げたっけ。

それとね、ときどきすごく大きくて硬そうな鳥が、波止場の上を低く飛ぶことがある。

ううん、鳥に似てるけどほんとは「飛行機」ってゆうんだ。飛行機はうしろからしっぽみたいなのを引いてて、それはぼくのと同じくらい長い。飛行機が空に現われたら、ぼくはかならず耳を平らに寝かせるよ。次に何が起きるか、わかってるからね。そう、港じゅうにバンバンってものすごい音がひびきわたるんだ。次から次へと。飛行機は向きを変えて、すごいスピードでおりてきたかと思うと、また高く飛びあがる。あの鳥たちみたいに。

飛行機のしっぽに穴があくと、バンバンは一度やんで、それからまたはじまる。でも飛行機の体に当たることはない。やられるのはいっつも、風にゆれる長いしっぽだけ。これは全部、前と同じことがまた起きないようにするためなんだって、ジョジョが教えてくれた。これはただのごっこで、ジョジョが小さいころにあったみたいな本物じゃない、って。本物だったときは、あれほど恐ろしいことはなかったってジョジョはまじめな顔になる。だから、ものすごくうるさくて、ちょっぴりこわいけど、ごっこだってわかってるからぼくはおびえたりしない。そうそう、ごっこの時間になると、ひとつ楽しいことがあるよ。魚がいっぱい浮いてくるんだ。「キゼツ」したからだってジョジョはゆうけど、それってなんだろう。眠ってるのと止まってるののあいだってことかな。

つまりはそうゆうわけなんだ。飛んでみたいけど、飛んでっちゃうのはやだ、ってゆうのは。おっきな船やちっちゃな船が見えて、空と海があって、鳥と魚と人間と……それからもちろんジョジョがいる。ぼくより大きい兄さんと暮らせるって、なんてすてきなんだろう。ジョジョもぼくと同じで毛は真っ黒。でもぼくは足の先が白いし、しっぽもぼくのほうが長い。昔はお母さんもいた。ジョジョもぼくもそこから来たんだ。ときどき頭の中でお母さんの絵を見るけど、ほんとにいたのは覚えてない。ジョジョはたまに「お母さん」ってゆうことがある。ほんの少しだけだけどね。

それよりジョジョはいろんなお話を聞かせてくれる。ぼくくらい小さかったころに、いきなりひっきりなしにバンバンがはじまった話も。広い海から男たちがやってきて、ここに住んでる人間はみんなこわくてふるえたんだって。どっかに逃げたり、バンバンのお返しをしたりしたけどだめで、男たちはどんどん現われた。ジョジョも隠れなきゃならなくなったんだ。ジョジョがネズミを止めるようになったのはそのときから。そうしないとジョジョが止まってしまうから。人間はこの出来事を「黒いクリスマス」って呼んでたんだって。意味はわからないけど、やな感じは伝わってくるよね。

ぼくがここでこうしてるのが、昔じゃなくて今でよかった。昔はジョジョはひとりだったけど、今はぼくと一緒。ジョジョがいなかったら、ぼくは何をしてただろう。それでも、ネズミにジョジョみたいなことはしてなかったろうな。ヘビにも絶対に無理だ。ヘビだったらジョジョでも逃げる。ジョジョに連れられて、港から離れたとこで遊んでると、草の陰に黒くて長いのがゆっくり地面をすべってることがある。近づくと首を上げてシューってゆう。ちっちゃな舌が気持ち悪くて、いつもよりうんと速く走らないといけないんだ。

あとね、草の生えた丘の近くで、よく男の人が集まって丸い玉で遊んでることがあるよ。走ってほかの人を追いこして、何かの中に玉をけりこむんだ。大勢の人間が駆けまわるのがこわくって、ぼくはこれがあんまり好きじゃない。でもジョジョはちがう。ときどき人間に交じって玉を追っかけたりする。それだけじゃない。ふたりでいるときにちょうどいい玉があると、ジョジョは箱を見つけてきて横に倒す。ジョジョが足で玉をはじいて、ぼくはそれを箱に入れさせないようにしないといけない。ジョジョは頭がいいから、こうゆうことをいろいろ考えだすんだ。でも、ぼくがそん中でお昼寝しようとすると、ジョジョは箱をかぶせてぼくを閉じこめちゃう。たまに意地悪なんだよね。

丘からおりてきて暗い時間が近づくと、ぼくたちはいっつも大きな建物の前を通る。そこには男の人と女の人がたくさん入ってく。女の人は、丘のてっぺんの草よりずっといいにおいがするよ。女の人のそばに行くと、鼻がひくひくして、くしゃみが出ちゃうこともあるんだ。みんなすごくピンク色できれいで、ぼくを見るとたくさんにこにこしてくれる。

女の人はいっつも男の人と一緒。男の人は制服を着てて少しこわい感じだけど、ボタンがピカピカして、ぼくににっこりしてくれることもある。建物の中からすてきな音がひびいてくると、男の人と女の人はぴったり体をつけて部屋じゅうを動きまわるんだ。見てると、ぼくも少しおしりを振りたくなっちゃう。

でも、そのあたりで遊ぶことはあんまりない。緑色の目がひとつしかない意地悪なぼく、、がいて、出くわすたびに牙《きば》をむいてぼくたちを追いはらうから。そいつは「チェアマン」って名前で、ものすごく恐ろしいやつだ。ジョジョでさえこわがってる。最後にチェアマンに会ったときにはこっちに近づいてきて、「ここはおれの場所だ。おれはここに住んでるんだ。今度また見かけたら、ひどい目にあわせてやるからな」っておどした。一緒に遊べばいいのに、どうしてぼくたちをきらうんだろう。とにかくあいつは「性悪《しょうわる》」だってジョジョはゆう。どうしょもなく悪いやつ、って意味なんだって。

でも、このあたりに住むぼくはそんなやつばっかりじゃないよ。ひとり真っ白な子がいて、その子はすごくかわいい。リレットって名前で、楽しそうに走りまわってるのをときどき見かけるんだ。大きな目は片方が青で、片方が金色。ぼくはこの子が大好き。顔も毛もきれいだし、何よりそのにおい。けど一緒に遊んだことはない。会ったらにっこりして、向こうも笑顔を返してくれるだけ。ジョジョは、恥ずかしがらずにあいさつすればいい、ってゆう。ほんとは一度だけ「こんにちは」って声をかけてみたことがあるんだ。でもリレットは返事をしなかった。そしたらなんだか、かっこ悪くて体がうんと縮んだ気がして、それっきり話しかけるのをやめちゃった。

そうだ、あともうひとつ。ここには小さいのも大勢いて、いっつも笑って遊んでくれる。ぼくたちを見つけても、水をかけたり物をぶつけたりしないよ。いっぱいなでてくれるんだ。

ここはすごく臭くなったり、うるさくなったり、忙しくなったりする。でも、うんと小さいころからジョジョに教わってきたから、いろんなことがわかるようになった。どのにおいがよくて、どれがだめかも知ってる。忙しいのは人間がたくさんいるからだってことも。人間はみんな形やにおいがばらばらだし、色がちがうときもある。速くしゃべるのもいれば、同じものを別の名前で呼ぶのもいる。でも、よく見て聞いて考えて、もちろんジョジョに助けてもらってるうち、ぼくはだんだん大きくなって、たくさんのことを覚えてきた。だから、そう、ぼくはこうゆうのを全部ひっくるめて、ここが好き。ときどき追っかけてくる人間とチェアマンのほかは、悪いことよりいいことのほうがいっぱいあるから。

第2章　来る者、行く者

背中にツメが立てられた気がして、ふり向いた。ジョジョじゃない。ぼくの友だちのUボートだ。Uボートはときどきやってきて、それから消えて、そしてまた現われる。港に入った船に飛び乗って、一緒にどっかに行くのが好きなんだ。昔、スノーフレーク号ってゆう船に住んでたことがあったんだって。でも困ったことになった。だから、ニューファンドランド島って遠いとこに船がとまったとき、別の船に乗りかえてここまでたどり着いたんだ。そしてぼくとはじめて会ったってわけ。

Uボートを見たら思わず笑顔になって、ひげがピクピクした。うれしいといっつもこうなる。鼻と鼻をこすりあわせる。Uボートは塩水のにおいがして、毛が体に張りついてた。

「どこに行ってたの？」

「行ってない場所をきいたほうが早いぜ」Uボートはのどの奥で笑って、ぼくの背中に飛びかかってきた。

「海の上でカモメを眺めてたよ。でっかい船を端から端まで走ったさ。あんな楽しかったことはないね！」

「それから？　それから何を見たの？」

Uボートの冒険の物語は、ジョジョのお話と同じくらいおもしろい。これまでもいろんなことを聞かせてくれた。人も物も、全部ひとりの王様のものになってる場所があること。船の船長や、海のクジラや、陸の犬のこと。トラは大きなぼくみたいだってことや、サルってゆう生き物がいることも。

「ありすぎて話しきれないね。今回の旅では、言葉を返してくる緑の鳥に会ったぜ。それから、海の隣にたくさん砂があって、駆けまわってたら足の裏をやけどしちまったんだ。一度、船がどこかに着いたとき、陸に飛びおりたら小さな人間が大勢追いかけてきた。おれみたいなのを見たことがなかったんだな。でも、ただ遊びたかっただけで、おいしいものもいっぱいくれた。あんな楽しかったことはないね！」

Uボートは地面に背中をこすりつけながら、足を宙に突きだして右へ左へころがった。それからパッと跳ねおきる。「お前はどうなんだ。何をしてた？」

「路地で遊んで、足のあいだをくぐって走って、鳥を見てたよ」ぼくはすわりなおして、前足の裏をなめる。

「なんだ、いつも見てばかりじゃないか。見てた、見てた、って。船の先頭に立って、顔に波しぶきを浴びたことはないのか？」

「ないよ、知ってるくせに」

「変なにおいのものを試しになめてみたら、意外とおいしかったってことは？」

「それはたまにある」

「目を覚ましたら、自分がどこにいるかわからなかったってことは？」

「それはない。自分のいる場所はいつだって知ってるよ」

「だろうな」Ｕボートはにやりとした。「でも、その『お前のいる場所』とやらがなんて名前か、覚えてないんじゃないか？」

「覚えてるに決まってるさ」そう返事してから、あわてて考える。前に一度、Ｕボートに教わったことがあったんだ。うん、思いだしたぞ、「ピンポンだよ」

Ｕボートは吹きだした。「ピンポンじゃない、ホンコンだよ！　そしてここはホンコンの中のストーンカッターズ島だ」

ものすごく恥ずかしかったけど、平気なふりをした。

「そんなのどうだっていいよ。自分のいる場所を気に入ってたら、それでいいじゃないか」

「どうかな。少なくとも人間にとっちゃ大事なことらしい」

「どうして？」

「自分の場所がどこかを知ってたら、自分のじゃない場所がどこかもわかるからさ。人間はそういうことを気にするんだ」

Uボートが鼻で指した先を見たら、人間の足が六つ、すぐそばを忙しそうにすぎてった。

「でも、なんで？」

「そしたら自分の場所を守ることができる」

「守るって、何から？」

「同じ場所にいない人たちからだよ、たぶん」

自分の場所。自分のじゃない場所。頭がこんがらがってきた。好きなとこに行って、そこが気に入ったら遊ぶ。それのどこがいけないんだろう。Uボートはいっつもここにいるわけじゃないけど、船を降りて会いに来てくれたらうれしい。チェアマンはそうじゃないから、だからきらいなんだ。ジョジョもぼくも、ただ草の丘の近くを楽しく駆けまわりたいだけ。なのにチェアマンはそれが気にくわない。

「それはそうと、今度はどれくらいいられるの？　このストームカッターズ島に」

「ストーンカッターズだって」Uボートはまた笑った。「船のみんなの話じゃ、この港で必要なものを集めおえたらまた出港するそうだ」

「次はどこへ行くの？」

「知るもんか、誰にもわからないさ」Uボートがぼくのしっぽに跳びつく。「わくわくするような新しいにおいと、探検できる場所のたくさん待ってるところだな」

「船に乗ってて、ぬれたらどうしようってこわくなることないの？」左耳がピクピクした。

「そりゃあ、ぬれることもあるさ。でもそれも楽しいんだ。慣れるもんさ」

もしもぬれたら、って思っただけで、頭からしっぽまで寒気がした。そのしっぽを、今Uボートが寝そべったまま歯でガシガシして遊んでる。

「どっかに着いたときに、お前はここにいちゃだめだって人間に言われたら？」

「さあな。それは人間の考えることだ。おれじゃない。来いよ」Uボートはキュッとのどを鳴らして跳びおきて、ぼくから離れた。「走ろうぜ」

「どこへ？」まだ毛が焼けそうなくらい暑いから、も少しここで寝そべってたいんだけど。ちっちゃな船やおっきな船や、鳥を眺めて、人間が忙しく歩きまわるのを見てたい。何か食べ物をくれるかもしれないし。

「足の向くまま、さ」Uボートはくすっと笑うと、すごい勢いで走りだした。港を駆けぬけて、階段を途中まで上がる。「いいから来いよ、ほら早く！」

しかたなしについてく。Uボートが鼻で指したほうを向いたら、青と白の大きな船が浮かんでた。あれに乗ってきたんだね。ぼくたちは階段を駆けあがって、いくつかカゴの脇を通る。それから、陸に上がったたくさりかけのジャンク船を越えて、たくさんの足をすり抜けて路地に入る。ここのほうが涼しくて、少し暗い。道の両側には、高い高い建物が続いてる。なんだかぼくのほうにかたむいてくるみたいだ。見上げたら、女の人が窓から乗りだして白いきれを振ってた。水のしずくが頭と鼻に掛かって、なめようと思ったけど届かない。前を向くと、Uボートの足が店先のテーブルのあいだを見えたり隠れたり、ぐんぐん遠ざかってく。道に大きな緑色の野菜が散らばってる。Uボートはそのひとつに飛びのって、ぼくのほうをふり返った。

ふう、やっと追いつけた。

「こういうやつを地面から引きぬくところ、見たことあるぜ」

「ほんと？　どこで？」

「たしかあそこはアメリカって呼ばれていたかな」Uボートは野菜から飛びおりた。「いいところだった」

路地の角まで来たらカゴがいくつも積まれてて、そん中にニワトリが入れられてた。おしゃべりしてるのや、ただすわってるの、こっちに背中を向けたのもいる。みんなきげんが悪そうだ。

「かわいそうにね」

「ああ」Uボートは鼻をひくひくさせる。「広い広い海の上で自由気ままに暮らすなんて、こいつらには一生縁がないんだ」Uボートは悲しそうな顔をしてから、にやっと笑って、「でも、食うと相当にうまいけどな」

「Uボートったら！」動きまわってた生き物が止まっ、て、し、まう。そんなこと、考えたくない。たとえおいしくっても。

勢いよく角を曲がって、路地から路地へと駆けてく。まるで迷路みたいだ。もう、ついてくのが大変。Uボートはぼくより強いから、ずっと走ってられる。ぼくはときどき休まないといけない。路地では女の人が戸口の上がり段にしゃがんで、野菜を洗ったり切ったりしてる。コンロに大きなナベをのっけて、表で料理してる人もいた。おいしそうなにおいがそこらじゅうからただよってきて、ナベからも玄関からも湯気があふれだしてる。

「ねえ、Uボート」声をかけたら、立ちどまってふり向いた。

「どうした？」走ってもどってくる。

「おなかが減った」

「そうか、じゃあどうする？　どこへ行く？」Uボートは少し鼻をすすった。

「ここにいたら、誰か食べ物を放ってくれるかもしれないよ」近くの戸口にすわりこんだ女の人のほうを向く。

女の人はぼくたちに気づくと、ほうきをつかんだ。「しーっ！　しーっ！」

「無理そうだな。見ろよ、あの真っ赤な大きな顔。怒ってるぜ」

ほんとだ。人間があ あなったときは、ぼくたちをきらいってことだ。女の人が立ちあがって追いはらおうとしたら、Uボートは段々を駆けあがった。そして女の人のまわりをわざわざひと回りしてから、足のあいだをくぐって走りだした。ぼくも続く。角を曲がって、散らかった木の箱をよけながらまっすぐ行くと、ほこりっぽい広い道にぶつかった。

Uボートが空気のにおいをかぐ。黒い車がひとつ、目の前を通りすぎた。

「よし、向こうに渡るぞ」

道の反対側に走って、トゲの生えた茂みや、きれいな花のあいだをぬってると、またくしゃみが出た。いつのまにか、枯れかけた草むらにいる。

Uボートが鼻をひくひくさせる。「なんだこれは?」

「あっちのほうでバンバンがあるとき、こうゆうにおいがすることあるよ」ぼくは草の生えた丘のほうを鼻で指した。こっからだと、港は丘の向こうにあるはず。あ、とゆうことは……

そのとき、灰色のぼくがひとり、こっち目がけて走ってきた。どんどん近づいてくる。ひとつしかない緑の目が、お日様を受けてぎらりと光った。大きくて、性悪で、恐ろしいチェアマン。うしろ足がふるえる。耳がうしろに倒れて、ぼくは立ってられずにうずくまった。

チェアマンはぼくたちのそばまで来ると、フーッとうなって牙をむいた。

「おれは前になんと言った? もう忘れたか? おれはここに住んでる。ここはおれの場所だ。出てけ」

Uボートがチェアマンの正面に進みでた。背中を丸め、しっぽをピンと立ててる。

「出てかなかったらどうする？」Uボートはわざと意地悪そうな顔をつくって、声もいつもとちがう。「おれが誰だか知らないのか？」

「ふん、見たこともねえ」

ふたりはゆっくりゆっくり、お互いのまわりを回りはじめた。

「おれは故郷《くに》じゃ王様なんだ。住むによさそうな新しい場所を探しに来た。もしここに決めたら、仲間を何百と呼んでくる。そしたらお前はおれたちの最初の敵だ。捕虜第一号だ」

意味はよくわからなかったけど、恐ろしさはなんとなく伝わってきた。

チェアマンはも一度小さくシャーといった。けど、そのうちうしろを向いて、こそこそと逃げてった。

ぼくたちは急いでもどって道を渡って、散らばった木箱のひとつにふたりして隠れた。どっちも体がふるえてたけど、笑いが止まらない。

「すごいよ、Uボート、勇気があるね！　王様のふりをするなんて！」

そう言ったとたん、別の木箱の陰から小さな灰色のぼくが飛びだして、道を横切って草の丘を駆けあがっていった。

「どうしよう。早く帰ろう」

ぼくたちは、来たときよりすごいスピードで港を目指した。路地を抜け、箱をよけ、別の箱を飛びこえる。やさしそうな女の人が食べ物を投げてくれたけど、見向きもしないで走りつづける。それから、ぼくのお気に入りの隠れ家のひとつにもどった。波止場の端っこにある。鳥たちはもうどっかに飛んでって、空にはかわりに雲が浮いてた。港のまわりの高い建物や大きな船に、ひとつ、またひとつと灯《あか》りがついてゆれてる。小さな船が暗い水の上で、ゆっくり上がったり下がったりしてる。

ぼくたちは体を寄せあった。

「おれはもうすぐ行かなきゃ」Uボートが鼻を押しつけてきた。

ぼくはさびしくて、みゅう、と鳴く。

「一緒に来ないか」

ぼくは首を振る。「ここが好きなんだ。ジョジョがいるし、それに……」

「食い物もあるし、か?」Uボートは笑う。「食い物ならよそにもあるぞ。どっさりな」

「そうじゃない。Uボートのお話を聞くのは好きだけど、ぼくに冒険は早いと思うんだ。まだ小さいし」

「冒険できる大きさに決まりなんてないさ」Uボートはぼくに笑顔を向けて、ひげをピクピクさせた。ぼくたちは目を閉じた。鳥が空を飛んでて、ジョジョが大きな魚と遊んでる。お母さんもいる。覚えてるわけじゃない。このお母さんは本物じゃなくてごっ、こ、なんだ。

でも大きくて、黒と白で、あったかい。とっても気持ちがよくて、いつのまにかぼくはのどを鳴らしてたみたいだ。

地面の底から湧いてくるような大きな汽笛の音がひびいて、ぼくたちはうとうとから目をさました。ふたりとも、まだぴったりとくっついてる。

「ああ、あの音だ」Uボートがぼくをちらりと見る。「もう行かないと」

Uボートは立ちあがり、前足をぐーっと伸ばした。しっぽがぼくの鼻をかすめて、くすぐったい。

「じゃあまたな。うまい魚をたらふく食えよ」

それから暗がりのなかへ駆けだしていった。うしろ姿が小さくなってくのが、明るいときよりよく見えた。でもわかってる。Uボートとはまた会える。いつだってそうだ。

さてどうしよう。ここにいるか、こっから動くか。どっかで少し食べ物を探したほうがいいかな。でも、もうしばらくここで丸くなってよう。この隠れ家で。Uボートには Uボートの冒険がある。人間の行ったり来たりを見てるのだって、ぼくには冒険だ。

目を閉じると、またお母さんが現われた。とっても笑顔で、ぼくの鼻をなめてくれる。丸い目がぼくの顔のすぐ前にある。お母さんの黒と白の毛がぼくを包んで……あれ、なんだかおかしいぞ。毛がトゲに変わってる。チェアマンがぼくたちを追いだそうする、あの丘の近くに生えてたやつみたいな。もう毛には白いとこがなくなって、どんどん黒くなってきた。どんどん黒く、どんどん暗く。

そのときものすごいにおいがした。前にかいだことあるような気もしたけど、だんだん不気味なのに変わってく。ぼくは鼻をひくひくさせて目をあけた。影がひとつ、こっちに向かってくる。ゆっくり、ゆっくり。背中を丸めて、体を引きずって、さらに近づいてくる。見覚えがあるような、まるでないような。やなにおいはあたり一面に立ちこめた。そのとき声がした。ささやくように小さく、遠くから。でもすぐにわかった。

「ジョジョ！」ぼくは跳ねおきる。近づいてきた影がぐらりとゆれて、動きが遅くなった。そばに駆けよる。まちがいない、ジョジョだ。

「ジョジョ、ジョジョ！」ジョジョの顔を鼻で押して、片方の耳を甘がみする。もう片方はギザギザに切れてて、ぬるぬるしたのがついてた。よく見ると体じゅうがベタベタしてる。「どうしたの？　何があったの？」

ジョジョは目を上げる。もう体をほとんど動かせない。うしろ足がひとつ、変なふうにねじれてる。ジョジョがせきをしたとたん、黒いベタベタが口からこぼれ落ちた。ますますやなにおいになる。ジョジョが自分のなかに消えてっちゃうみたいな、ぼくから離れてくみたいな、そんなにおい。顔をなめてみたけど、ジョジョは目を閉じた。

「Uボートと……路地で遊んでたんだろう？」またせきをする。

「うん」

「お前のにおいがして……だから捜した……そしたらおれは……まずい場所に行ってしまった」それから目をあける。「チェアマン……」

「チェアマンにやられたの？」

「ああ……やつがどこからともなく……現われた……飛びかかってきて……そこらじゅう引っかかれた……襲われて……丘を転がりおちて……そのときこの……」ジョジョは自分のうしろ足を見ようとして、悲しそうに息を吐いた。

「ああ、ジョジョ、ジョジョ！」

「これは……お前の友だちの『王様』への分だと……」

ぼくは目をつむった。

「体を引きずって……這ってきた……ここにお前の……においがしたから……痛い……」

声がかすれてる。

「どこが痛いの？」もう一度、鼻でジョジョの鼻をこする。

「どこもかしこもさ……おれはもう……いいか、お前は……」

ジョジョはまた目を閉じた。そして、止まった。

やだ、うそだ、こんなのおかしい！　ジョジョの体を鼻で押す。ベタベタしてたけど、かまわず顔をなめた。背中に飛びのって、ツメを立てたりもした。でも動かない。止まった。止まってしまった。止まってしまったんだ。

ぼくは立ちあがって、体の底から上がってきた大きなものを吐きだした。

あおおおおおおおおおおおおおおおおん……！

何度も、何度も。どっかで人間の怒鳴る声がする。ぼくは背中を丸めた。しっぽが硬く、まっすぐ突きでてる。あのバンバンのときの飛行機についてるやつみたいに。それから跳びあがって、箱のうしろに駆けこんで、また外にもどる。ジョジョはまだ倒れてた。止まったままだ。

　どうしていいかわからなくて、とにかく駆けだした。走って走って、ぐんぐん走って、港を抜けて、角を曲がって、それからふり向いてまた帰ってきた。箱のうしろに飛びこんで、顔だけ出してあたりを見回す。Uボートの乗った船が少しずつ波止場を離れてく。Uボートは遠くへ行く。ジョジョは止まってしまった。そこらじゅうで灯りがきらめいてる。なぜきらきらしてる？　何を照らそうってゆうの？　続けてせきをしたら、黒い毛玉が口から飛びだした。体を縮めてもっと丸くなって、それからぼくは叫び声を上げた。逃げだしたい。この本物から。ぼく自身から。だってほかにどうすればいい？　叫びつづけてれば、何もかも止まるんじゃないだろうか。ぼくも止まるんじゃないだろうか。

　体がふるえだした。箱の陰に隠れててもちっとも安心じゃない。チェアマンが来てぼくを見つけたらどうする？　ぼくはもうひとりぼっち。誰も守ってくれない。足が、体が、がくがくして止まらない。すごく寒い。どうすればいい？　どこに行けばいい？　箱の裏でうずくまって、すてきな絵を思いうかべようとする。立って駆けだしたくなるような絵を。あったかくて、気持ちが休まるような絵を。なのに何も現われない。

もう逃げる場所はない。逃げこむ相手もいない。じっと伏せてると、恐ろしい絵ばっかりが浮かんで消える。息が速くなる。鼻とひげがひくひくする。どうしたらいい？　うずくまって、待つ。でも何を？　目を閉じても、出てくるのは不気味な絵ばかり。こわい。ひとりぼっちが、ただただこわい。ジョジョは行ってしまった。ぼくにはもう誰もいない。ぼくはそこでふるえて、そして待った。

そのとき、しっぽがやけにまっすぐ伸びたまま固まってる気がした。引っこめて体に巻きつけようとしても、できない。前足を伸ばしてみても、両方の耳をパタパタさせてみても、しっぽはびくともしない。きっと凍っちゃったんだ。寒い。体が動かない。こんなのやだ。ぼくはどうなっちゃったの？　これからどうなる？　目をつむってみる。今度目をあけたら、別の場所にいるんじゃないだろうか。今度目をあけたら、ジョジョに会えるんじゃないだろうか。今度目を……

今のは何？　ごそごそ音がした。こわくてふり返れない。何かがうしろにいる。チェアマンだ。ぼくを見つけたんだ。ぼくのことも止めようとしてる。ついにこのときが。

ぐい、としっぽがうしろにもってかれる。こわくて声が出ない。前足を伸ばしてツメを立てて、地面をつかもうとするけどだめ。引っぱられる。引きずられる。きっと次にシャーッと牙をむく音がして、背中にツメが食いこむんだ。こんなのやだ。お願い、明るくなって。暗いのはきらい。鳥が見たい。こんなとこにいたくない。ほら来た、ツメだ。背中に感じる。

ううん、ツメじゃない。ぼくは手でつかまれてるんだ。しかも、とってもやさしく。目をあけてふり向いたら、人間がひとり、ぼくを見てる。男の人だ。笑顔で、目が少しぬれてる。手があったかい。

「やあ、おちびちゃん。何か隠れてる気がして来てみたら、きみのしっぽが突きだしていたんだよ。おいで、ずいぶん震えてるじゃないか」ぼくをもちあげて、腕に抱えた。この人はなんだろう。ぼくをどうするつもり？

「大変だ、息が速いね」声を聞いてたら、なんだかすっかり気持ちが落ちついて、心がほかほかしてきた。体のふるえがやんで、こわばってた足がだらりとたれる。

「下におろしたら、逃げていっちゃうかい？」

しゃがんでぼくを地面にもどそうとする。でも、ぼくはこのまま腕の中にいたい。

そう思ったとたん、また立ちあがって、も一度ぎゅっとしてくれた。ぼくがいやがってるのをわかってくれたんだ。この厚ぼったい上着にくっついていたい。すごくあったかいから。お母さんって、きっとこんな感じだ。

「よしよし。ぼくと一緒に来るかい？」

あばれたほうがいい？　そしたらおろしてくれるから、好きなとこに逃げればいい。でもどこへ？　誰のとこに走ってけばいい？　今はこわくない。安全で、守られてる。

「おりなくていいんだね？」

ぼくは腕によけいに顔をうずめた。

「よしわかった。話は決まりだ」

たちまちぼくは、ぼくの場所に背を向けて、路地からも離れて、一緒に波止場を歩いてく。ずんずん、ずんずん。腕の中で、地面からとっても高いとこで、風を切るように速く。なんだか宙に浮いてる気分。かがやく空に上がった鳥みたいに、ぼくは今飛んでる。そして飛んでくんだ、ここを出て、どっか別の場所へ……

第3章　あるのは今だけ

上着と腕のすきまから外をのぞく。目の前に大きな大きな船が現われて、そこに近づいたら黒々とした海が見えた。その船を通りすぎて歩いてくと、別の船がとまってる。ぼくを運んでる人は、その船を見上げた。波止場には、両側に手すりのついた細長いものがあって、上に向かって伸びてる。まるで大きな舌が、ぼくたちふたりをペロリとなめようとしてるみたい。少しよろけながら、その段々をのぼってく。船の上に着いた。

「音を立てちゃだめだよ」男の人が耳元でささやく。「ぼくが怒られるからね」

言われなくても声なんて出ない。何がなんだかわからないし、体のふるえも止まらないもの。腕の中から少し目を出してみたら、船の横ちょに手すりが続いてて、その反対側に小さな丸い窓がいくつか並んでた。舌のてっぺん近くに男の人が何人かいる。ぼくはあわてて首を引っこめた。手が伸びてきて、頭をさらに押しこめる。

「しーっ」さっきよりもっと小さい声。「あれは操舵手《そうだしゅ》のシャープ、あっちが掌帆手《しょうほしゅ》のウェルバーン。見つかったらおしまいだ」

　でも、どうやらふたりの横をうまく通りぬけられたみたい。体は動きつづけてて、「もう大丈夫」って声がしたから。上着の袖《そで》で頭をなでてくれる。またほんの少しだけ外を見た。ここは変わったにおいがする。なんだろう、今まで一度もかいだことがない。人間といろんなものが混じって、やな場所によく似たにおいもする。あのときのあの……ぼくは目をぎゅっとつむって、よくない絵を追いはらった。

　ぼくたちはゆっくり進む。片側に手すり、反対側に小さな丸い窓がすぎてく。手すりの向こうをのぞいて、海がどれくらい下にあるのか確かめてみたかったけど、腕と胴体にはさまれて動けない。ジョジョが教えてくれたみたいにマストや旗はあるのかな。上を向いてみたいのに、上着や腕がじゃましてだめだ。

　ああ、ジョジョ、ジョジョ。ほんとは止まってなかったとしたらどうする？　ぼくがいなくなったあとで動いたかもしれない。もしもただ眠ってただけだったら？　さもなきゃキゼツしてたとか？

　……ううん、きっと目をあけなかったね。黒っぽいベタベタが体じゅうについてたし、においも変だったから。もうそこにいないような感じもした。あのままあそこに残ってたら、ぼくはひとりぼっち。でも今はここでこの人と一緒だ。それに、船に乗ったことはないけど、すごく楽しいってUボートは言ってた。今はまだあんまり楽しくはないけど、だからってそんなにこわい気もしない。この男の人はぼくの面倒をみたがってるみたいだしね。ぼくはゆっくりとまばたきをした。恐ろしいチェアマンの近くにいるくらいなら、ぜんぜん知らないこの人のそばがいい。

ぼくたちは鎖の下をくぐって、いくつか階段をおりる。ドアがあいてて、その先はもう船の中だ。さっきより暑くて、人間のにおいも強くなった。それから腰をかがめて、隠れ家みたいなとこに入る。ぼくを運んでる人は、大きな魚とり網をフックから外して別のフックに引っかけた。そしてやっとこさ網によじのぼって、中におさまる。ぼくたちが乗ると、網は右に左にゆれた。男の人は毛布を体に掛けて、その上にぼくを置く。

ようやく正面から顔が見えた。向こうもぼくを眺めてる。大人の男の人とゆうより、あの小さいのみたいだ。ほら、よくぼくを追っかける……じゃなくて、よく追っかけた……追っかけ……だめだめ、やな絵が湧いてきたので、ぼくは首を振って閉めだす。かわりに、近くの壁にきれいな女の人たちの絵があったから、それをじっと見つめる。みんな服を着ないで、よく寒くないね。

男の人がにっこり笑う。「ぼくはジョージ。きみのことはなんて呼べばいいかな」ぼくに息がかかって、少し気分が悪くなった。ジョージのまゆ毛が真ん中に寄る。「うん、サイモンにしよう。サイモン、船は好きかい？」

サイモン!?　サイモンだって!?　ジョジョはぼくのことを「チビ」って呼んでたのに。

ジョジョのことを思いだしたら悲しくなって、ひげがしおれた。ぼくは、くーん、と声を上げる。サイモンって名前のほうがいいのかな。そしたら、またひげがピクピクして、走りまわりたくなるかもしれない。うん、そうなるといい。

あたりを見回してみる。やっぱりいろんなにおいがして、なかなか慣れない。こもったにおい。湿ったにおい。それにまだだいぶ暑い。Uボートが背中に飛びかかってきたときくらい暑い。この部屋にはほかにも男の人が大勢いる。みんなジョージみたいに小さなベッドを吊るして、そん中でゆれながら寝てる。鼻を鳴らすような、うなるような音を立ててるのもいる。すごく暗かったけど、ぼくの目は暗いのなんかへっちゃらだ。テーブルがひとつ、イスがいくつか、天井にいっぱい管が走ってて、よくわからないものもたくさんある。Uボートの船の中もこんな感じなのかな。

ジョージが少し体を起こして、もがきながらズボンと長靴を脱いだ。長靴をズボンでくるむと、それを頭の下にしいてまた寝そべる。ぼくはどうすればいいんだろう。頭の中の絵もすっかりごちゃごちゃになっちゃった。少しこわくて、少し悲しくて、でも別の何かも少しある。よくわからないけど、このままここでジョージと一緒にいるのがいい気がした。だから体の上でぐるぐる回りながら、落ちつく位置を探した。ジョージの足のほうに顔がくる。汚くて、臭い。そしたらジョージが何かもごもごとつぶやいたかと思うと、ぼくをもちあげて自分と向きあうように置きなおした。

「ごめんよ、サイモン、しっぽで鼻がくすぐったくて」
それでまたUボートのことを思いだした。そうだ、Uボートが走ってく少し前、ぼくはひとつ約束をしたんだ。自分に対して、それからジョジョに対しても。これからはほんとに勇敢になる、って。Uボートみたいに、そしてジョジョがそうだったように。船で暮らして、いろんな場所に行くのは楽しいってUボートは笑ってた。でもそれは、Uボートがぼくみたいになんでもかんでもこわがったりしないからだ。だからぼくは同じようになりたい。Uボートのように。ジョジョみたいに。

ジョージのまぶたが閉じてきたけど、ぼくはもう少し起きてたい。でも、ただここで伏せてたほうがよさそうだ。静かにしてろって言われたから、じっとして、音を立てずに、あたりを眺めてよう。少しこわくて、少し悲しいけど、別の何かも少し……

ほかの男の人たちがまだおかしな音を出してる。ジョージも始めた。ジョージは鼻を鳴らして、そのあいまに何かしゃべってるみたい。変なの。誰と話してるんだろう。ジョージの頭の中にも、ぼくみたいな絵があるのかしら。

ぼくも目を閉じる。するとどこかで「カチ、カチ」と音がして、「はあ、はあ」って息も聞こえてきた。ぼくの目がパッと開いて、部屋じゅうを駆けめぐる。耳がうしろに倒れて、ひげがふるえだした。おかしなにおいもする。そのとき、毛だらけの大きな頭がひとつ、いきなりこの隠れ家に入ってきて、ぼくのことをじっと見た。どうしよう！　犬だ。

波止場のあたりじゃ、ぼくを追っかけて食べようとする犬もいたし、とってもやさしいのもいた。これはどっち？　友だちなのか……そうじゃないのか。どうすればいい？　Uボートとジョジョを思いだす。ふたりとも勇気があった。ぼくもそうなる。ううん、せめてそのふりをする。

犬はぼくから目をそらさない。でも、うなったり、歯をむきだしたりもしない。

ぼくはコホンとせきをしてからようやく、「きみは、犬だね」

「そうよ。ペギー二等水兵犬、御用をうかがいにまいりました」それからぼくの顔をなめる。「あなたはだあれ？」

「ぼくはサイモンって呼ばれてるんだと思う」

「サイモンって呼ばれてると思うだけなの？　なんて変わってるのかしら。で、ここで何をしているの？」

「よくわからないんだ。ぼくは……と一緒にいたら、そしたら……で、だから隠れてたら、そのとき……」ぼくはべそをかきはじめた。

ペギーがぬれた鼻を顔に押しつけてくる。ぼくはびくりと体を縮めた。

「心配しないで、噛《か》んだりしないわ。意地悪な犬ばかりじゃないのよ」

少し気分がよくなった。やなことはこれ以上起きてほしくない。それにしてもこの犬はいい犬みたいなのに、同じぼくのチェアマンが悪いやつだなんて。ほんとにどうなってるんだろう。

「少しあたりを案内してさしあげましょうか？」

「えーと、とってもさしあげてもらいたいと思います。でも、このジョージがじっとしてろって言ったと思う」

「あなたはずいぶん『思う』のね」ペギーは鼻を鳴らす。「あたしはもっと……なんていうのかしら、まず『動く』タイプ。このジョージはぐっすり寝ているわよ。いびきをかいているくらいだから。だからあたしは『行く』に一票」

イビキ。はじめて聞いた。おかしな言葉。

ぼくが立ちあがると、ベッドはますますゆれた。床に飛びおりる。

「こっちよ」そのときペギーの熱い息がぼくに掛かった。ジョージのより、部屋にこもった足のにおいより、もっとひどい。

ぼくはあとをついてく。ペギーは頭としっぽが茶色で、体は茶色と白だ。歩くたびにおしりがゆれて、よく見ると体全体を重そうにゆすってる。きっとこの船でいっぱい食べてるんだ。だったら、ここもそんなに悪くないかもしれないね。

「いっつもこんなに暑いの？」ペギーのおしりに話しかける。

「そうよ。海に出れば別だけど。もっと暑くなることもある。でも慣れるわ」

階段の下の隙間をペギーがどうにかくぐり、続いてぼくもすばやくすり抜けたとき、ペギーの足もぼくの足も「カチ、カチ」っていってるのに気づいた。階段を上がって、また甲板に出る。星がまばたきして、涼しい風がさわさわと吹いてた。あんまり気持ちがいいから、少し体をなめてきれいにすることにする。そしたらペギーがいきなりほえた。ぼくはびっくりして跳びあがって、ころげそうになる。

「船べりを飛びこえるのはやめてね」ペギーはくすっと笑った。

「船べりって？」

「船の横のところよ。そこから海に落ちちゃったら、飛びこんであなたを引きあげないといけないない。それは勘弁してもらいたいの」ペギーのしっぽが少ししおれた。

「きみも水がきらいなの？」

「まさか、大好きよ。ただ、さっきすばらしくきれいにブラシをかけてもらったの。気づかなかった？　あたしのこのツヤツヤの毛」

それからまた歩きだす。「さあ、こっちへ。艦首に案内するわ」

ペギーは少し息を切らしながら進んでって、ぼくはうしろをついてく。小さな丸い窓がぼくの左側、船べりってやつと海がぼくの右側。途中にいろんなものがあって、飛びこえたり、くぐったり、通りぬけたりしながらどんどん歩く。狭いとこがあっても、ぼくはひげで幅を測れるから楽々すり抜けられる。でもペギーは無理やり体を押しこまないといけない。大きいと、何かと大変なんだね。

ペギーはぼくの先を歩いてたけど、すぐに追いついた。だからって、追いこせるほどじゃないので、ペギーのおしりとしっぽのあたりにちょうどぼくの頭がくる。ペギーは狭いとこを通りぬけようともがいてるとき、しっぽをもちあげて小さくプーとした。さっきの部屋にいた人間の足を全部ひっくるめたより臭い。

ペギーはふり返り、声をひそめる。「ごめんあそばせ。ときどきやってしまうの」

ぼくは鼻にしわを寄せた。

ペギーは気をとりなおして話を続ける。「船のこちら側は右舷《うげん》っていうの。あそこに見えるのが救命ボート」

キュウメイ？　九人しか乗れないの？

「それからあそこの輪っか」首を向ける。「あの輪っかを海に投げたり、救命ボートをおろすようなときがくるとすれば……それはね、たぶんすごく恐ろしいことが起きたっていうしるし」

「輪っかは何をするの？」頭がこんがらがってきた。

「人を救助するのよ。救助っていうのは、命を助けるっていう意味」

ジョージがしてくれたみたいにだね、きっと。

また階段があって、ペギーはそこを上がりはじめた。「そして、船のあちら側は左舷《さげん》よ」

階段は急で、ペギーは息を切らしてる。ぼくは段から段へ軽々と跳んで、ペギーより先にてっぺんに着いた。ようやくペギーが追いつく。「でね、ここは砲列甲板《ほうれつ》っていうところ」

右べり。砲列舷。左甲板。新しい言葉がいっぱいだ。Uボートは一度もこんな話をしなかったのに。ぼくはあたりを見回す。

「あそこにふたつ突きでてるのは何？　長い鼻みたいな？」

「あれは砲塔《ほうとう》よ」ペギーは近づいていって、くんくんと鼻を動かす。「これで砲撃するの。耳が聞こえなくなるような、ものすごい音がするわよ」

ぼくも少しにおいをかいでみる。「ホウゲキって？」

「質問ばっかりね、サイモン。砲撃の意味なんて、知らないにこしたことはないの。さ、行きましょう」

ぼくたちは砲列甲板を走りぬけて、船の一番先頭まで行った。またあの大きな舌のところにもどってきたけど、ソウダなんとかやショウホなんとかはもう姿もにおいもない。

「ここが艦首」ペギーははあはあしてるけど、なんだか得意げだ。横にはまたいくつか砲塔が並んでる。ぼくは外を見た。すぐ目の前には別の大きな船。そして広い海に向かって波止場が伸びてる。それがみんな、まわりの建物の灯りや星の光に照らされてた。ぼくは自分が海に乗りだしてく絵を思いうかべてみる。涼しい風がぼくの耳をうしろに倒して、頭の上をいろんな鳥が飛んでるとこを。

ぼくはふり返る。「あれは何?」

「あそこは旗甲板で、あの高いところが艦橋《かんきょう》。ブリッジともいうの」ペギーはすっかりまじめな顔になった。食べ物をいっぺんに詰めこんじゃだめだって、ジョジョがゆうときの……じゃなくて、言ったときの顔みたいに。

「あれは橋《ブリッジ》じゃないよ。橋がどうゆうのかは知ってるもの。水や道の上にかかってて、そこを行ったり来たりするんだ」

「あれが船の橋《ブリッジ》なのよ、サイモンちゃん」ペギーはなんだか少しゴウマンな感じだ。「ゴウマン」――ジョジョから教わったなかでも、とくに気に入ってる言葉。「艦長があの中に座って、ほかの人もあそこで働いて、船の向きを変えたりするの。誓って本当よ」

そうか、同じものを見ても、ちがう人間がちがう名前をゆうようなものなんだ、きっと。別々のものに同じ名前がついてることもあるんだね。頭がもっとぐるぐるしてきた。

「あの中にはたまにしか入れてもらえないの。だから、きっとあなたも無理よ。ブリッジの奥には、艦長が眠る部屋がありますからね。そこをのぞいてみようなんて、間違ってもい、い、い、思っちゃやだめよ」

艦長。さっきも聞いた言葉だ。

ペギーがそう話してるときに、男の人がひとりブリッジから現われて、こっちに向かって歩きだした。真っ白な服を着て、飲み物を手にもって、口から煙を出してる。こわい。

ペギーもぼくも縮こまって、砲塔に体を押しつけた。

「行くわよ。あれが艦長。見つかったらあたしたち、大変なことになる。あ、あたしたちじゃなくて、あなただわ」

ぼくはふるえて、階段めがけて駆けだした。あれが艦長。口から煙が出てる人。ペギーがついてきてる音がする。よかった。ぼくは急いで急いで、とにかく急いで、それから隠れられそうな場所を見つけた。熱い息を切らしながら、ペギーがようやくぼくに追いつく。おなかがものすごく波打ってる。

「いやだ、サイモンったら！」ペギーの舌がだらりとたれる。「すごく足が速いのね！」

「ぼくたち、見つかっちゃった？」

「たぶん大丈夫。だって怒鳴られなかったでしょ？」ペギーもぼくが隠れてるとこに入ろうとするけど、うまくいかない。やっと息が普通にもどったみたいだ。

「そうだわ、そうよね！」ペギーがいきなり笑いだした。「あなたが何者か忘れてた！」

わかってなかったの？　また頭がこんがらがっちゃう。

「あなたは密航者―」

「ミッコン……何？」

「こっそり船に乗ることよ」

でもぼくはこっそり乗ったんじゃなくて、連れてこられたんだ。ジョージに。ぼくはうつむいた。ペギーはぼくがしょんぼりしたのに気づいたんだろう。

「心配いらないわ、大丈夫だから。暗いときに物を考えると、よくない方向にいってしまうものよ」

ぼくたちは黙ってすわってた。

ぼくの鼻にしわが寄る。「きみ……また？」

ペギーは下を向く。

「あのときのビスケットがいけなかったのね、きっと」

それから顔を上げて、「じゃあ、ジョージのところに戻りましょうか」

ぼくはパッと立ちあがった。ペギーは重そうに体をもちあげる。

「で？　どう行けばいいのか覚えてる？」

ぼくはわけなく帰り道を見つけた。鼻がきくんだ。こっちのにおいから、あっちのにおいへ。どっちもひどいことに変わりはないけど。

みんなが寝てる暗い部屋の前まで来た。

「さあて、と。アメジスト号へようこそ、かわいい密航者のサイモン。ここが気に入った？」

「ちょっと臭いように思うけど、うん、気に入ったと思う。ずっといても、怒られないかな。どう思う？」

イギリス海軍艦アメジスト号（写真提供／Purr'n'Fur UK）

「さっき言ったでしょ、おばかさんね。あたしはくだらないことをあれこれ思ったりしないの。昨日は古い、明日はまだない。あたしたちにあるのは今だけよ。心配しちゃだめ」

その言葉を残して、ペギーはどこかへ歩いてった。この臭い部屋のベッドみたいにおなかをゆらしながら。ぼくはジョージのとこに走ってって、イスに飛びのってから胸の上にもどった。ジョージはぴくりとも動かない。ぼくは目をつむる。楽しい絵だけを見ますように。こわくてやなのは出てきませんように。

「あるのは今だけ、あるのは今だけ」

ジョージの胸が上がったり下がったりするのがとっても気持ちよくて、心がやらかくなる。ぼくはいつのまにかのどを鳴らして、そのまま眠った。

第4章　冷たくて見えない

目をあける。ここはどこだろう。でも、においですぐに思いだした。人間が起きてせきをする音や、ぶつぶつしゃべる声がする。腕に色や模様がついてる人もいるけど、あれはなんなのかな。ジョージは口をぽかんとあいたまま、まだぐっすり寝てる。ほかの人たちが伸びをして、ゆれるベッドから次々に出てきたとき、誰かがぼくに気づいた。

「おいおい、見ろよ、これ！」

「ペギーは知ってるかな。きっと朝めしにしちゃうぞ」笑い声がする。夜のうちにペギーに会っててよかった。そうじゃなかったら、きっとふるえあがってたよ。

何人か近づいてくる。ひとりは細長くて、頭の毛が真っ赤。もうひとりは茶色い毛で、別のひとりには毛がない。ぼくは体を縮めた。きっとそのときツメを出しちゃったんだね。ジョージが「痛いっ！」って跳ねおきて、どこかに頭をぶつけた。

「ちっちゃな仲間ができたみたいだな」毛のないのがにやにやしながらジョージをつつく。

「どういうつもりだ、女のかわりになるとでも？」男たちがどっと笑った。その声に驚いて、ぼくは跳びあがる。ジョージは目をこすりながら頭をさすった。

「昨日の夜、陸で飲みすぎちゃって、少し頭を冷やしてから船に戻ろうと思ったんだ。そしたらこのちっちゃいのの声がして」ジョージは体を起こそうとするけど、ベッドがゆれるのでまたうしろにひっくり返った。

「ははあ、やさしすぎるんだよ。お前らしいな、ジョージ」赤毛の男が笑う。

「そうそう、やさしさはたっぷりだけど、おつむはちょっと足りない」これは毛のない男。

「艦長がなんて言うと思う？」

「さあ。あまり考えなかった、そういうこと」ジョージのまゆ毛が真ん中に寄る。

ペギーは昨日、なんて言ったっけぼくのこと。ぼくは考えすぎるって。ペギーはちがうって。今またジョージが同じことを話してる。変なの。

「さっさと考えといたほうがいいぞ、ジョージィ坊や」毛のない男が続ける。「艦長はあとで食堂に来て、おれたちと話をしたいみたいだから」

「ちょっとどいてくれない？」ジョージはようやくベッドからおりた。「洗ってこないと」

うん、ほんとにそうしたほうがいい。

「洗ってるあいだに何か知恵がつくかもな」急いで部屋を出るジョージの背中に、茶色い毛のやつが声をかけた。

ぼくは前足をもちあげて、朝の毛づくろいを始める。ぼくから離れてどっかに行った人もいれば、すわって、紙を丸めてくわえるのもいた。でもって、その紙を火で燃やしてる。何？　そしてそこから煙を吹いた。昨日の夜の艦長みたいに。体をきれいにしながら、ぼくは不思議でしかたなかった。自分の口に火をつけるなんて、どうしてそんなことするんだろう。誰かがうるさい声で怒鳴りあってる。けど、もうそんなにこわくない。ぼくの顔にも火を近づけてきたら別だけど。

体じゅうがすっかりきれいになったとき、あの「カチ、カチ」って音がした。ふり向くとペギーが部屋の外からのぞいて、ぼくを見てる。

「おはよう」ペギーはしっぽを振ってる。「もう何人かと知りあいになったみたいね。からかわれなかった？」

「ペギー、ペギー、おいで」毛のない男が大きな声を出した。テーブルのとこでイスにすわって、手に何かもってる。ビスケットみたいだ。ペギーはさっきよりもしっぽを振りながら駆けよって、男のとなりのイスに飛びのった。

「このちっちゃい友だちは気に入ったか？」毛のない男はペギーの頭をなでる。「ペギーに嚙みついたりしなかったのは偉いな。おいで、クロ、こっちへおいで」

クロ？　ぼくはサイモンじゃなかったの？　それとも、まだ見てない別のぼくがいる？

ペギーが首を動かして、ぼくにも来るように合図するので、ゆれるベッドからおりて近づいてった。毛のない男が膝《ひざ》をパンパンと手で叩《たた》く。ぼくはそこに飛びのる。するとと茶色い毛の男が、「気をつけろよ、ガーンズ。ジョージのガールフレンドに手を出しちゃまずいだろ」

クロ？　ガールフレンド？　人間は変なことばかりゆうね。

ガーンズになでられて、ぼくはのどを鳴らした。しっぽが少し、右に左にゆれる。茶色い毛の男が自分の口に何かを入れた。

「一本くれよ、マッカネル」ガーンズが頼む。

「お前のカイ*を分けてくれたら考えてやるよ」マッカネルは口にくわえた紙に火をつけて、少し煙を出す。それからかがんで、ぼくの顔めがけて煙をみんな吐きだした。目がひりひりする。どうしよう、このマッカネルって人、あんまり好きじゃないかもしれない。

「よせよ」ガーンズがマッカネルを押して、ぼくから離した。ぼくはペギーのほうを見たけど、ひたすら何かを食べててこっちを向いてくれない。

「誰かちょっとだけトランプしないか？」赤毛の男だ。

マッカネルが返事をする。「無理だね、赤毛《ジンジャー》。〇七〇〇までに万事きちんと整頓《せいとん》しとかないと」

＊　板チョコを削ってつくるホットチョコレート

ガーンズは手を伸ばして、テーブルの向こう端にある大きなガラスの水差しを取った。別の男が現われて、水の中にポチャンと何かを落とす。それはカラカラと音を立てて水に入って、ぼくにしずくがはねた。びくっと首をすくめる。

「ふん、ぬれるのがいやか」マッカネルが鼻を鳴らす。「じゃあ、ここにいてもあまり楽しくないだろう。船べりから海にぶん投げてやろうか？　そしたらすぐ水に慣れるぞ」

マッカネルのゆうとおりかもしれない。ジョージがいなくて、ペギーは食べ物と仲よくなってて、もうここが安全な気がしなくなった。だいたい、ぼくはここで何してるんだろう。ペギーはぼくのことをなんて呼んだ？　そうだ、ミッコン。ぼくの場所の名前はホンコンだ。ぼくは本当に離れてくの？　ホンコンのストーンカッターズ島から？　もしかしたら、今すぐ膝から飛びおりたほうがいいのかもしれない。階段まで走って、いろんなすきまを全部くぐって、あの大きな舌をおりたほうが。でも、もしも舌がもうなかったら？　船べりから海にザブンと飛びこんで、ずっと泳いでく勇気がぼくにある？

ガーンズはグラスをたくさん並べて、水を入れてく。水差しの中からカランカランと音がして、何かがキラッと光った。透きとおったのが水差しの中に浮いてて、水と一緒にゆれてる。なんだろう。そしたら、ぼくの様子に気づいたのか、赤毛《ジンジャー》がこっちに水差しを押した。ガーンズがぼくを見下ろして、ぼくはガーンズの目をじっと見る。

「ああ、ごめんよ、クロ。のどが渇いてるんだろ？　マッカネル、皿を取ってきてくれ」

「自分でやれよ」

ガーンズはため息をついて立ちあがる。ぼくは膝の上から飛びあがって、テーブルに乗った。

「うう、どけよ！」マッカネルは大声を出して、ぼくを押しのけようとした。

「ほっといてやれよ」ガーンズがマッカネルをにらみつけながら、またイスにすわる。ペギーまで顔を上に向けて、軽くうなった。

ぼくはみんなとペギーにかわるがわる顔を向けた。でも、水差しのほうが気になってしかたがない。そしてあのカラカラゆう音。ぼくはジョジョのしっぽに飛びかかるときみたいに、そーっと水差しに近づいてった。背中を低くして、ひげをひくひくさせて。水差しのとこまで行って、鼻を動かす。ひんやりしたにおいがする。ぼくはうしろ足で立って伸びあがった。前足を水差しの縁に掛けて、中をのぞきこむ。音はするのに、何も見えない。そしたら、あれ、ぼくはいったい何してるんだろう。片方の前足を水の中に入れちゃった。ものすごく冷たくて、ひりひりするくらい。でも、キゼツした魚を水から引っぱりあげるときのことを思いだした。

前足で水を叩いたら、何かに当たった。そいつが水差しの横ちょにぶつかって音を立てる。さわれるし、音も聞こえるのに、見えない。ぼくはそれを前足で追っかけまわして、ひょいとすくい出す。そいつはこぼれてテーブルに落ちて、少しすべった。

みんな、はじけるように笑った。マッカネル以外は。ペギーがうれしそうにほえて、ぼくに笑顔を向けてる。マッカネルはすわったままだ。

「どうやら漁師が仲間入りしたようだな」ガーンズがまたぼくを膝に乗っけた。

ジョージがもどってきた。きちんと服を着て、いいにおいをさせて。

「あれ、何かおもしろいことあった？」

「そりゃあもう」赤毛《ジンジャー》が笑う。「エンターテイナーの登場だ。もう一回やってくれよ」

じゃあジョージのために、と思って、ぼくはまた前足を水差しに入れて、あの何かわからないのをすくい出す。

ガーンズが頭をなでてくれた。「いいぞ、クロ！」にっこり笑って、目をきらきらさせてる。

「クロじゃなくてサイモンだよ。この子の名前はサイモンだ」

ぼくはテーブルから飛びおりた。そうとも、ぼくの名前はサイモンだ。

ずいぶん気分がよくなってきたぞ。

ペギーがぼくのとこに来て、顔をなめる。「心配いらないわ。意地悪なマッカネルが海に投げおとしても、あたしが飛びこんで助けてあげるから」

ますます気分がよくなった。

「行きましょう」ペギーはささやいて、カチカチしながら歩きだした。

みんなが寝る部屋を走りぬけて、階段のとこまで来る。

「こっちよ」ペギーは少しよたよたしながら駆けてく。

太い鎖をくぐって、砲塔の下を通って、ぼくたちは船の一番うしろに着いた。幅の広い白いズボンの足がたくさん、忙しそうに階段をのぼったり、歩きまわったりしてる。そのあいだをぼくたちは……じゃなくて、少なくともぼくはすばやくすり抜けて、ペギーも重い体をゆらしながら走った。何人かがペギーに気づいて、頭をなでる。でもぼくには何も言ってくれない。わからないのかな。ペギーのほうがうんと大きいから、陰に隠れちゃったかしら。それとも、人間って見たいものしか目に入らないの？

「ここが艦尾《かんび》よ。船が海に出ているときはここに座って、白い泡の道がうしろにできるのをじっと眺めていることがあるの。すごく楽しいのよ。それとね、この場所でするのよ、ほらあの……その……その……」

ペギーは下を向く。

「え？　何をするって？」

「だからその……ね」ペギーはぼくの頭に自分の頭を押しつけて声をひそめた。「用を足すの」それからしゃがむようなかっこうをしてみせる。

「これまでは好きなところでしていたんでしょう？」

そうだ、どこでも好きなとこでしてた。そのせいで追っかけられたこともある。

「ここではね、そのあの……用を足したいときにはみんなのことも考えて、もっとつつましやかにしなくちゃいけないの」ペギーは軽くせきばらいをする。「そうしないと、ものすごく面倒なことになるから」

ぼくはうなずいた。でも、ツマシマやかに用を足すってどうゆうことなのか、ほんとはよくわからなかった。でもなんだかとってもおしゃれな感じがする。さすがペギー。

ペギーは気をとりなおして話を続ける。「じゃ、次の場所にご案内しましょうか」

いくつか階段を駆けあがって、船の真ん中あたりに出る。

「この場所は後甲板《こうかんぱん》っていうのよ」ここには大勢の水兵がいて、みんな一生懸命に仕事をしてる。こすったり、洗ったり。みんな真っ白でピカピカだ。上からお日様が照りつけてる。ぼくたちは階段をおりて、艦尾にもどった。

「次はこっち。あたしのお気に入りの場所を見せてあげる」

ぼくたちがやってきたとこには、箱やら何やらがたくさん置かれてた。これはいいね、探検してみたくなる。

「ここが倉庫。いろいろな道具とか、必要なものを水兵が全部しまっておくの。あたしはここで丸くなって寝ることもあるわ」ペギーは少しくたびれた箱に入った。箱の中には、噛んだ跡のある大きな棒。「昨日の夜はここにいたの。そしたらあなたのにおいがした」

ぼくたちはあちこちかぎまわってから倉庫を出て、みんながいる臭い部屋に帰った。

「ここはさっと通りぬけちゃいましょう」

「この場所にも名前があるの？」

「もちろんよ、忘れてたわ、ごめんあそばせ。水兵部屋っていうの」

ぼくたちが走ってたら、何人かが声をかけてきた。「おいでペギー」「やあサイモン」でも止まらずに駆けぬけて、ものすごく暑い場所に出た。

「ここは機関室。船が海にいるときにはね、この部品が全部動いて、すごい煙とすごい音が出るの。ここはあんまり好きじゃない。行きましょう」

いくつもいくつも扉を通りぬけて、広い部屋に突きあたった。中にはたくさんテーブルが並べてあって、船のほかの場所とはぜんぜんちがうにおいがする。なんだかおいしそうだ。空気にまでたっぷり味がしみこんでて、口の中によだれがあふれちゃう。

「ここは食堂。みんなはここで食事をするのよ」ぼくたちが歩いてると、水兵が何人かイスにすわろうとしてた。

「あれ、何？」誰かの声。

「ジョージィ坊やの新しい友だちさ」別の声がした。

「あらいやだ、きっとものすごくおなかがすいているわよね？　あたしとしたことが。じゃあ、一番大好きな場所に連れていってあげる。ほんとにすてきなのよ」

調理室ってとこを駆けてくあいだ、おいしそうなにおいはどんどん強くなってく。つい鼻を突きだして立ちどまってしまって、何度もペギーに鼻でつつかれたり、ほえられたりした。どんな味なんだろうって考えて、うっとりしちゃったんだ。そのあと、湯気のこもったあったかい部屋を通った。ここは「洗濯室」ってゆうらしい。そこを出ると、鍵のかかったドアにぶつかった。

「これは作戦室。でも連れてきたかったのはこの部屋じゃないの。もう少し先。ここよ」

きょろきょろしたけど何も見えない。

「上よ上」

目を上げたら、四角い穴の向こうからやさしそうな男の人の大きな顔がのぞいて、にっこり笑った。

「こんちは、ペギー」それからぼくに気づく。「あらあら、まあまあ！」

横目でペギーを見ると、すっかり舌を突きだしてる。「ここは酒保《しゅほ》っていうの」よだれを垂らした。「要するに売店、お店よ」それから大きくひと鳴きして、しっぽを振った。

やさしそうな男の人が何かを放って、ペギーは夢中で飛びつく。あれ？　さっき何か食べてなかったっけ。男の人が、出っぱったとこをパンパンと叩いた。そこに飛びあがれ、ってことかな。ぼくはひらりとジャンプして、見事に着地した。

「こんちは、水兵さん」水兵？　じゃあぼくも水兵になったの？「ちょっと、なんて器量よしかしら！」

ぼくはのどを鳴らして、手に頭をこすりつけた。しっぽがピンと立つ。この人、好きだ。

「あたしはポーローニ。名実ともにね」自分の言葉にくすっと笑う。「さあて、きみには何があるかな。ちょっと見てくるわね」

どこかに行って、すぐに戻ってきた。小さな缶詰をもってる。ポーローニがふたをあけると、ちっちゃい魚がぎっしり詰まってた。全部止まってる。

「ニシンよ」

お皿にあけてくれたのをぼくはきれいに平らげた。すごい、うまい、おいしい！　あんまりおなかがすいてたので、ペギーのことがすっかり頭から吹きとんだ。口のまわりをなめてから下を見たら、ペギーが悲しそうな顔をしてる。

「あたしの分はないの？」

「はいはいペギーちゃん、いい子ね、いい子」ポーローニが手招きする。ペギーは伸びあがって前足を出っぱりに掛けて、ポーローニの手をなめた。なでてもらって、しっぽを振ってるうち、食べ物のことはすぐに忘れたみたい。

そのとき食堂のほうから、ピーーッと空気を切るような音がした。ペギーはすぐに前足をおろして歩きだす。しっぽは振ったままだ。ぼくはついていくしかない。

「またね、水兵さんたち」うしろからポーローニの声が追っかけてきた。

ぼくとペギーは同時に食堂に飛びこんだ。水兵が大勢いて、男の人がひとりで立ってる。

もう口から煙は出てなかったけれど、すぐにわかった。艦長だ。艦長はふり返ってペギーを見て、それからぼくに顔を向けた。

そして口をあんぐりあけた。

第５章　重要な任務

ぼくは下を向く。どこでどうしていればいいのか、さっぱりわからない。床の中に沈んでくような気がする。走って逃げる？　でも海に飛びこんだら、ペギーがつかまえてぼくを連れもどすだけ。

　ぼくは横を見た。きっとペギーがなんとかしてくれる。

「どうすればいい？」それからぼくは体をなめた。

　ペギーが返事をするまもなく、艦長がほえた。「これは誰のしわざだ？」全員を見渡す。ざわざわしてた水兵たちが静かになった。

　ジョージが立ちあがる。「自分であります」

「艦長、ジョージは酒を飲んでいたのです」マッカネルの声。

「酒を飲んでいただと!?　勤務中に飲酒をする。そんな者をひとりとして置いておくわけにはいかない。前代未聞だ」

ジョージはせきばらいをして、下を向いた。「休暇をいただきまして、それで……」

「それでなんだ。違法なものを船にもちこんでもいいとでも思ったのか？　呆《あき》れたもんだ。考えるのはわたしの仕事だ。お前は下手に頭を使うな」

ペギーがうしろ足のあいだにしっぽをはさんでいる。またあのにおいがした。

艦長はとってもまっすぐ立ってる。真っ白な制服を着て、すごく頭がよさそうだ。ボタンは見たこともないくらいピカピカ。ぼくとペギーのほうに近づいてきた。きっとぼくをつまみだすんだ……と思ったら、ペギーの前にしゃがむ。

「ペギー、お前はこの状況をどうみるね？　こいつは敵か味方か」

ペギーは艦長の手をなめて、軽くしっぽを振った。それからぼくのそばに来て、すぐ横に伏せる。そして鼻をすり寄せて、片方の前足をぼくの背中にのせた。

ぼくはのどを鳴らす。今までのゴロゴロのなかで一番の、とっておきのゴロゴロだ。艦長はぼくとペギーをじっと見てる。ぼくはもう一度のどを鳴らした。艦長が笑顔になる。ぼくはもっともっとゴロゴロいって、目を閉じた。胸がどきどきする。でもすぐとなりにペギーがいるから、すごくあったかい。それでも、海にザブンと放りこまれるかと少し首をすくめてたけど、何も起きない。だから目をあけて、まばたきをした。

艦長は立ちあがり、水兵たちのほうを向いてぼくとペギーを指差す。

「この二種類は不倶戴天《ふぐたいてん》の敵だとばかり思っていた。われわれにも学ぶべきことがありそうだな」

　マッカネルが鼻を鳴らす。

　艦長がふり返ってぼくを見る。ぼくはとびっきりのかわいい声で、みい、と鳴いた。

「やれやれ、どうやら新しい水兵が加わったようだな」艦長がそう言ったら、水兵たちはみんなくすくすした。

「なんでお前まで喜んでいるのかな、ジョージ。今日から三〇日間の甲板勤務を命じる」

「承知いたしました《アイアイサー》！」ジョージの笑顔が泣き顔になった。

「こんなものをもちこむとは不届き千万《せんばん》だ。一から鍛えなおしてやる」

　気づいたら耳が倒れてたので、パッと戻して艦長の足元にゆっくり歩いてく。艦長はしゃがんで、なでてくれた。

「お前を見ていると、故郷《くに》のモンティを思いだす。この上なく美しいんだ」にっこりする。

「で、なんて名前なのかな？」

「サイモンと名づけました、艦長」ジョージの声。

「おお、サイモンか。アメジスト号へようこそ。さて、気づいているかどうかはわからないが、この船に乗っている者はみななんらかの仕事をしている。たとえばわたしは艦長だ。しかもすこぶる優秀な、ね」

　みんながまた笑う。

「お前の友だちのジョージは腕利きの甲板磨きだ」水兵たちはもっと笑った。

「それからここにいる友だちのペギーは……」ペギーは自分の名前が聞こえて、しっぽを振ってる。「そうだな、ペギーは一〇〇歩先からでも敵のにおいをかぎあてる」

ぼくなら二〇〇歩先からだってペギーがわかるよ。

「だから、このすばらしきアメジスト号に乗っていたいなら、お前もみんなと同じようにきちんと船の世話をしなくてはいけない。さて、どんな仕事をしてもらおうか」

「『ボースンのパンチ』を取ってこさせるのはどうでしょうか[*1]」ひとりが声を上げる。

別の声もした。「艦長、乗組員に数名の病人が出ています。原因はおそらく……」

「ああ、もちろんわかっている」艦長はさえぎって、にやりと笑った。「この船にいる憎むべき宿敵のせいだ。よしサイモン、今日をもってお前をサイモン三等水兵とし、ネズミ獲りの職に任命する」

サイモン三等水兵。なんだかかっこいい。「三等」っていう音がちょっとだけ間抜けな気はするけど。でもネズミを追っかけるのはおもしろそうだ。うん、いいかもしれない。

「じつはこの船はネズミに悩まされている。次から次へと現われて、まるでフン族の襲来だ。だから……」ぼくの目を見る。「この厄介者をできるだけたくさんつかまえて、殺すのがお前の仕事だ」

意味がよくわからないけれど、ネズミと遊んで追っかけるだけよりは楽しくなさそうだ。

「通り道でやつらを止め、われわれの大事な蓄えを食べつくすのを止めるんだ」

止める？　そうゆう意味だったのか。寝てるだけじゃなく、キゼツしてるだけでもない。チェアマンがやったみたいにして止めろ、と。

ぼくはごくりとつばを飲みこんだ。なのに、ニシンのかけらが上がってくる。何かを止めるなんて考えたくない。これっぽっちも。もちろん、ぼくの場所にいたネズミが大好きだったわけじゃないけど、だからってネズミが止まるのを見たいとは思わない。

ぼくがおびえたあとに喜んで、またしょげたのにペギーは気づいたんだろう。そばに来てくれた。「心配しないでいいのよ、かわいいサイモン。一緒に考えましょう」

艦長はみんなのとこにもどって、何か話をしてる。でもあんまりちゃんとは聞いてなかった。ペギーと並んで伏せてても、体がふるえてしかたがない。

「よし、諸君」艦長はせきばらいをする。「わかっていると思うが、明日の〇八〇〇時に運転を再開する。すでに燃料と物資の補給は終えた。あのいまいましいネズミにやられなければ……」ここでぼくのほうを向く。「……今度の任務の分は十分にあるはずだ。褒美《ほうび》として、運転準備の勤務についていた者に今晩の上陸を許す。シンデレラ休暇だ[*2]」

＊1　昔の海軍のいたずら。新しく入った水兵に「ボースンのパンチ」をもらってくるよう命じて掌帆長のもとに行かせ、それを復唱した新米水兵が掌帆長（海軍用語でボースンともいう）に殴られるというもの

＊2　深夜〇時までに船に戻ることを指す海軍用語

何人かがうれしそうな声を上げた。

「もちろん、動物を連れかえらないという条件つきだが」

「ライオンもだめですか?」誰かの声。

「当たり前だ。ここをなんだと思っている。ノアの方舟《はこぶね》じゃないんだぞ」

ノアのハコブネ?

「それ以外はここに残ること。まだやるべき仕事はたくさんある」

「艦長、発言してもよろしいでしょうか」別の誰かが手を上げた。

「許す」

「われわれの次の任務はなんですか? それともこれは機密事項でしょうか」

「マラヤ〔訳注 当時マレー半島にあったイギリスの植民地〕の情報部によると、ペラ州で賊《ぞく》が出没している。だからわれわれは明日、マラッカ海峡へ向けて出発する」

「承知しました」

「巡視任務のみ行なう。英国の利益を守り、国王と国家に尽くすためだ」

「国王と国家のために」水兵全員が同じ言葉をくり返した。

「持ち場に戻れ」

水兵は一斉に立って片方の手を上げ、指先で頭の横ちょにさわりながら靴をカチッと鳴らす。それから列をつくって食堂から出てった。こんなに大勢の人間が一度に同じことをするなんて、今まで見たことがない。

艦長はペギーとぼくのほうを向く。「お前たちもだ」

ペギーは体を起こして歩きだし、ぼくもすぐうしろをついてく。そのとき、マッカネルがジョージの腕をつかむのが見えた。

「うまいことやったようだな」マッカネルはまずいものでも食べたみたいな顔をしてる。ジョージは笑顔を返す。「ああ、ついてたよ、艦長が動物好きだったなんて。さあて、ぼくは甲板に上がるとするかな」

ぼくはペギーを追いこして先に行った。けど、どこでどうしていればいいかわからなくて、結局はゆっくり歩いてペギーを待った。

「さてと。あなたはどうだかわからないけど、ペギーはそろそろお昼寝の時間よ」あくびをする。「今のところ、すごくおもしろいことばかりなんじゃない？」

ぼくはちっとも眠たくない。目をつむるだなんて、考えるのもやだった。それに艦長がくれた仕事のことで、まだ胸がどきどきしてた。ぼくたちは水兵部屋を駆けぬけて、ペギーのお気に入りの倉庫にやってきた。ペギーは床に伏せて、うしろ足の上に頭をのせる。ぼくはぐるぐる回って落ちつく位置を探したけれど、やっぱりどうしても寝たくない。

「うろうろするの、やめてくれない？」ペギーが鼻を鳴らす。「どうしたの？」

「せっかく仕事をもらったけど、気が進まないんだ」

「誰だって働きたくはないのよ、サイモン。でも、みんなやらなくちゃいけないの。わかるでしょ？　王とか国とか、そういうもののためよ」

　でもぼくには王様なんかいない。王様がどうゆうもので、何をするかは知ってる。遠いとこに住んでるんだ。でも、ぼくは王様のものでも、誰のものでもない。

「そうじゃなくて、ネズミに……ああゆうことをするのがやなんだ」

「殺す、ってこと？」ペギーは笑った。「あらあらサイモンちゃん、あなたは何者？　ネズミじゃないでしょ？」

　もちろんネズミじゃない。ぼくはぼくだ。でもネズミを止めるのがきらいなぼくなんだ。

「ネズミが好きなの？」

「そういうわけじゃない。ぼくが住んでる……住んでたとこでは、よくネズミがいたし、向こうもこっちを見てたと思う。でも、ぼくたちは別々に遊んでた」

「サイモン、誰にでもいい面と悪い面があってね……」

　ぼくに悪い面なんてあるのかな。少なくともジョジョには絶対にない。ぼくたちふたりの悪い面を、全部チェアマンがもってるんだ。

「……どこの世界にもいいところと悪いところがある。でもネズミ。ああ、あれはだめ。悪いところしかない。なんでも食べたがるのよ」

「そのどこがいけないの？　ぼくだってなんでも全部食べたいよ」全部は無理でも、ほとんど全部。見ると、ペギーのおなかが突きだしてる。きみだってなんでもかんでもおなかに入れたいくせに。そう言おうと思ったけど、やめた。

「そうね」ペギーが頭を上げる。「でもね、ネズミは鍋とか粉の袋とか、調理室にある食べ物の上を走りまわって、みんなを病気にしてしまうの。しかも、あいつらはそれを楽しんでいるのよ」

「どうして？」

「さあね。誰も見ていなければ、どこを走りまわって何をしてもいいと思っているんでしょう。サイモン、『毒』っていう言葉、知ってる？」

「知らない」

「毒はね、何かをだめにしてしまうの。ネズミには毒がある。しかも自分の毒を気に入っているのよ」

「わあ」

　そうゆう絵はやだ。何かをだめにしたがるような、そうゆう絵は見たくないし楽しくない。もしかしてチェアマンにも毒があるのかな。

「じゃあ、やっぱりぼくがネズミを止めなきゃいけないって、本当にそう思うんだね？」

「止めるんじゃないのよ、サイモン、殺すの。死んでもらうの」

　ぼくはまたふるえた。

「できるかな……」ひげが下がって、ぼくはうつむいた。

「怖がらなくていいのよ。あたしに考えがあるから」

「ほんと？　本当に？」

「もちろんよ。あたしはあのネズミが大嫌い。水兵の食べ物の上を走りまわって、みんなを病気にする。そういうのをあたしはこの目で見てきたの。あいつらはそこらじゅうにいやなにおいを残すのよ。でね、あたしに気づくと、笑ってどこかに行ってしまうの」

「なんで追っかけないの？　つかまえればいいのに」

「だって……だってそれは……」ペギーはあたりをうろうろしはじめた。「そんなのはどうでもいいのよ。とにかく、あいつらは小さいけれど、不潔で厄介な動物なの。でもここだけの話、あたしたちふたりであいつらを一度にまとめてころ……止められると思うわ」

「どうやって？」

ペギーはコホンとせきをして、またうろうろ歩きはじめる。「まあ、そこのところはまだ答えが出ていないの。前に言ったでしょ？　あなたは考えるのが好きで、あたしは行動するのが好き。でもね、ちょっと考えて、たくさん行動したら、きっとあの悪いネズミをやっつけられるはずよ」

そしてペギーは目を閉じて、すぐに眠ってしまった。

ぼくはうしろ足を片方もちあげてなめた。体をきれいにすると、頭がよく働くことがあ

サイモンと乗組員たち（写真提供／Purr'n'Fur UK）

るんだ。これからは、たくさん毛づくろいしないといけなくなりそうだ。

第6章　ポーカーフェース

ペギーが箱の中で眠ってる。この部屋は……えーと、そうだ、倉庫だ。ずいぶん覚えてきたぞ。でも、いびきの音を聞いているうち、どこかに行きたくなってきた。袋を乗りこえ、倉庫をあとにして、甲板に出る。まず艦尾に向かって、ツシマシやかに用を足す。ペギーの様子を見て、においをかいで、ぼくもできるようになったんだ。それから太い鎖の下を走りぬけて、後甲板への階段を駆けあがった。

ここには食堂のときよりたくさん人がいる。笛を吹いている人。船をこすってピカピカにしている人。ぼくとUボートを追いはらった女の人みたいに、ほうきをもってるのもいる。そこらじゅうに石けんの泡が落ちてて、その中でいろんな色が動いている。前足で叩いたら、泡がパチンと弾けた。ジョージが見えたので走っていく。石けんのせいでぬるぬるしてしかたがない。

ぼくが近づくと、ジョージはまゆ毛のあたりをぬぐってからしゃがんでなでてくれた。

ぼくは頭をこすりつける。ジョージのことが好きだっていうのをわかってほしかったし、この場所が気に入ってるってことも伝えたかった。この船が、アメジスト号が。「アメジスト」だなんて、なんて変わった名前だろう。

「いやあ、サイモン、さっきは危機一髪だったね。これからはあの悪魔の飲み物を控えたほうがよさそうだな。もう面倒はごめんだよ」

ぼくは足のあいだを行ったり来たりしながら、のどを鳴らす。ジョージが嬉《うれ》しそうなのが、ぼくも嬉しい。

「グリフィス少佐の前ではすばらしかったね。あれなら嫌われるわけがない。これで仕事を始めて、あのいやなネズミをやっつけてくれたら、みんな大喜びだ。じつはぼくも今朝はちょっと気分が悪かったんだ」

「よう、ジョージ」顔に大きな模様のある水兵が声をかけてきた。「お前のちっこい友だちをこの先っちょにつけてみねえか？」ほうきをもちあげる。「あっというまに甲板がきれいになるぜ」

ぼくの耳がうしろに倒れる。

「口にふたしとけよ、コンウェイ」

「なんだ？　ふた目と見られない顔になりてえか」

なんでふたりしてふたの話をしてるの？　ジョージはぼくの耳に気づいたのか、「ああ、

あいつのことは心配いらない。口だけなんだ。あいつらはだいたいウェールズ出身だから ね、おかしな連中さ。きみとは違うよ」そしてまた背中をなでてくれる。

「じゃあ、きみはどうする？　ここら辺でゆっくりしているかい？　それともネズミの仕事を始める？」

また体がふるえた。それはできるだけ後回しにしたい。ペギーと一緒に何かを考えつくまで。どうしたらいいんだろう。

ぼくは前足をなめて顔を洗いながら、ジョージやほかの水兵を見ていた。ここには赤毛《ジンジャー》やガーンズやマッカネルの姿がない。マッカネルに会いたいわけじゃないよ、もちろん。あの男のそばにいると、ジョージのときと違って落ちつかないんだ。なんだか好きになれないとこがある。

ここにはいろんな人間がいて、頭の毛の色や長さも違うけど、みんな一緒みたいに見える。なぜって、ぼくもそうだけど小さいのみたいだから。ジョージと初めて会ったとき、まだ新しくてピカピカしている気がした。臭かったし靴下は汚かったけどね。でもほかの水兵もたいていはやっぱり同じで、ここにそんなに長くいるわけじゃなさそうだ。ぼくみたいに。みんなにも兄さんがいるのかな。それとも弟？　水兵たちにも……行ってしまった人がいるだろうか。みんなはいつ行ってしまう？　ずっと先だといい。ジョジョのときより先だといい。ジョジョは昔のいろんなことを知ってたのに、あんなに早く止まってしまった。もっとずっと一緒に遊んでいたかったのに。ぼくは目をつむる。

そのとき怒鳴り声がした。目をあけると、マッカネルがほうきをもってぼくのほうに走ってくる。体じゅうの毛が全部立った。跳びあがって、大急ぎで後甲板から階段をおりる。叫び声がしてふり向いたら、マッカネルが石けんのぬるぬるにすべってしりもちをついていた。どっと笑い声が聞こえたときには、ぼくはもう階段の下。それから向きを変えて、右舷（ね、だいぶ覚えてきたでしょう？）側を駆けていく。ロープをくぐって、何かのあいだをすり抜けて、別の何かを飛びこえて、ようやく艦首に着いた。ここにも何人か水兵がいる。ひとりは、線がのたくった大きな紙を眺めていて、別のひとりは頭をかいている。

来てはみたものの、どうしていいかわからない。だから、しばらくぼんやりしたあとでブリッジに上がって探検してみることにした。ペギーはだめだ、って言ってたけどね。ブリッジの中に入って見回すと、どこもかしこも紙、紙、紙だらけ。ああ、あれにもこれにも飛びのりたい！　上で寝そべったらすごく気持ちいいだろうな。狙いを定めてジャンプしようとしたそのとき……奥のドアが開いた。艦長だ。どうしよう。

初め艦長はぼくに気づかなかった。ただイスに座って、紙ばかりを次々に見ていく。それから手に何かをもって、あちこちに動かした。そのたびに紙に模様が現われる。

ぼくが小さく、にい、と鳴くと、艦長は紙から目を上げた。

「ああ、サイモン水兵か。厄介なネズミの一匹や二匹、もうつかまえたか？　よしよし、いい子だ」

ぼくはそばに行く。

「いよいよ明日動くから、それに向けて少し計画を練っているんだ。おっと、さっき何か思いついたのにな。まさかお前はスパイじゃないだろうね。いまいましい共産党のやつらに送りこまれてきたのかな？」

なんの話か、さっぱりわからない。

「何か飲むだろう？」

艦長は立ちあがってまたドアをくぐった。あとについていくと、そこは広い部屋。とても暖かくて気持ちがいい。大きな隠れ家みたいだ。テーブルがひとつと、棚にはいろんなもの。乗っかって丸くなりたくなるような場所もたくさんある。

「くつろいでくれたまえ」艦長がふり返ったときには、ぼくは艦長のベッドに飛びのっていた。「いうまでもなかったようだな。よしよし」

ベッドには、白と金色の帽子がさかさまに置いてある。ぼくはその中に飛びこんだ。艦長がグラスと水差しをもってくる。水兵部屋で見たのと似てるけど、これには茶色いのが入っていた。

「ウイスキー飲むか？　いや冗談」

ぼくには水をもってきてカップに入れ、自分のグラスにその茶色いのをそそぐ。それを両方とも、ベッドの隣のテーブルに置いた。グラスの中には何かが入っている。あのとき水差しからすくい出したみたいなやつ。今度のほうがよく見えた。また前足を入れる？

艦長はぼくの横に座って、グラスの中身を一気に口に放りこんだ。ぼくは帽子から出てテーブルまで行って、カップに鼻を入れて水をぴちゃぴちゃとなめる。

「こういうの、見たことあるかな？」艦長は右舷のポケットから何かを取りだした。小さな石みたいだけど、すごくすべすべしてて、色のついた丸い点々があちこちに散らばってる。ぼくは艦長の帽子に戻った。

「サイコロっていうんだ」

ぼくはごくりとつばを飲みこむ。サイコロ？　ころ……？　ぼくの嫌いな音。

「進むも地獄、退《ひ》くも地獄というときにこれを使うことがある」

ジゴク？

「腹を決めるのに役に立つことがあるんだ、このサイコロってやつはね。これのおかげでUボートを沈められたことは一度や二度じゃない」

大変だ、ますます恐ろしい話になってきた。

艦長は部屋の奥めがけてその石を投げる。石は床をはずんで、動かなくなった。

ぼくにどうしてほしいんだろう。Uボートを見つけて、沈めて、そして殺す？

艦長のほうを向くとぼくをじっと見ている。それから立ちあがって、茶色い水をもう一度グラスに入れた。

「そうか、残念だな。故郷《くに》のモンティはかならずサイコロを追いかけたもんだが」

そういうぼくもいるって、聞いたことはある。でもぼくはそういうぼくじゃない。

艦長は小さい声で話を続ける。「よくモンティを相手に、サイコロでポーカーの真似事《まねごと》をしたもんさ」

なんだろう、遊びか何かかな。

よし、次に艦長があれを投げたら、ベッドから飛びおりて追いかけよう。犬だったら何も考えずに走っていって、くわえて戻ってきて足元に落とす。前に見たことある。でもぼくは犬じゃない。ペギーだったらどうするかな。きっと食べちゃうね。ジョジョは丸い玉で遊ぶのが大好きだった。ジョジョならモンティみたいにできたのに。

艦長はもう一度その……サイコロを手に取ってベッドに座ると、指でくるくる回しはじめた。息のにおいがする。目が真っ赤だ。

「一は悲しみ、二は喜び、三は嬢ちゃん、四なら坊ちゃん〔訳注　見かけたカササギの数で運を占うイギリスの数え歌〕……お前は坊ちゃんだよな、サイモン」くすっと笑う。「ジョージはちゃんと確かめたのか？　わたしにはひと目でオスだとわかったが、ジョージ三等水兵にはそんなこと思いうかびもしなかっただろうよ。さて、どこまで行ったかな？　ああそうだ、五だ、五で願いがかない……願いか、願いは懐かしいイングランドに戻ること。それがわたしの願いだ。六で……うーん、六がなんだったか思いだせない」

サイコロが艦長の指からこぼれたので、ぼくは前足でそれを床に叩きおとした。

艦長は体を乗りだして、「六だ！　驚いたな、お前は相当なプレーヤーになるぞ！　しかもそのポーカーフェース。どんな相手もいちころだ」

ごくり。またその音。

艦長はサイコロをぼくの前に戻す。「ほら、もう一度やってみてくれ」ぼくはまた弾いて床に落とした。

「おい、うそだろう？　また六だ！　なんて運だ！」

ぼくはサイコロの点々を眺めて、それから艦長を見た。数は苦手でよくわからないけど、何かが起きたみたい。

艦長はベッドに腰かけて、茶色いのをまたグラスにつぐ。

「信じられない……よし、今度……」グラスの中身をぐいと口にあけた。「今度……」艦長はそのままうしろ向きにベッドに倒れた。目が閉じて、いびきの音が聞こえてくる。

部屋を見回す。ここはすごく好きだ。気持ちが落ちつくし、水兵部屋みたいに臭くない。ううん、におうけど違うんだ。艦長の息が漂っていて、それをかぐとなんだかぼうっとする。だから艦長は……あれ、すごく眠くなってきたぞ。戻らないと、あの帽子に……そう、帽子の中でぐるぐる回って……丸くなって……それから……ふわぁあぁ……

　ジョジョが走りまわって、緑の丘をのぼったりおりたりしている。丘は動いていて、右に左に揺れるけれど楽しい。丘のあちこちから色とりどりの魚がたくさん湧いてきた。ぼくが前足で叩くと、魚はくるくる回ってどこかへ行く。そしたら別の魚が現われた。口から煙と火を吐いている。近づいてきた。どんどん大きく、大きくなる。煙と火がものすごい。ジョジョを捜すけど、姿が見えない。ぼくはひとりぼっち。魚がすぐそばまで来た。あたり一面、煙と火だ。魚は口をぱくりとあけて、ぼくを飲みこんで、ぼくは……

　びくりとして目を覚ます。部屋はすっかり暗くなっていた。ということは、艦長はもういないんだ。でも、帽子はかぶっていかなかったんだね、だってぼくがまだ中にいるから。どこへ行ったんだろう。だいたい艦長って何する人なのかな。歩きまわって、みんなに命令して、煙を吐いて、茶色い水を飲んで、サイコロを転がすほかは？

　体を起こしてにゅうううっと伸びてから、ベッドをおりる。売店に行ってみようかな。何かもらえるかもしれない。でもドアのとこまで来たら閉まってる。ぼくはまた座った。出られないのは困ったけれど、床は暖かくて気持ちがいい。また帽子で丸くなってもいいし、サイコロを見つけて遊んでもいい。けど、見当たらなかった。艦長が一緒にもってっちゃったんだ。ペギーにあのゲームを教えてるのかな。

　外で足音がしたので、ぼくは、みゃう、と大きな声を出した。こうするとよく人間はうるさいって怒鳴るから、今度も怒られちゃうかな。でも、そしたら逃げればいい。もう一度大きな声を上げる。足音が止まって、ドアが開いた。知らない男の人だ。

「こんばんは、サイモン。あなたがここにいらっしゃると艦長からうかがいました。これをおもちするようにとのことです」ぼくの前にお皿を置く。そこにはおいしそうなものがのっていた。それからその人は手を差しだす。「わたしはウェストンといいます。この船の副長です。お近づきになれて光栄です」

この手をどうすればいいの？　見ているうちにウェストンは部屋を出ていったので、ぼくはお皿に近づいた。鼻をひくひくさせてから、ちょっとだけかじってみる。おいしい。でも全部は食べずに少し残した。ぼくはよくこうするんだ。たとえすごくおいしくても。

ウェストンがドアをあけっぱなしにしておいてくれたので、表に飛びだして走った。階段をおりて、船を縦に駆けて、艦尾に戻る。空には星がきらきらしていた。水兵部屋に飛びこんで、鼻にしわを寄せてから、ジョージがベッドで揺れているのを見つけた。狭い隠れ家の中で、せいいっぱい体を起こしている。そして艦長みたいに、手に何かもって紙に模様をつくっていた。

「サイモン、どこに行ってたんだい？」手を伸ばして、ぼくの頭を指でカリカリしてくれる。「今日、マッカネルのやつと面倒なことになったんだって？　あいつはぬるぬるとつかみどころのないやつでね」それから何か思いだして笑った。ぼくがジョージの膝に飛びのると、「ああ、気をつけて。ちょうど家に手紙を書いていたところなんだ。ふるさとが恋しいよ」ジョージが指差した先を見ると、何人か人間のいる絵があった。みんな、この部屋のほかの女の人たちよりたくさん服を着ている。ジョージの顔をふり返ると、目がすっかりぬれていた。

第7章　最高の計画

ぼくとペギーはポーローニのところに行ってきた。おやつをもらったけど、そのあとで追いはらわれちゃった。今日はとてもとても大きな日だから、やることがたくさんあるんだって。「日」っていうのが何かはわかるけれど、ほかのより大きな日があるとは知らなかった。

水兵たちはそこらじゅうを走りまわっている。忙しい、忙しい。あたりをきれいにしたり、物を運んだり。かと思えばおしゃべりをしたり、ぼくがときどきやるみたいに頭をかいたり。ぼくとペギーに気づいても、なでてもくれなければあいさつをしてもくれない。ジョージまでそうなんだ。でもジョージの目はもうぬれていないみたい。甲板に石けんをつけてふいたあとで、自分の目もこすったのかな。それとも、紙にのたくった線を書いていたのがいけなかったんだろうか。だったらもうやめればいいのに、あんなこと。

みんなが忙しいのは、船がもうじき海に出るから。ペギーがそう教えてくれた。だから

ぼくたちは邪魔にならないように隠れているのが一番なんだって。船出のときは本当にすばらしいから、きっとぼくも気に入るってペギーは言う。船が港に出たり入ったりするのは何度も見たことがあるので、波止場から船を眺めるのがどんな感じかはよくわかる。でも、船に乗っているときはどんなふうなんだろう。これからぼくの場所を離れて、ぼくのじゃない場所に向かう。Uボートが話してたみたいな青や緑の鳥に会えるかな。

そういえばさっきから、おなかの中がパタパタ羽ばたいているような変な感じがする。おやつを食べたばかりだから、おなかはすいてないはずなのに。なんだろう。ペギーに話してみる。

ペギーは倉庫の箱から出て、「それは虫の知らせ、っていうやつじゃない?」って笑う。

うぅん、違う、絶対に違う。前に虫を食べたときはこういうんじゃなかった。のどの中がもぞもぞして、本当に息ができなくなったんだ。すごく気持ちが悪かった。

「さもなきゃネズミのせいじゃないかしら? 調理室で食べ物の上を走りまわっているの、また見たのよ。お米の上とか、パンをつくる台の上とか。で? そういう腹立たしいことをやめさせるいい計画を思いついた?」

「それは……」そのことはなるべく考えないようにしていた。昨日の夜にジョージの上で眠るとき、目を閉じたらいい絵が浮かぶかなって思ったんだけど。「でもさ、どんなときでもやっぱり……話をしてやめるように頼んでみるのがいいんじゃないのかな」

ペギーは頭を振りあげて、それから吹きだした。「ウォフ、ウォフ！　ああおかしい！　ウォフ、あはは、サイモン、そんな突拍子もない話、ものすごく久しぶりに聞いたわ。あああ、ウォフ、ウォフ！　ネズミに何かを言いきかせたことあるの？」

「ないよ。ネズミはネズミ、ぼくたちはぼくたちだったから」

「じゃあ教えてあげる。あいつらはね、この世で一番いやな、ずるい生き物なの。殺すようにって艦長が言ったでしょ？　あたしたちはそうしなきゃいけないの」

ぼくは下を向く。またおなかの中が羽ばたいたけど、今度のはさっきと少し違った。

「わあ」

「わあ、じゃないの。あなたがちゃんと基本計画を立ててくれるって信じていたのに。やれやれ」それからぶるっと首を振る。ぼくの頭によだれがかかったので、あわてて前足をなめて頭をこすった。

そのとき、とんでもなく大きな音が湧きあがってきて、ぼくたちは跳びあがった。世界じゅうの男の人がいっぺんに怒鳴ったみたい。おまけに倉庫も揺れだした。

「エンジンよ！」ペギーは叫んでしっぽを振る。「きっと出港だわ！　ウォフ、ウォフ、ああ、わくわくする！」

ペギーのあとについて倉庫を出て、走っていく。あんまりおしりのあたりに近づきすぎないようにしながら、ね。いつもの太い鎖はガチャガチャ鳴りながらヘビみたいに動いていたので、その横の狭いところをどうにかすり抜けた。音がすごくて、耳が痛くなる。もう船全体が揺れている。なんてうるさいんだろう。ガチャガチャ、ゆさゆさ。それに船がだんだん熱くなってきた。足の下がとくにひどい。

「急いで。艦首に行くわよ」ぼくたちは右舷側を走り、あれを越え、これをくぐり、そこを抜けて階段を駆けあがる。そして艦首に出た。下をのぞくと、あの大きな舌がなくなっている。船と港を、船とぼくのふるさとを、つなぐものはもうない。ついにこのときがきた。心臓が跳びはねている。もう帰りたくても帰れない。戻りたければ海に飛びこんで、泳ぐしかないんだ。ぼくにできる？

　でも落ちついて考えてみたら、ちっともそうしたくないのに気づいた。これがぼくの新しい冒険の始まり。勇敢なぼくの始まり。

　船全体が動きだした。でも、誰かにおしりをつかまれて、引っぱられているような感じがする。前じゃなくてうしろに向かっていくみたい。変なの。ゆっくり、ゆっくり、ぼくたちは進んでいく。艦首は艦尾ほどうるさくない。ふり向くと、艦長と何人かがブリッジにいる。艦長はぼくに気づくと、こぶしを少し揺すってから手をひらひらさせた。

　波止場では人間が集まってぼくたちに手を振っている。小さいのが走りまわっているのも見えた。丸い玉をほうり投げて、箱の中に入れようとしている。ぼくとジョジョもよくやったっけ。ジョジョと玉で遊んだときのことを思いだしていたら、その絵が消えて別の絵が湧いてきた。いい考えの絵が。うん、これだ。ぼくは急に嬉しくなる。

波止場はぐんぐん遠くなる。船が少し傾いて、音が変わってきた。もう一度ゴーッと船がうなったあと、今度はうしろじゃなくて前へ前へと進んでいるのがわかるようになった。

ぼくは波止場を眺めながら、さっき浮かんだ計画をもう少し考える。横を見たら、ペギーが目を閉じて舌を垂らしていた。空には鳥が何匹か、船を追いかけてくる。大きな声で鳴いているけど、何をしゃべっているのかはわからない。ぼくも飛んでいる。ぼくの場所を離れて、鳥たちよりも速く。

海、鳥、艦長、ペギー。さよなら、ぼくの場所。さよなら、恐ろしいチェアマン。さよなら、ジョジョ……。ぼくはじっと前をにらんでから、まばたきをして目から水を追いだした。波のしぶきが掛かっただけだ。船はまるでジョージのベッドみたいに、上へ下へ、右へ左へと揺れている。すごくおかしな気分。波止場はどんどん小さく、小さくなっていく。そしたら、港を囲む壁が不思議と少しずつ近づいて、大きくなってきた。

心臓が激しく打っている。ペギーも、そして艦長もこういう気持ちなのかな。風を受けながら、船がいろんな音を立てるのに耳を澄ませる。空気のにおいが今までとぜんぜん違う。ぼくは新しい場所へ行く。知らない場所へ。波のしぶきが上がって、また鼻に掛かった。今は怖さよりも、これからが楽しみな気持ちのほうが大きい。ただ、ここに一緒にいてくれたらどんなによかっただろう……ううん、考えちゃだめだ、またいやな絵が出てくるから。でも、一緒に新しい冒険をしたかった。新しい冒険を。新しい暮らしを。

しぶきがもっと跳ねて、目と鼻に掛かった。体が震える。風に当たっているからか、それともわくわくしているせい？　今ぼくたちは、港を囲む壁と壁のあいだを走っている。そしてそこを抜けたら、広い広い海に出た。前には透きとおった青い水、上にはきらきらと光る空。

こんなに速く動いたことが今まであったかな。怖いものから逃げるときだって、これほどじゃなかった。耳がうしろに倒れているけど、それは風のせい。楽しい、楽しい、すごく楽しい！　ペギーがぼくに笑顔を向けてからつぶやいた。「長らく乾きし景色のさまは……」なんのことだろう。それからペギーはうしろをふり返り、遠ざかる波止場を、港を丘を、そしてその向こうの石切り場を眺めた。

「……描かれるを待つ絵画にも似て……」

ぼくたちはしばらくそのまま立っていた。するとペギーがぼくのほうを向く。

「どう？　楽しい？」

「うん！　この大きな日が終わるまで、ずっとここに立ってられるくらい」

「あたしもよ。でもね、あたしたちには仕事がある。ことわざにもあるでしょ？　遊んでばかりで働かないと……あら、続きはどうだったかしら、とにかく行きましょう」

ぼくたちは艦尾に駆けもどる。ここはまだひどくうるさくて、ものすごいにおいもしはじめている。だから後甲板に上がって隠れた。

「ねえ、ぼくは絵を見たように思うんだ」

ペギーは不思議そうな顔をする。「何かを考えていた、っていうこと？　あたしもよ、ごはんはまだかしら、って」

「そうじゃない、あの計画だよ」

「すごいわサイモン！　どういう計画？　教えて……」

そこでぼくは明るい空の下、エンジンの音に負けないようにペギーに計画を打ちあけた。

「なるほど、それだわ！　わかっていたのよ、あたしたちが頭を寄せあえば、きっといい知恵が浮かぶって」

今度はぼくが不思議そうな顔をする番だ。このことを思いついたとき、ペギーと頭を寄せあった覚えはないいんだけど？

一緒に売店に戻って、ぼくはカウンターに飛びあがる。ポーローニになでられながら行ったり来たり、ぐるぐる回ったり。ペギーも体を伸ばして、前足をカウンターに掛けている。ポーローニは次から次へとおいしいおやつをくれる。でもぼくたちは食べない。ポーローニが背中を向けて次のおやつを取りに行くたび、それをそっと床に落とした。

「あんたたちふたりのかわいいことったら！　どうよ、このしなやかな舌に豪華な毛皮！この世のものとも思えないほどすてきなコートができるわね」笑ってぼくの背中をまたなでた。「こんなカッコいい友だちが一緒でよかった。あんたたちはどう？　あたしがいなかったらどうする？　まあ、食いっぱぐれることだけは間違いないわね」

「クイッパグレルって？」

「『何も食べられない』ってことよ。この人はよくこんなしゃべり方をするの」

「ここが気に入ったんでしょ？　うん、わかるわ、わかる」今度はぼくに話しかける。

「でしょ？　あたしも初めて船に乗ったときのことを思いだすなあ」ポーローニは笑いながら背中を向けて、またぼくたちにおやつを出してくれた。

ペギーは目で合図して、カウンターから前足をおろした。床に落としたビスケットやら何やらを口に詰めこんでいる。

ぼくは声をひそめて、「飲みこんじゃだめだよ」

「努力するわ」口をいっぱいにして歩きだしたけれど、どこか悲しそうだ。少ししてペギーが戻ってきたので、ぼくもカウンターから飛びおりた。それからふたりして、おいしいおやつをせっせと運ぶ。ずいぶん長いことかかった。

「よくやったね、ペギー」

「まったくだわ。しかも何ひとつ食べなかったんですからね。まあ、あの、ほんのちょっとくらいは……？」

ぼくとペギーはお昼寝をしたあと、暗い時間にまた倉庫で会った。もうすっかりうるさい音はやんで、暖かくて気持ちのいい場所に戻っている。ペギーはいつもの箱から出て、それをじっと見つめた。「うまくいくといいんだけど」

ぼくたちはビスケットを踏んで、小さなかけらにした。そして、水兵がみんないびきをかいているのを確かめてから、水兵部屋を走りぬけて調理室に向かう。口の中には、砕いたかけらが入っている。それを調理室の床に落としてから、また倉庫に駆けもどって別のをくわえる。こうして調理室から水兵部屋を通って倉庫まで、少しずつ食べ物を置いて道をつくっていった。

「ヘンゼルとグレーテルみたいね」

「何それ？」

「おとぎ話よ。誰かが小さい人間に話しているのを、前に聞いたことがあるの。あら？それとも見たのかしら」

ペギーが何をぶつぶついっているのか、さっぱりわからない。気にしないでおこう。ペギーは倉庫でいつもの箱を引きずって、ドアの近くにもってきた。力を合わせてそれを倒して、上からじゃなく横から入れるようにする。倉庫の入口から箱まで、さらに食べ物のかけらを落とした。ペギーは箱のうしろに、ぼくは入口の近くに隠れる。なんだかゲームをしているみたいだな。ただ、このゲームをするにはうんと待たなくちゃいけない。

待っているあいだに少しずつ暑くなってきて、ふたりともだんだん眠くなってきた。船が動きだしてからうるさいのが減った気がするけど、ぼくの耳が慣れたのかな。ペギーが隠れているほうを見たら、いびきの音がした。

「ペギー、起きて！」

「ああ、ごめんなさい、遠くに行っちゃってたわ」

うそばっかり、ちゃんとここにいたじゃないか。犬っておかしなことばかり言う。

それからひたすらひたすら待つ。また居眠りするといけないので、ときどき音を立てるようにペギーに頼んだ。ぼくの目が閉じて開いて、また閉じて開いたとき、何か物音がした。初めは小さかったけど、だんだん大きくなってくる。においをかいだり、床を引っかいたり、甲高く鳴いたりする音。ぼくは隠れたままもっと体を縮めた。

するといきなり、一匹じゃなく二匹の大きなネズミが見えた。ピンクの鼻はぼくみたい。ピンクの足はぼくとは違う。細くて長いしっぽもぼくのとは似ても似つかない。しかもあんまりいいにおいがしない。最初に現われたネズミはとりわけ大きかった。本当にばかでかい。でも目は小さい。二匹ともビスケットのかけらをかじりながら、少しずつ少しずつ前に進んで箱のすぐそばまで来た。

今だ！　ぼくは入口の前に飛びだして逃げ道をふさいだ。同時にペギーが立ちあがって箱を倒す。箱は傾いてどさっとかぶさり、ネズミを閉じこめた。

やった、大成功！

サイモンと乗組員（写真提供／ Purr'n'Fur UK）

第8章　つかまる

ネズミたちは箱の中をぐるぐる走りまわっている。音でわかる。

ぼくは小さい声で、「ペギー、これからどうするの？」

「そりゃあ待つのよ」

「いつまで？　まさかこいつらが……」

「そうよ」

ごくり。

「それからまた同じことをやって、もっとつかまえるの」

なんだかネズミが少しかわいそうになってきた。

「やっぱり話をしてみるのがいいんじゃないかな」

ペギーは首を振る。「何言ってるの、ああもうまったく」

「動かなくなるまでどれくらいかかるの？」

「さあね、二、三日かしら」

二、三日がどれくらい長いか、一生懸命考えようとした。ずいぶん長いような気がする。

「でもさ、ネズミがここで……そういうことになってるあいだ、ここで寝られるの？」ぼくなら無理だ。絶対にいや。

「うーん、うーん、そうね……。どちらかというと箱を返してもらいたいわ」

ぼくは箱をトンと叩いた。中が静かになる。

それからできるかぎりの怖い声を出す。「おい、ネズミたち」

ペギーがぽかんとぼくを見る。少し間《ま》があって、甲高くてか細い声が返ってきた。

「はい……？」

「どうするのだ、お前たち。箱の中にずっといて、そのうち……になるのがいいのか、それともわたしたちと話をするのか」

ネズミたちはもぞもぞしながら、何かをささやきあっている。

「わかった、話をしよう」

ぼくは身振りで合図をして、ペギーが箱の端をくわえて少しもちあげた。二匹が這いだしてくる。ペギーは倉庫の入口をふさぐように伏せた。

「お前は誰？」大きいほうのネズミが黒い目を細めて、ぼくを見上げる。

「わたしはあらゆるネズミ獲りの上に立つ王様なのだ。お前こそ誰なのだ」

「モータクトー。ネズミ解放軍のリーダーだ」

「このままお前たちを箱の中に置きざりにしたっていいのだぞ？　お前の仲間だって、その気になれば全部つかまえられるのだ」ぼくはなるたけ体を大きく見せようと、小さな胸を張った。

「やれるもんならやってみな」もう一匹が意地悪く笑ったけど、モータクトーにしっぽで叩かれた。

「仲間を全部ひっとらえてもいいのか？　わたしは腕がいいのだぞ？」

モータクトーは首を横に振る。

「考えがある。わたしたちがお前たちに食べ物をやると約束したら、調理室を走りまわるのをやめるか？」

「なんのために？」

「そう約束するなら、箱に閉じこめずに自由にしてやるからだ。それに、お前たちが人間を全員病気にしたら、食べ物はなくなる。食べ物がなくなれば、お前たちもなくなる」

だんだん王様のふりが楽しくなってきたぞ。

モータクトーは首をもちあげて、鼻をひくひくさせた。「わかった。ネズミの約束だ」

「誓うの？」とペギー。

モータクトーはしばらく下を向いて、ようやく「ああ、誓う」

　ペギーが小さくため息をつく。でもぼくはネズミを止めたくない。ここから出してあげたい。チェアマンだってジョジョを逃がすこともできたのに、そうしなかった。ぼくはチェアマンみたいになりたくないんだ。

　ペギーが脇にのくと、ネズミたちは小さなしっぽを巻いて急いで走っていった。

「あなたのしゃべり方、すごくおかしかったわね」ペギーがぼくの鼻をなめる。

「おかしい？　強そうじゃなかった？　王様みたいにしたかったんだけど」ぼくは頭のあたりを少しかく。

「どうかしらね。王様がどんなふうにしゃべるのかわからないから」ペギーは床に伏せた。

「これでもう食べ物の上を走りまわらなくなって、みんなを病気にするのもやめると思う？」

「どうだろう。どう思う？」

「あたしは前と同じ。もう一度言うわ。ネズミは話してわかる相手じゃない」

「でもネズミ獲りの王様の言葉なら、ちゃんと聞くんじゃないかな」ぼくは得意げにのどを鳴らした。「とにかく様子を見ようよ。ということは、ふたりでうんと走りまわって、たくさん食べ物を集めないといけない。なんでも全部食べてる場合じゃなくなるよ」

「そうみたいね」ペギーは悲しそうな顔をした。

「とりあえず、箱が戻ってよかったね！」

ペギーは中に頭を突っこんで、「とんでもなく臭くなっちゃったけどね」

ぼくたちは艦尾に並んで伏せて、外を眺めた。船は上がったり下がったりするけど、それがなんとも気持ちいい。見渡すかぎりの空と海。大きくて小さい。うまくいえないけどそういう感じがする。ペギーが、ウォフ、とほえて、船の下に白い波の筋ができているのを首で指した。船が水を切って進むのにつれて、白くて長いしっぽが伸びていく。

「ぼくが落ちたら、今でも飛びこんで助けてくれる？」

「もちろんよ」

「船がどんどん離れてっちゃっても？」

「あら。その辺はちゃんと考えていなかったわ。でも、一生懸命にほえたら、気づいて戻ってきてくれるんじゃないかしら」

うーん、どうかな。最初よりはましだけど、船の上はやっぱりうるさいからね。そう、あんまりうるさくて、マッカネルと水兵がうしろから忍びよってくるのに気づかなかった。

「ネズミをつかまえる仕事はどうした」急にマッカネルの意地悪な声が響く。

逃げるまもなく、マッカネルがいきなり飛びかかってきて両手でぼくをつかんだ。きつく、きつく。腕のあいだからぼくの足が垂れさがる。それからマッカネルは船の横ちょからぼくを突きだして、ぶらぶらさせた。ペギーがほえつづけているけど、ぜんぜん気づいていないみたいだ。ぼくのすぐ下に水が見えて、風が体に当たる。

「泳ぎたいか、え？」マッカネルは笑う。「ほうり投げてやろうか。誰も気づかないさ」

　いやだ、こんなのいやだ。胸の音がどんどん速くなる。目をつむったら真っ暗。目をあけたらまぶしくて、足の下を海がぐんぐん過ぎていく。ペギーが走ってきてうなり声を上げて、それからマッカネルの足に噛みつく音がした。マッカネルは蹴《け》って振りはらおうとするけど、ペギーは離れない。

　そばに立っていた別の水兵がようやく口を開く。「もうよせ、ほっといてやれよ」

　マッカネルはうしろに下がり、ぼくを甲板に落とした。ペギーも口を離す。

「うがあっ！」マッカネルがぼくたちにほえた。ぼくとペギーは猛スピードで階段の下を駆けぬけ、太い鎖の脇を走って船の反対側に来る。ふたりとも息が切れて、ぼくの目から水がたくさんあふれた。

「ああ、なんてひどいことを！　大丈夫？　力のかぎり噛みついてやったのよ。味までひどいわ、あの男」

「ありがとう、ペギー。ああいうのはよくないよね。本当に投げおとされるかと思った」

「もういっぺんモータクトーと話をして、マッカネルが寝ているところを襲わせたらどうかしら。あいつがうんと病気になって犬死にしかけたって、知ったことじゃない」

　犬？　マッカネルが？　ああもう、ペギーったらすぐにこんがらがることを。けど、誰かによくないことが起きる絵を見るのはいいことなのかな。それに、誰にでもいい面と悪い面があるってペギーは話してたよね？　だったらマッカネルにもどこかにいいところがあるのかもしれない。チェアマンにはひとつもないけれど。

いいことと悪いことと、それからどこまでも広がる海のあいだを、ぼくの絵は行ったり来たりした。まばたきをして、鼻をひくひくさせて、それから艦首に向かうことにする。これからはなるべくマッカネルに近づかないようにしよう。艦首に立って、耳を過ぎる風の音を聞いていたら、艦長が現われた。

「どうだい、大海原だ」軽く背中をなでてくれる。「かわいいモンティもここに一緒に来られればいいんだが。お前はもうモンティよりたくさんのものを見たな」

ぼくと艦長は長いこと艦首に立っていた。艦長は紙をくわえて煙を出したりしたけど、もう怖くない。ときどき、丸くて長い筒がふたつつながったのを顔に当てて、あたりを見回すこともあった。しばらくするとふり返ってブリッジに向かったので、ぼくもついていく。ぼくが入口のところで止まると、

「ああ、いいんだよ、入っておいで。お前はいつでも許可する。艦長命令だ」

ぼくはブリッジの中を歩いていく。何人かがいて、ひとりはたくさんの紙の隣に立っていた。前に艦長の部屋に閉じこめられたとき、食べ物をもってきて外に出してくれた人だ。この人と同じことをぼくはネズミにしたわけか。なんだか変な気分。

「順調か、ウェストン」

「はい、艦長。マラッカ海峡には予定どおり到着します」

「よし、よし。賊どものの活動について報告は？」

「ペナン沖で船が三隻確認されていますが、活発な動きは見せていません」別の男の声。

「では、必要があればわれわれが支援すると、あとでわたしからマラヤに連絡しておこう」それから艦長は、「用があれば、わたしは艦長室にいるから」

「わかりました」

艦長は自分の部屋に入ると、帽子を脱いでベッドの端に置いた。ぼくはすかさず中に飛びこむ。艦長は茶色い水をついでいる。またカラカラとあの音がするかと思ったけど、今度は何も聞こえない。それから艦長はベッドでぼくの隣に寝そべった。この部屋はすごく居心地がいい。臭い男ばっかりの水兵部屋とは大違いだ。あんまりやさしくないマッカネルも、もちろんここにはいないしね。この大きな日が終わるまで、ここにいようかな。それにしても本当に大きな日だった。でも、とりあえず今はぐるりと回って、そして……ああ、そうだ。あとで調理室に行ってどこかに隠れて、ネズミが悪さをしないかどうか見張ったほうがいいかもしれない。うん、たぶんそうするけど、でも今はやっぱり……

艦長がぼくの頭を指でカリカリして、にっこりと笑った。「なんとも味気ない、犬並みの生活だろう？」

犬？　艦長も？　ああもう、またこんがらがっちゃった。

第9章　弾ける星

艦長室の白と金色の帽子（つまりぼくの帽子！）の中で眠っていれば、たいてい楽しい絵が現われる。でもジョージの上のときは、いやな絵がよく湧いてきた。水兵部屋は狭苦しくて、日に日に臭さがひどくなっている。だから、艦長室のほうが好きなのは間違いないけれど、やっぱりジョージの上でも寝るようにしていた。ぼくを見つけてここに連れてきてくれたのはジョージだし、それは絵に出るいやなことなんかよりずっといいことだから。ジョージは目がぬれていても喜んでぼくをなでてくれて、それはとても気持ちがいい。だから、そういうときのジョージはきっと悪い絵を見ているんだろうけど、それでもぼくに触れると何かいいことがあるんだ。

ぼくは今、食堂のテーブルの下でペギーと一緒に寝そべっている。そのテーブルで、赤毛《ジンジャー》がジョージとしゃべっていた。

「ここしばらく、あのばかでかいネズミを調理室で見かけないな。お前のサイモンがばら、したに違いないぞ」

ばらしたが何かはわからないけど、ぼくとペギーは毎晩、艦尾の近くに食べ物を置いていた。明るくなって水兵が仕事を始めるころには、それは全部消えている。モータクトーの姿は見えないけれど、餌《えさ》にありついていたのはにおいでわかった。あいつはぼくたちの敵だ、ってペギーは言う。でもぼくは、友だちじゃないだけだと思うんだ。友だちと、友だちじゃないの。ぼくの場所と、ぼくのじゃない場所。ペギーとジョージは友だち。マッカネルは友だちじゃない。

　でもぼくは艦尾にばかりいたわけじゃない。ペギーは船のうしろから出る白いしっぽが気に入ってるみたいだけど、ぼくは一番先頭の艦首に立って、前を眺めているのが楽しい。だって、あたり一面が海だけなんだもの。これが本当にずっと続くのかしら。

　船が立てる音だって好きだ。ものすごくたくさんのぼくがいっぺんにのどを鳴らしているみたいだから、ときどきそういう絵を思いうかべてみる。でも、ほら、ぼくは数があんまり得意じゃないから、いつのまにか大きな大きなぼくひとりがゴロゴロいってる絵に変わっちゃうんだ。

　海に出てからは毛がごわごわして、しじゅうベタベタするようになった。どれだけなめてもきれいにならない。たまに、ジョージが洗っているのを近くで見ていることがある。水しぶきが掛かっても、前より平気だ。まだ水の中を走りぬけてみたいとまでは思わない

けどね。

そうだ、あの見えないやつを水差しからすくい出すのも、前より上手になったよ。赤毛《ジンジャー》やガーンズの元気がないときには、かならずあれをやるんだ。そうすると声を上げて笑ってくれるから。前足はすごく冷たくなっちゃうけどね。それと、売店ではいつもとっても親切にしてもらっている。ポーローニはアメリカっていうところから来たんだって。それは前にUボートが行ったところだ。ここからだとアメリカはどっちの方角なんだろう。どこもかしこも海。この場所をUボートも眺めたことがあるのかな。

ぼくたちが今いるのは南シナ海だ。どうして知ってるかというと、ジョージが教えてくれたから。昼間は、あたり一面何もないのを見ているのが好きだ。夜だってそう。海と空の色が変わって星が現われても、ぼくは甲板に寝そべって体をきれいにする。そうすると、いろんな絵が勝手に頭を出たり入ったりするんだ。

テーブルの下でジョージの足元に伏せていたら（大きな黒い長靴をはいているときはそんなに臭くないよ）、ジミー*が入ってきた。本当はウェストンっていう名前で副長なんだ。艦長室でぼくに食べ物をくれたときに、そう話していたからね。でも水兵たちはみんな「ジミー」って言う。おもしろいね、人間にも名前がいくつもあるなんて。ウェストンはジミーなんだってジョージが話してくれたとき、ジョジョがぼくを「チビ」って呼んでいたのを思いだした。なのにここではサイモンだし、クロのときもある。ジミーはいつもブリッジで艦長の手伝いをして、艦長とたくさんしゃべっている。

「艦長からだ。マラヤで衝突が起きた」

「何があったんですか？」誰かの声。

「ジェント総督が非常事態を宣言した。ペラ州の農園所有者三名が殺されたからだ」

ぼくはごくりとつばを飲みこむ。

「誰にやられたんですか？」ジョージがジミーを見る。

「報告によるとリュウ・ユウだ」

少し年取った男がいやそうな顔をした。「その名前は聞き覚えがある。ＭＰＡＪＡの指揮官だった男だ。ごろつきの集まりだったな」

「ＭＰＡＪＡって？」

「マラヤ人民抗日軍だよ。いまいましい連中の寄せ集めさ」

するとジミーが、「ただし今は『マラヤ人民抗英軍』と名前を変えたようだがな。イギリス人を残らず追いだそうとしている」

「では、われわれは巡視任務ではなくマラヤに向かうんでしょうか」と少し年取った男。

「やはり巡視任務だ、アトキンズ。怪しい船があればわれわれが停止させる。賊に物資を

＊　副長を指す海軍俗語

補給されては困るからな」

ジンミンコウニチグン。イマイマシイレンチュウノヨセアツメ。人間はたまにおかしな長い言葉を使うね。これも覚えなきゃいけなくなったらどうしよう。

「でも少し戦闘に加わりたい気もするなあ……」アトキンズがこぶしを握った。

「断固、監視のみだ、アトキンズ。そして必要とされればマレー連隊を支援する」

ジミーはうしろを向いて歩きだし、ぼくを見つけて笑顔になった。「サイモン、艦長がお呼びです」

ぼくはジミーについて走ってブリッジに着く。艦長室に向かおうとしたら、ジミーがしゃがんで頭をなでてくれた。艦長は椅子《いす》に座っていて、片方の手の指でサイコロを回し、もう片方の手に飲み物をもっている。

「やあ、入ってくれ。みんなお前に親切にしているか？　ならよかった」

ああ、マッカネルのことを教えてあげられたらいいのに！

「少しゲームがしたいんじゃないかと思ってね」なんだか嬉しそうな声だ。

ぼくは膝に飛びのって、もう少しで飲み物をひっくり返しそうになった。もちろんゲームがしたいに決まっている。走りまわったり遊んだりするのはいつだって大好きだ。

「これをもう一度投げる」ぼくの顔の前でサイコロを揺すった。「三回転がすから、一度でも六の目が出たらごちそうをあげよう」

それはいい。「ごちそう」は知ってる。売店のポーローニがくれるからね。「これはゼッピンよ」って言いながら。あの人はいっつも変わったしゃべり方をするんだ。

「できるのかって？」艦長は笑う。「もちろんさ」

艦長は前に乗りだして、床にサイコロを投げた。ころころ転がって、止まる。

「ちくしょう、残念！」体をうしろに戻して膝をぴしゃりと叩く。床のサイコロを拾おうと艦長が立ったので、ぼくはあわてて体をよじのぼりかけて、それから床に飛びおりた。ついでにサイコロのところに走っていって、少しにおいをかいでから前足で弾く。サイコロは転がって、そして止まった。

「信じられない！　まただ！　これ以上やる必要はない。ちょっとそこで待っていてくれ」そう言いのこすと、急いで部屋を出ていった。

ぼくはそのまま座っていた。どうしたらいいんだろう。面倒なことになったんじゃないといいけれど。前足をなめて顔を洗いながら待つ。

艦長がすごくにこにこしながらまた部屋に入ってきた。缶詰と深いお皿をもっている。

「きっと気に入るぞ。出港前に部下をやって、お前のために買ってこさせたんだ。レーン・クロフォードを知ってるか？」

ぼくはぽかんと艦長を見る。

「最高の店だよ。世界じゅうから商品を輸入していてね。イギリスの紅茶やチョコレートビスケットや。故郷《くに》のみんながまだ配給で暮らしているかと思うと、気の毒でならない」

艦長はぼくの隣にお皿を置くと、しゃがんでポケットから何かを取りだす。その何かを缶詰のてっぺんに押しこんで、手の中で缶をゆっくりと回していく。一度、高い声を上げて手を口に当てて、出てきた赤いものをなめた。またジョジョのことや、体じゅうについていたベタベタのことが頭に浮かぶ。けれど、缶のふたがあいたとたんにびっくりするようなすてきなにおいがして、ジョジョの絵は吹きとんだ。

「さあ」中身をお皿にあける。「大好物になるぞ。ウィスカスだ」

なんで今さらそんなこと言うんだろう。ぼくにはもうひげ《ウィスカーズ》がついているし、それはこんな色でもこんなにおいでもない。でも立ちあがって、お皿の茶色い食べ物をじっと見てみる。ゆっくりまわりを回って、鼻を動かす。においはぼくの鼻を上がっていって、頭の中をぐるぐると泳いだ。あんまりおいしそうで、なんだかくらくらしてくる。いったいぜんたいなんだろうこれは？　とにかく、まずいはずがない。ひどいにおいのときはぼくの鼻にしわが寄るから、そしたらもちろんぼくは背中を向ける。でも、これは違う、ぜんぜん違う。絶対においしい！　すぐに飛びついて平らげる？　それともにおいだけかいで待つ？　どうしよう……

ぼくは深いお皿に頭を突っこんで、大きく息を吸いこんだ。おなかがふくらむ。舌を出して、少しだけなめて……わあぁ、すごい、こんなにおいしいのは生まれて初めてだ。前に食べてた止まった魚とは大違い。頭の中で夜空の星が弾けて、舌はとろけてしまいそう。ごくりとひと口飲みこんだら、世界一のごちそうがのどをすべっておなかに落ちて、しっぽの先まで震えが走った。小さくもうひと口。うん、今度は足の裏まで震えが届く。

　走りまわって、高く高く跳びあがって、お皿に飛びこみたい。そして、このすてきな茶色のごちそうの中で転げまわりたい！　もう一度においをかいでから、もっとかぶりつく。うーん、やっぱりおいしい。これならいつまでも食べていられるぞ。ペギーくらい大きくなるまで。いや、もっとだ。ペギーもこれを試したことがあるのかな。もしかしたら、知りもしないかもしれない。教えてあげたいような、ぼくだけの秘密にしておきたいような。とりあえず、モータクトーにはひとかけらだってやるもんか。

　上を向いたら、とても大きな笑顔があった。艦長も食べればいいのに。あの茶色の水より、こっちの茶色のほうがよっぽどいいに決まっている。もうひと口味わって、噛んで、飲みこむ。そしてもうひと口。もっとゆっくり時間をかけたほうがいい？　とにかく今ぼくはほかのどこでもなく、この場所にいたい。それだけは間違いない。この船に。ジョージやペギーや艦長と一緒に。そしてこの最高にすてきな茶色いごちそうの前に。

「ほらね？」艦長の声がした。「きっと気に入ると思ったよ」

第10章　幽霊と化け物

ぼくとペギーは倉庫から艦尾に向かって走っている。今日は、空が明るくなりはじめたときにふたりしてツママシやかに用を足して、暑くなってきたころにぼくたちの仕事をした。ポーローニのところや食堂の床や、あちこちから食べ物のかけらを集めておいたんだ。塩漬け牛肉や米、パンやビスケット。そういったのを全部艦尾に置いて、モータクトーと仲間たちにくれてやる。ぼくの仲間を病気にしないでもらうために。

今はそのときよりもっともっと暑くなってきたけれど、ペギーと駆けまわって遊んでいる。右舷側を走って、艦首に出て、階段をおりて、左舷側を通って艦尾に戻る。それからまたもうひと回り。本当はペギーを追いかけたいんだけど、すぐに追いついちゃうので、ぼくがペギーから逃げるようにしている。でも、そうするとペギーはいつまでもぼくをつかまえられないから、ときどき少しスピードを落としてあげるんだ。ペギーは決まって息を切らして舌を垂らすけど、しっぽを振っているからきっと楽しいんだろう。楽しくっても、ぼくのしっぽはそうならないから不思議だよね。

遊んでる途中に右舷から海を眺めたら、遠く遠く、海が終わるあたりに黒い影が見えた。海のてっぺんに、小さな黒い雲がのっかって休んでいるみたいに。

「ペギー、ねえあれ、何か見えるよ」

ペギーが走りよってくる。「あたしにも見えるわよ、海が」軽く鼻を鳴らす。

「そうじゃない。もっと向こうだよ、ほらあれ」

ペギーは鼻をひくひくさせながら一生懸命に目をこらす。それから首を振る。「見間違いだと思うわ、サイモンちゃん。ぜんぜん何もないもの」

そこへ赤毛《ジンジャー》とガーンズが現われた。ガーンズは目の上に手を置いて、目を細める。それから笑顔になった。「陸が見えたぞ！」

「マラヤだ！」赤毛《ジンジャー》も叫ぶ。

ぼくが見たのはそれ。陸だ。マラヤという名前の。いったいどんなところなんだろう。

「ペギー、ぼくたちはマラヤに行くの？」

「行かないと思うわ。巡視任務だけだって副長《ジミー》が言ってたから」

なんだ残念。違う場所を見られたらきっとおもしろいのに。別の場所、ぼくのじゃない場所。どんな人間がいて、どんな鳥が飛んでいるんだろう。もちろん食べ物も気になる。

ぼくは遠くの黒い影を見つめる。マラヤ。そこで何が起きるのか。いやなことといいこと、どっちが多いんだろう。

甲板に小さな日陰を見つけたので、暑い日差しを避けてそこに寝そべる。ペギーは甲板にどさりと倒れて、舌を垂らした。海の青は空の青と同じ。境目がよくわからない。

「あたしたちは新しい絵画の中に入ったのね」ペギーは息をはあはあしながら、あたり一面の青に目をやっている。

「絵画って？」

「絵と同じようなものよ」

ぼくが頭の中に浮かべる絵みたいなことかな。ぼくの絵は、目をあいててもつむってても変わらないことがある。かと思うと、目を閉じたときに違う絵が見えることもある。ふるさとの絵や、楽しかったときの絵が。でも、水兵がみんないびきをかいていると、変な絵もたまに現われる。怖そうな目や、大きな影や、隠れている何かの絵。ペギーにその話をした。

「薄気味悪いわね。幽霊か化け物みたい、それ」そう言ってから、「あああ！」と驚く。きっと、自分が太陽の真下にいるのに気づいたんだ。ゆっくり立ちあがって、日陰に入ろうとぼくの隣に体を押しこんできた。

「幽霊か化け物、って何？　あんまりいい音じゃないね」

「そのとおり。たとえば……何かが見えたと思って、もう一度目を向けたら消えていた、

「なんてことない?」

「どうだろう。あるかもしれない、たまに」

「それが幽霊。いたかと思うと、いなくなっている。化け物みたいに」

「でも、その化け物がわからないよ」お話を聞くのは好きなんだけど、これはちょっと怖そうだ。

「化け物っていうのはね、大きくて恐ろしい生き物のことよ。いきなり飛びかかってくるの。物陰にじっと隠れていて、思いもよらぬときに……わあっ！　って」

ぼくの毛の下で皮がぴくりと震えた。「ペギーは本当にいろんなことを知ってるね」

「ご主人が教えてくれたからよ」あくびをしながら答える。

「へえ。ご主人って？　艦長のグリフィス少佐？」

「まさか。あたしはこの船にばかりいたわけじゃないのよ」

「じゃあ、どこに住んでたの？」

「昔はとてもすてきな大きな家で暮らしていたの。部屋がいくつもあってね、ふかふかのベッドもいっぱい。おもちゃもたくさんあった。一番のお気に入りは、靴下でつくった青いサルのぬいぐるみ」

ああ、サル。Uボートが見たって言ってたやつだ。「サルって？」

「サルはすごく柔らかくて、抱きしめたくなるような生き物よ。少なくともあたしのぬいぐるみのサルはね。だからきっと本物もそうなんじゃないかな。わからない。また会いたいな。昔ね、そのサルをあまりにも噛んじゃって、最後は左耳だけになってしまったの。昔よ、昔の話」くすりと笑う。「うちにはすばらしい庭もあったの」ぼくはペギーをちらりと見る。「でね、きかれる前にお答えしておくと、庭っていうのはね……」ペギーは顔を上げて、海のほうを向いた。「そうね、ちょっと海に似ているかな。色が違うけれど。とにかく広いのよ。少なくともあたしの庭はね」

　どういうことだろう。だったら、泳げたとしても走りまわれないんじゃないのかな。

「その大きな家にはきみとご主人だけが住んでたの？」

「もちろん違うわ。ご主人には奥さんがあって、それから……あなたが小さいのって呼んでいるのも何人か。やさしいお手伝いさんもいてね、なんでもやってくれるの。洗濯でも料理でも、お掃除でも。あたしにもいつもおいしいごはんをたくさんくれた。ご主人とはよくお散歩に行って、長い時間歩いたわ。ご主人が棒を放って、それをあたしは追いかけて、くわえて戻るとまたご主人が投げる」ペギーは話しながら少しうしろ足を動かした。

「投げる、走る、くわえる、戻る。投げる、走る、くわえる、戻る……」

　目を閉じたらその絵が浮かんだ。本当に。犬のそういうの、見たことある。だけどどうしてだろう。ぼくはちっともそんなのしたくならないし、ちょっとかっこ悪い気もする。そりゃあ、艦長にはたまにやってあげるけど、それは艦長がそうしてほしそうにするから。

じゃあ、もしかして犬も同じなのかな。ご主人を喜ばせるために？

ペギーはぶるっと首を振った。眠らないように自分を戻すみたいに。

「それはさておき、ご主人に何かが起きて、あたしたちは長い散歩に行かなくなった。お手伝いさんはまだごはんをくれたけど、あたしは外じゃなくて庭を走りまわるようになったの。やがてそれもあまりしなくなっていった。どうしてかはわからない。ご主人も棒を投げてくれるかわりに、自分で棒を突いて歩くようになったわ。それを取ってきて、噛んで、ご主人の足元に落としてみたこともあったけど、放ってはくれなかった」

「それからどうしたの？」

「よくご主人の車に乗って、みんなで映画館にも行ったのよ」

「エイカガンって？」また難しい言葉。ちょっぴり頭が痛くなってきた。

「映画館っていうのはね、とても大きな部屋で、そこに大きな動く絵が映るの。音は聞こえるし、絵も見えるけど、においをかいだりさわったりはできない。そこにいるのにいないようなもの」

いるのにいない？　ああ、すっかりこんがらがっちゃった。

ペギーも気づいたんだろう。もう少し説明してくれた。

「その絵を眺めているとね、体の中でそれを感じるんだけど、外では何も起こらないの。楽しい絵のときは、目覚めているのに夢を見ているみたい。楽しくない絵のときは、眠っているわけでもないのに悪夢の中にいるみたいになる」

「どういう絵があるの？」

「それはもう、なんでもよ。大きな男の人、女の人、車、いろいろな場所。毎日まわりで起きるようなこともあれば、夢のなかにしか出てこないようなこともある。ものすごく怖い絵もあるわよ、ものすごく怖い」

「それってもしかして……」

「そうよ。化け物が現われて、人間が隠れ場所から逃げる話とか、人間同士で悪いことをやりあう話とか」

「ペギーがつかまっちゃうことはないの？」

「まさか。ただの動く絵ですもの。あたしはときどきうとうとしてしまって、大きな音で飛びおきたりした。ご主人は笑ったり泣いたり。でもやっぱりたまに眠ってしまって、びくっとしてまぶたを開くことがあったわ」

「それからどうなったの？」

「ある日目が覚めたら、ご主人がいなかったの」ペギーは悲しそうな顔をする。

「映画館で？」

「いいえ、大きな家でよ。奥さんと小さいのだけになった。でも、ある日その人たちもみんないなくなって、あたしだけが残ったの。知らない人が来てあたしを追いかけたから、走って逃げなくちゃいけなかった。まあ、走ったっていうほどじゃないかな。でもとても速く動いたのよ。家からもってこられたのはサルのぬいぐるみだけ」

　この話、なんだかいやだ。ぼくも悲しくなってきた。

「それから？」

「それがよくわからないの。誰かがあたしを見つけて、艦長にあげた。艦長があたしとサルをこの船に乗せて、それからずっとあたしはここにいる、ってわけ」

　人間ってそういうものなのかな。ぼくたちを見つけて、面倒をみる。だとしたら、みんなきっといい人なんだ。いや、たいていの人は。マッカネルを思いだした。

「そのサルのぬいぐるみは今どこにあるの？」

「わからない」また悲しそうな顔をする。「艦長がなくしてしまったか、海に落としてしまったか」それから暗い顔をやめて、ぼくに飛びかかろうとしたけど、ぼくはひらりとかわした。

「化け物だぞおおおおお！」ペギーは笑う。

「あっはは、化け物なんかじゃないよ。知ってるもの。きみは犬だ」

「ウウウウウッ！」ペギーはうなってぼくを怖がらせようとする。でもぜんぜん平気だ。明るくて暖かくて、ペギーが誰だかわかってるから。

「化け物って、本物なの？」どうもまだはっきりしない。

「それはね、かわいいサイモン、『本物』をどうとらえるかで変わってくるのよ」

そう言うとごろりと寝返りを打って、小さくプーをしてから眠ってしまった。

やっぱりよくわからない。ジョージは今はいないけど本物だ。ジョジョとは二度と会えないけど、じゃあ本物じゃないの？　お母さんは？　それに、あの飛行機のバンバン。あれは見えたし聞こえたのに、ジョジョはごっこだって言っていた。

本物ってなんなのか。ごっこと本物はどう違うのか。考えすぎてぼくも眠くなってきた。立ちあがって水兵部屋に走っていく。みんな甲板に出ている時間だから、ここには誰もいないはず。そしたら「よう、サイモン」って声がして、ぼくは驚いて跳びあがった。

ガーンズだ。揺れるベッドに寝そべっている。「少し昼寝でもと思ったんだが、見つかっちまったな」手を伸ばしてぼくの頭をなでる。「お前も寝るかい？」ぼくはガーンズの隣で床に伏せた。「眠って、できれば夢を見て。おれは夢が大好きなんだ」

夢には、よくふるさとの恋人が出てくるんだってガーンズは話す。ぼくは聞きながらのどを鳴らす。恋人っていうのは一番好きな人のこと。その人を愛していて、ずっと一緒にいたいんだって。愛ってなんだろう。たぶんいいことなんだね。愛していると、人間はきっとぼくみたいに絵を見るんだ。ぼくがジョジョの絵を浮かべるように。目をつむって、愛する人と一緒にいられるって、すごくすてきなことだね。

そのうちぼくにも絵が現われてきた。ひげが下がって、まぶたが重くなる。今日はすごく暑くてとても忙しかった。走って、遊んで、のどを鳴らして。ぼくは体をにゅうううっと伸ばしてからあくびをして、それから……ふわぁああ……

眠ろう。できれば夢を見よう。

サイモンと乗組員（写真提供／ Purr'n'Fur UK）

第11章　シンガポールの恐怖

うしろには青くて広い海。どこまでも続いている。上には鳥たち。大きな声で鳴きながら、船に向かって飛んできた。こんにちは、ってあいさつしているみたいに。前には陸と建物が見えて、それがどんどん近づいてくる。

副長《ジミー》が話していたリュウ・ユウっていう悪いやつは止まった。本当に。副長《ジミー》がそう伝えたときには、みんな喜んで大声を上げたっけ。なんの騒ぎかわからなかったので、ぼくは体をきれいにしようとまず前足をなめていた。そしたらみんなからもっと嬉しそうな声が湧いた。港に入ったら水兵の何人かは休暇をとっていい、って艦長が言ったんだ。

この港はシンガポールっていうんだって。

シンガポールがだんだん大きくなってくる。少しストーンカッターズ島に似ているみたいだな。大きい船や小さい船がたくさん波止場に停まっている。ほかの船に乗っている人間が、通りすぎるときこっちに手を振った。ぼくたちの船が桟橋に着いて、ついに動かなくなったとき、変わった船が見えた。先頭に小さな目玉の絵が描かれている。あれはなんだろう。ジョジョがいたらきっと教えてくれたのに。いや、教えてくれなくてもいい。ただここにいて、一緒に海の冒険ができたらどんなにいいか。風と波しぶきを感じて、新しい場所で鳥があいさつするのを一緒に聞けたら。

波止場のまわりには白い建物が並んでいて、それが遠くまで続いている。船の水兵たちも何人か並んで列をつくっていた。ピンと背筋を伸ばして、早く降りたくてしかたがないみたい。ぼくはいつものようにたっぷり時間をかけて毛づくろいをする。顔も足も、全部きれいになめあげた。新しい場所に向けてしっかり準備しなくちゃね。少し心配だけれど。顔を上げるとジョージがいて、隣にペギーが立っている。

ペギーが近づいてきたので、「ぼく、ちょっと怖いんだ、新しい場所。大丈夫かな、ぼくたち」

「あら、あたしは行かないわよ。ばかみたいに歩きまわるには年をとりすぎちゃった。だからここに残る。甲板でゆっくりして、もちろん食べて寝て、ね」

ひげが少し下がった。残念。怖い気持ちより勇敢な気持ちのほうを大きくしたいけど、それにはペギーが一緒に探検してくれないとだめなんだ。

「どうだい、サイモン」ジョージがぼくを抱えあげる。「仲間とおみやげを買って、少し飲もうかって話しているんだけど、一緒に来るかい？　いやだったら下に飛びおりて」

ぼくはそのまま腕の中にいた。ジョージが一緒なら安心だ。

「よかった。じゃあまずこれを出しに行くよ」ぼくの顔の前で何かをひらひらと振る。首を伸ばしてそのにおいをかごうと思ったとたん、艦長が叫んでぼくは跳びあがった。

「気をつけ！」みんな一斉に足を踏みならす。不思議だね、相談もしていないのにどうして同じことができるんだろう。それから静かになる。

「乗組員諸君、現在一五〇〇時だ。物資を集め、休養と元気回復をするには十分な時間がある。全員、二一〇〇時までに船に戻ること。例外はなし。女連れもなし！」

「艦長、ブギス通り*にひとっ走りするのはだめですか」アトキンズが大きな声を上げて、男たちがどっと笑った。

「変な病気をもらってくるのはなしだぞ」艦長が答え、誰かがアトキンズの背中を叩いた。

「解散！」艦長の声と同時に男たちは列を離れ、ぞろぞろと大きな舌をおりていった。みんな笑ったりしゃべったりしている。そこらじゅうが、いいことと嬉しいことでいっぱいになってる気がした。下でジョージがぼくを地面におろしてくれた。まだ船に乗っているみたいに、足が少しよろよろする。

「こっちだと思う」ジョージは桟橋に背を向けて歩きだした。ぼくはたくさんの人間の足をぬってジョージについていく。道端の屋台ではいろんなものを売っている。曲がった黄色いのや、丸い緑色の。どれも新しいにおいがした。角を折れて別の道に入ると、様子がすっかり変わった。きれいな木がたくさん生えていて涼しくなったけど、道の脇に水が流れていて、それがすごく汚くて臭い。ジョージがまたぼくを抱きあげる。水の中には男の人がひとり立っていた。すごくやせていて、茶色くて、頭に布を巻いている。その人は何かで歯や口をごしごしこすって、そこの水で口をゆすいだ。

「うわあ、ごらん、あんなに汚い水で歯を磨いているよ」すると、ものすごく大きなヘビがどこからともなく現われて、ちょうど男の人の足のあいだを通った。あんなに大きなヘビは、ぼくの場所でも見たことがない。男の人は手にもっていたのを落として、大声を上げながら逃げていった。

ジョージは笑う。「思ってもみなかっただろうな。ぼくもだよ」ジョージの腕の中でよかった。あんなヘビに見つかったら、ぼくなんかひと口で食べられちゃう。

そのとき、やっぱり隣で見ていた若い女の人が、ジョージの肩をとんとんと叩いた。茶色い肌で、大きな茶色の目。

「すいません、人捜してます。見たことありますか?」ジョージがベッドの横に置いているみたいな絵を差しだす。

「いえ、見ていません。でもぼくらはここの人間じゃないので。イギリスからです」

＊　当時のシンガポールの赤線地帯。水兵たちにはよく知られていた

ジョージは太陽に当たったみたいに顔を真っ赤にしている。

女の人はうなずいて一歩うしろに下がると、ジョージを上から下まで眺めた。「ああ、水兵さん」女の人は笑ってから、ぼくを見た。「クチン*」あごの下をなでてくれる。ジョージはせきをして、まだ真っ赤だ。

「この手紙を出したいんですが、どこへ行けばいいですか？」ジョージは手にもったものを見せる。

女の人は少し不思議そうな顔をしていたけど、すぐに真っ白な歯で大きくにっこりした。

「ああ、こっち、こっちです」

ジョージは笑って、顔の赤いのが少し薄くなった。

「この辺に住んでいるんですか？」ジョージがあたりを指差す。

「はい」女の人は恥ずかしそうにした。

今度は女の人が「名前は？」

「ジョージ」ジョージも同じくらい恥ずかしそうにしている。「それからこれがサイモン」ジョージがぼくの頭を指でカリカリするので、のどを鳴らした。

女の人はにこっとした。「わたしはアー・ソー。シンガポール、好きですか？」

「まだわからないけど、好きだと思う」

「シンガポール、いいところ。ここのみんな、とても親切」

小さな店の前にやってきた。

「ここです」それからアー・ソーはぼくを見て、「これ、だめ」と首を振る。

「そうか、しょうがない」ジョージは店の外でぼくを地面におろした。「きみは入っちゃだめみたいだ。黒いのはお断り、ペットもお断り、ってね」

何？　ぼくは黒じゃなくて黒と白だ。それにぼくはペットなの？　ペットって何？

ジョージとアー・ソーが店に入っていった。ぼくは外に座って待つ。ヘビが来ませんように。上を向いたら、竹の竿《さお》にたくさん服が吊るされて、窓から突きだしていた。それが細い道の向こう端まで届いている。旗みたい。ぼくの場所にあったのと似てるな。人間の足がたくさん急いで通りすぎるので、ぼくはできるだけ店に背中をくっつけた。それでも自転車が行ったり来たりして、轢《ひ》かれそうになる。

もういっぺん見上げたら……あれは何？　わけのわからない生き物が何匹かいて、ぶらぶら揺れている。一匹が服をつかんで、壁を伝っておりてきた。ぶらさがったり、跳びうつったり。すごく小さな小さいのみたいだけど、毛だらけで人間みたいじゃない。鳥がいっぺんに鳴くみたいなキーキーした声も聞こえた。そいつらがだんだんぼくのほうに来る。ああ、ジョージ、早く出てきて！　毛が逆立って、鼻が震える。店に逃げこみたいけ

＊　マレー語で「猫」のこと

ど、入っちゃだめだって。ひげとしっぽもピンと立った。

そいつらはもっと近づいて、地面におりた。一匹がぼくに気づいて歯をむきだす。これはよくない。そいつらはみんなぼくのそばに寄ってきて、まわりを回りはじめる。さっきよりゆっくり動いているので、鼻をひくひくさせているのが見えた。こんなのいやだ。もしかしたらこれがペギーの言ってた化け物？　体が震えだした。胸がどきどきする。そいつらのにおいがする。こっちに向かってくるにおいが。

一匹が手を伸ばしてくる。ぼくは飛びのいて、そいつらのあいだを走りぬけようとしたけど、別の一匹に毛をつかまれた。爪《つめ》が背中に刺さって、ぼくは大声で何度も鳴いた。そいつはぼくを振りまわして、胸にぎゅっと押しあてる。それからいきなりみんなして路地を駆けだした。化け物はぼくを自分の体にぴったりくっつけている。人間が何人か、こっちを指差して笑った。やめて、ちっともおかしくない。

化け物たちとぼくはすばやく角を曲がって、広い通りに出た。自転車や車がたくさん行きかう。化け物の手が痛い。爪が背中に食いこんでいる。口から心臓が飛びだしそうだ。耳の中がゴーゴーと鳴って、ぼくは悲鳴を上げた。ジョージはどこ？　ジョージ！　ジョジョ！　助けに来て！　ストーンカッターズ島を離れるんじゃなかった。船を降りるんじゃなかった。安全な場所にずっといればよかったんだ。勇気なんてなんの役にも立たないじゃないか。

化け物たちが木に登りはじめて、ぼくは上へ上へと運ばれる。木なんてもうちっともきれいじゃない。人間の頭や車の屋根が目の下を過ぎていく。こんな高いところに上がったのは初めてで、なんだか気持ちが悪かった。飛んでいるのとはぜんぜん違う。まわりは化け物だらけ。ぼくは別の化け物に向けてほうり投げられて、そいつはぼくをつかまえるとなでた。強すぎる。こいつらは友だちじゃない。

噛みついてやればいい？　でも噛みつきかえしてきたらどうしよう。とびきりの怖い顔でフーーッとうなってみる。毛が逆立って、しっぽがピンと立つ。でも、化け物にしっぽをつかまれただけだった。どうするつもりだろう。ぼくを食べようとしている？　ジョージはどこ？

化け物が葉っぱをむしって口に入れはじめた。小枝を折って、下に落としてるのもいる。誰もぼくを帰してくれそうにない。つかまった。船のネズミみたいに。でもぼくは何も悪いことをしていない。こいつらが何を話しているのかさっぱりわからなくて、恐ろしい音にしか聞こえない。こんなのいやだ。シンガポールなんて嫌いだ。

そのとき、一番大きな化け物が木を駆けおりて、ほかのみんなもあとを追った。ぼくは下へ下へと連れていかれる。地面におりたらまた道路に戻った。どこへ行くんだろう。ぼくをどうするつもり？　もしかしたらさっきのヘビと知りあいで、ぼくをヘビに渡そうとしている？　それとも、チェアマンがジョジョにしたみたいなことをする？　怖い！

道を渡っていたとき、車のすごい音がして叫び声が上がった。目の前に大きなタイヤがぐるぐる回っていて、それがぐんぐん近づいてくる。ドン！　ぼくの体にも伝わってきて、ぼくと化け物は道の真ん中をころころと転がった。化け物が車とぶつかって、ぼくの体を離したんだ。今だ、急げ！　パッと立ちあがって、道の反対側を見てから全力で駆けだす。車のタイヤをかわし、自転車をよけながら。ふり返ってみたけど、化け物たちは追いかけてこない。

それでも走りつづける。こんなに速く駆けたことはない。角を曲がり、柵をくぐり、よくわからないものを跳びこえ、また角を折れて、塀に突きあたった。ふうっと息を吐く。体が震えて、心臓の音が体じゅうで鳴っている。背中が痛かった。塀の裏側に這っていって隠れる。息を切らし、考え、息を切らし。ここはどこだろう。のどが渇いた。心細い。どうすればいいの？　どこへ行けばいい？

そこに隠れて、待った。このままじっとしていたら、ここがぼくの新しい場所になる。でもここは嫌いだ。じゃあ、動いたらどうなる？　わからない。でも、ここにいるよりは船にいるほうがずっといい。においをたどりながらゆっくり歩いていったら、またジョージを見つけられるだろうか？　そうだ、あの臭い水が手がかりになるかもしれない。

ゆっくりゆっくり体を起こして、鼻をひくひくさせる。知っているにおいはひとつもない。でも、行かなくては。歩きつづけなくては。あたりに化け物がいないことを確かめながら、道を進んでいく。太陽が照りつけて、背中がいっそうひりひりした。

ひたすら歩いていたら、大きな白い建物に着いた。ピカピカの黒い車がいくつもやってきて、ゆっくり止まる。男の人が車の前から出てきて、うしろへ回った。それからかばんを取りだして、その大きな建物の階段を上がって中に入っていく。

建物の前に広い草むらがあったので、そこに向かって走った。小、い、い、さいのが大勢、草の上で遊んでいる。木が一本。ぼくは上を向いて、化け物がいないのを確かめてから、木の下の日陰に落ちついた。背中が痛い。でもここなら暑くないし、草のにおいも気持ちがいい。

小、い、い、さいのが遊んでいるのを眺めながら、またジョジョのことを考える。こんなとき、ジョジョならどうするだろう。それからぼくの場所のことを思いだした。あそこに帰りたい？　わからない。だってもうジョジョがいないから。

そうだよ、やっぱりぼくは船の上にいたい。ペギーや艦長や、ジョージやみんなと一緒に。船には仲間がいて自分の仕事がある。艦長や水兵とゲームもできる。サイコロも、あの見えない冷たいやつだって。ここには何もない。恐ろしい化け物とヘビだらけだ。ぼくは悲しくてたまらなくなって、泣き声を上げた。

それから、急に体の奥から湧いてきた別の何かを吐きだした。

うぉうぉおーーーーーーーーーん！

こんな声、今まで出したことがない。小さいのが何人か、遊びをやめてこっちを見た。こんなふうに叫んだことは一度もなかった。何か、今までにない気持ちがする。よくわからないけど、また化け物に会ったら引っかいて引っかいて、そこらじゅうに爪を立ててやりたいような気がして。なんだろう、これは。

目をつむる。本当はぼくは違う場所にいるんじゃないかな。ほら、足の下にあるのも草じゃない。船の床だ。歩くとカチカチ音がする、あの床だよ。

……でも、そんなごっこをしてもどうにもならない。わかっている。ぼくはここにいるんだ。ひとりぼっちで。誰も遊んでくれずに、誰もそばにいてくれずに。

ゆっくりゆっくり目をあけた。これからどうすればいいんだろう。白い建物のほうをぼんやり眺めていたら、黒い車が止まって人間が降りてきた。そのとき、人間のそばに何かが見えた。体を揺らしながらあたりをかぎまわって、大きな建物を見上げている。待って！　あれ、知ってる！　ペギーだ！　よたよたしていて、お茶目で、いつも腹ぺこの懐かしいペギー！　一緒にいるのは赤毛《ジンジャー》とアトキンズだ。ぼくは跳びあがって、走りに走った。速く、速く。広い草むらを横切って、ペギーの背中に飛びかかる勢いで駆けよる。

「ジョジョ！　ジョジョ！　来てくれたんだね！」あんまり嬉しくて名前を間違えた。

「あらあら、はいはい！」ペギーが顔をなめてくれる。ぼくはペギーのおなかの下をくぐって、向こう側に行った。「この人たちがラッフルズ・ホテルのことを教えてくれたもんだから、一度見てみないと、って思って。ああ、なんてすてきなんでしょう！　まさにあたしの理想の家だわ。しかもこの美しい庭！　昔よく遊んだ庭にそっくり」

なんだ、ぜんぜん海と似てないじゃないか。でもそんなのどうでもいい。ペギーに会えて、嬉しくてたまらなかった。するとペギーが一歩下がって、ぼくをまじまじと見る。

「大変、あなた、ひどいことになってるじゃない！」

赤毛《ジンジャー》がぼくをなでてくれる。「てっきりジョージと一緒かと思ったよ。おいおい、どうしたんだ、その背中」

でも背中なんてもういい。ここの場所がすてきかどうかもどうでもよかった。ぼくの頭にあったのは、ようやく安心できたっていうこと。そして、もう冒険なんてこりごりだってこと。少なくともしばらくのあいだは。ペギーと草の上に寝そべって、起きたことを全部話す。あの化け物がなんなのかペギーもわからないと言って、最初は信じてもくれなかった。だけど、背中を見せたらやっとうなずく。

「名誉の負傷ね」意味はわからないけど、ぼくの背中のことだね、きっと。

少し暗くなってきたころ、みんなでチェンジ通りという場所に行った。ぼくは赤毛《ジンジャー》に抱っこしてもらって、腕から出なかった。ジョージがいない今、次に安全なのはここしかない。歩いていくあいだに知らないものが見えると、赤毛《ジンジャー》がぼくとペギーに説明してくれる。じきにみんな、木でできた椅子に座った。

その店で赤毛《ジンジャー》とアトキンズに食べ物が出てきた。肉を串《くし》に刺して、火で焼いたもの。すごくいいにおいがするので、冷めてから少しもらってみたら、今までで一番くらいにおいしい。もちろん、艦長がくれたのは別だけどね。これは「サテ」っていうんだって。もしかして、化け物はぼくがサテでできてると思ったのかな。

船に戻る途中であたりを見回したけど、もう化け物はいない。よかった！ そしたら道端で、頭に布を巻いた茶色い男たちが首にヘビを絡ませていた。あのときのヘビかな。ぼくは怖くて、赤毛《ジンジャー》にもっとしがみついた。でも、カップをあちこち動かす男もいて、これは気に入った。一個のカップの下に何かを隠して、それからカップの位置をぐるぐる変えて、またカップをもちあげるとさっきの何かが消えている。こういうのは「魔法」っていうんだって、赤毛《ジンジャー》が教えてくれた。

「魔法って何？」ペギーにこっそりきいてみる。

「魔法っていうのはね、理由を説明できないもののことをいうのよ。すばらしいものの場合もあれば、怖いものの場合もある」

なるほど。じゃあ、みんな魔法だ。船も、ここも。

第12章　満月の夜の熱

艦長は体調がすぐれない。最初に誰かがそう言ったとき、意味がわからなかった。悲しいとか、あまり動きまわれないとか、そういうことかと思ったんだ。そしたらペギーが、「病気で具合が悪いことだ」って教えてくれた。じゃあ、ぼくの考えもうんと外れではなかったね。ぼくは怖くなることならあるし、おなかがすいたりのどが渇いたりもする。でも、具合が悪くなったことはない気がする。どういう感じなんだろう。ジョジョが止まる前のときみたいになるのかな。

艦長はかわいそうに艦長室のベッドで長いこと寝ている。ときどき間違えてぼくをモンティって呼んだりもする。ぼくとサイコロで遊ぶのも、ぼくをなでるのも、今はしたくないみたいだ。頭がいつも熱くて、あの茶色いやつじゃなくて透きとおった水をたくさん飲んでいる。

それでもやっぱり、ぼくは艦長の帽子の中で眠るのが好きだ。だってぼくの帽子だから

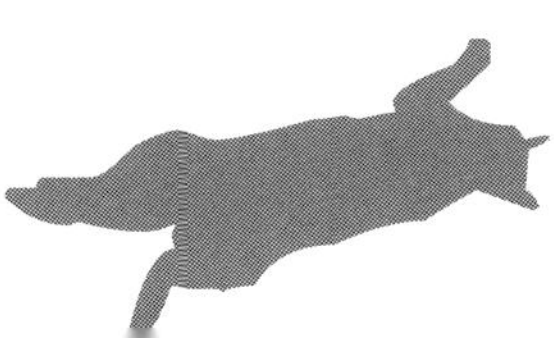

ね。夜になって水兵部屋のいびきがうるさいときや、暑すぎるときや臭すぎるときには、ジョージの上からおりて甲板に出ていく。そして艦長室にそっと入るんだ。艦長はせきをしたり、小さな水のしずくを顔に伝わせたりしている。ときどきそれをなめてみる。いつもじゃないけどね。だって、波しぶきが掛かったみたいに塩からいから。

ぼくもたまにおかしな気持ちになることがある。でもたぶん病気とは違う。悲しいより楽しいほうが多いし、まだ走りまわるのが好きだから。ただ、化け物に追いかけられたあとの、ラッフルズ・ホテルの庭にいたときみたいな感じになるときがあるんだ。そうすると、どうしてだかわからないけど、とにかく速く走って、やたらと高く跳んで、うんと大きくのどを鳴らしたくなる。ペギーに話してみたけど、それがなんだか見当もつかないって。ぼくたちは弟と女兄弟みたいだと思うこともあれば、ペギーがぼくをぜんぜんわかってくれないときもある。

「あたしたちは近いようで、じつはチーズとチョークなのよ、サイモン」ペギーはくすっと笑う。それでますますこんがらがっちゃうんだ。

ぼくたちはちょうど、艦尾に食べ物のかけらを運ぶ仕事を終えたところだ。ぼくが座って体をきれいにしていたらペギーが、「ねえ、この仕事にいいかげん嫌気が差してこないの？　不潔なネズミの奴隷になりさがって一生を終えるなんて、思ってもみなかったわ」

「どういう意味？」

「艦長はネズミを殺せってあなたに頼んだ。なのにあたしはネズミのあとをついて回って、まるで……女中みたい」

機嫌が悪そうだ。

「どうしてもできないの？　その……そういうのはあなたの中に入っていないの？」

何が言いたいのかよくわからないけど、きっとぼくはペギーを悲しませるようなことをしちゃったんだね。それとも、してないことがあるせいなのか。どっちにしても、前はペギーがこんなしゃべり方をすることはなかった。

「ごめんなさい」ペギーはようやくそうつぶやいて、ぼくの顔をなめた。「なんだかいつもと違う気分なの。艦長みたいに体調がすぐれなくなってきたのかもしれない。箱に戻って、ゆっくりお昼寝してみるわ」

それはいやだ。ペギーが悲しすぎて動きまわれなくなったら困る。なんとかしなくちゃ。せめて、しようと頑張ってみなくっちゃ。どっちがいいことなんだろう。ネズミに餌をやって水兵に近づかせないようにするのと、ネズミがいなくなるようにするのと。ぼくはつばを飲みこんだ。やってみるしかないのかな。思いきって試してみるしか。

その夜、ジョジョと遊んで化け物やヘビから逃げたあと、目をあけてジョージから飛びおりた。臭い部屋を出て艦首に上がり、息を吸いこんで空を眺める。星がたくさん、それから雲がひとつ。雲はぼうっと輝いている。うしろに光があるみたいに。ブリッジからの灯りが届くだけで、船はどこも真っ暗だ。そのほうがいい。ぼくは暗いのが好きだし、暗くてもよく見える。息を吐きだす。ぼくにできる？　でも勇敢になりたい。

左舷側を歩いていって、あそこを越え、そこをくぐり、階段をおりて戸口を抜けてここに着いた。調理室の前だ。頭を少しもちあげて、においをかぐ。ひげがみんな立った。もう一度鼻をひくひくさせる。よし、小麦粉の袋の陰に隠れよう。ネズミが来るかもしれない。来ないかもしれない。

前足を伸ばして爪をにゅっと出す。準備はこれでいいのかな。あとは待つ。じきに何かのにおいがした。姿は見えないけれど、シンガポールの汚い水みたいに臭い。これはまるで……そう、ネズミのにおいだ！　ピンク色の鼻と、長いひげ、ピンク色の足。ぼくの頭のすぐ上の棚を走っている。やっぱりここにもまだ来ていたんだ！　欲張りネズミめ。

ネズミは棚から床へ飛びおりた。床を駆けだし、立ちどまり、鼻を動かしている。気づかれちゃうかな。そいつは小麦粉の袋があるこっちに近づいてくる。ぼくは袋のうしろで体を縮め、背中を丸め、いつでも襲いかかれるようにした。足が少し震えるけど大丈夫。すぐにでも飛びだして、つかまえて、あの化け物みたいに背中に爪を食いこませてやれるんだ。もう一度前足を伸ばして、鼻とひげをひくひくさせて、そして……

だめだ、できない。足が動こうとしない。飛びかかるなんて無理だ。ネズミはキーキー鳴きながら、走って外へ出ていった。ぼくはうつむいて前足を見る。ペギーは言ってた。

「そういうのはあなたの中に入っていないの？」って。ぼくにも何かが入っている。でも、その何かは生き物を止めたくない何かなんだ。最近始まった変な気持ちのときは、高く跳びあがったり化け物を引っかいたりしたくなるけど、それでもぼくはチェアマンになりたくない。ぼくはぼくでいたい。

ゆっくりと調理室を出て、甲板に上がった。ひとつの星がちらちらして、ほかの星よりよけいにぼくにまばたきしている。それをじっと見つめた。

「願い事は慎重にね」うしろから聞きなれた声がした。ジョージがまぶたをこすっている。「目が覚めたらきみがいなかったから、どうしたんだろうって思って。艦長の部屋じゃなかったんだね」

そう、別の場所にいたんだ。仕事もちゃんとできずに。ぼくは、くーん、と鳴いた。

「どうした、悲しそうだね。おいで」もちあげて、抱きしめてくれる。

ぼくたちは甲板に座った。ぼくはジョージのほうを向いて、それからそのうしろを眺めた。もう雲は消えて、前にも見たことのある大きな丸いものが出ている。でも名前がわからない。

「見えるかい、サイモン」ジョージがささやく。ここには誰もいないのに、どうして声をひそめるんだろう。「ぼくは本当に月が好きなんだ」

そうか、それが名前なんだね。月。名前もかわいい。いつも空にいるわけじゃないっていうのは知っている。見上げるのを忘れちゃうこともあるし、捜したのに出ていないときもある。そうかと思うと、高いところで小さくなったり、低いところで大きくなったり。誰かにかじられちゃったみたいなときも。どうしてそんなふうになるんだろう。でもジョージにも見えて名前があるんなら、これは本物なんだね。なんだか魔法みたいだ。すばらしいほうの。

「うんと小さかったころ、誰かが月はチーズでできてるって教えてくれたんだ。それをぼくはずっと信じててね。海軍に入るくらいまでそうだった」ジョージはくすっと笑う。

チーズ。さっきペギーが言ってた。ペギーとぼくのどっちかがそれだって。じゃあ、月ってたくさんの犬でできているのかな。それともたくさんのぼく？

「でもチーズじゃないって、どうやって確かめたのかな。誰も行ったことがないし、きっとこの先も無理だよ」

ぼくはジョージを見る。

「なんだかさ、きみはぼくの話が全部わかってるんじゃないかって思うことがあるよ」耳と耳のあいだを指でカリカリしてくれる。「あのね、これは内緒だよ。ふるさとが恋しくて寂しくなると、甲板に出て月を見るんだ。ふるさとの誰かも同じようにしている気がしてね。月を眺めながら、ぼくのことを思いだしてくれてるかな、って」

ジョージは目をぱちぱちして、またなでてくれた。ぼくはのどを鳴らす。ぼくたちはしばらく月を見つめていた。今ジョージは、ふるさとの誰かが月を眺めている絵を浮かべているのかな。じゃあぼくは、あそこに犬やぼくがどれだけ住んでいるか考えよう。

ジョージが立ちあがって階段のほうに行こうとする。ぼくは少しもがいてうしろ足を突っぱらせた。

「戻らなくていいのかい？」

いいんだ。ぼくはもう少し月とチーズのことを考えていたい。ネズミに飛びかからなかったのがいいことなのか、悪いことなのかも。

「わかった」ジョージはぼくをおろして、階段の下に消えていった。

甲板を行ったり来たりする。ぼくはいったいなんなんだろう。ネズミを止めなきゃいけないのはわかる。そうしないといけない、いけない。ネズミは話が通じる相手じゃないってペギーは言ったし、たぶんそのとおりなんだ。モータクトーは調理室に入らないと約束して、好きなだけ食べて、なのに約束を破った。ぼくはどうすればいい？　あいつらに餌をやりつづけていたらペギーの機嫌が悪くなる。だからってやめてしまったら、もっともっと調理室に入りこむようになる。そしたらみんな病気になるかもしれない。艦長の体調がすぐれないのも、もしかしてそのせい？　そうじゃないといい。

そのときブリッジから大きな音がした。うなるような、うめくような、恐ろしい音。また化け物が出たのかと思ったけれど、船に乗っているはずはない。ちゃんと確かめたんだから。どうする？　よし、ブリッジに様子を見に行ってみよう。

階段を駆けあがって中に入ると、艦長が床に倒れていた。ぼくには気づかず、またあの恐ろしい音を立てる。ぼくはまわりをぐるぐる回って、鼻を動かした。あまりいいにおいじゃない。腕をくわえて少し引っぱってみたけど、払いのけられただけ。ぼくは外に駆けだし、階段をおり、船を縦に走って水兵部屋に飛びこんだ。ジョージの上に跳びあがり、顔を近づけて鼻をなめる。少し動いたので、もっともっとなめる。それから爪を立てて、にい、と鳴いた。

ジョージの目があく。

「どうした、サイモン？　何があった？」

ぼくは床に飛びおり、ふり返ってジョージを見る。

ジョージは足を揺すってベッドからおりると、ぼくについて外に出た。ぼくは走って走って、ブリッジに駆けあがる。着いたとき、最初ジョージには艦長が見えなかったみたいだ。だって「なんだ、どうした？」って言ったから。

それから艦長に気づいた。

「大変だ！」ジョージは艦長のそばに膝をつく。艦長は腕や足をもぞもぞ動かして、水のしずくをたくさん垂らしている。

「艦長、艦長、大丈夫ですか？」ジョージは片方の手を艦長の頭のうしろに当てて、もう片方の手でまぶたを押しあけた。また恐ろしいうなり声。

「艦長、聞こえますか？」ジョージは艦長の顔を軽く叩いた。わあ、あんまりお行儀のいいことじゃないよね。艦長は目を覚まして、うなるのをやめた。

「うう、ああ、気分が悪い。水」

ジョージが急いでどこかへ行く。ぼくは艦長の手を跳びこえて、そのときに毛がこすったみたいだ。「ああ、お前か。いい子だ、すごくいい子だ。ああ、ふう」それからいつもよりずいぶん強くなでてくれた。手が熱くて、湿っている。

ジョージが水差しをもって戻ってくる。あの見えないやつで遊んだほうがいい？

「その調子だ、サイモン。艦長になでさせておくんだ。眠らせちゃいけないよ。冷やして熱を下げよう」ジョージは両手で自分の体のあちこちを叩いて、ポケットから小さな白い旗みたいなのを引っぱりだした。それを水差しにひたして、艦長の顔に当てる。それからまたどこかに消えると、グラスと一緒に帰ってきた。

「艦長室で見つけたよ」ジョージはグラスを振ってみせて、水差しから水を入れる。

「艦長、これを。飲んでください」ジョージが艦長の頭を前に傾けて、口元にグラスをもっていく。艦長はどうにかひと口すすった。

「熱が上がっただけだと思います。香港《ホンコン》に着いたら医者を呼んで診《み》てもらいましょう」

ホンコン！　それはぼくの場所だ。そこに戻るの？　まだ前と変わらないかな。においや、さわった感じも？　ううん、きっともう同じじゃないね。だって、そう、あんなことがあったから。船が着いても、降りたくならないかもしれない。

ジョージはまだ布で艦長の顔をぬらしたり、水を飲ませたりしている。艦長はさっきより頭がはっきりしたみたいだし、もうあんまり怖くない。

「ここはどこだ」

「ブリッジです。艦長室から出てきてしまわれたんだと思います」

「なんてこった、信じられない。このいまいましい病気のせいだ。お前とモンティで部屋に戻してくれないか」

「承知しました」ジョージは艦長の体を起こし、引きずるようにして艦長室に運んでベッドに寝かせる。艦長はペギーより速く眠りはじめた。

「声が聞こえてよかったよ、なあ、サイモン」ジョージがふり向いてぼくを見る。「まだ錨《いかり》がおりているのに、出港しようとしたんじゃないかな」

それはぼくにも意味がわかる。止まっているのに動こうとする、ってことだ。そんなの無理に決まっている。

「おいで、艦長はもう大丈夫だろう。今夜は朝までぼくと一緒にいたほうがいい」

ぼくたちは艦長と艦長の病気を置いて、外に出た。月が照らすなか、甲板を歩いて水兵部屋に帰る。

大きなパイを囲むサイモンと乗組員たち（写真提供／Purr'n'Fur UK）

部屋はやっぱり臭い。たぶんチョークじゃなくてチーズのにおいだ。チーズがどういうものかは知らないけどね。ペギーが起きたら、あれがどういう意味だったのかきいてみよう。でもとりあえず今は、前足で鼻を隠しておこう。

第13章　再び香港へ

進む、進む、ホンコンの港へ。あのときは背中を向けてさよならをした。今度は前を見てこんにちはをする。ここを離れたときと比べて、ぼくの頭にはたくさんの物事や、長い言葉や、いろんな絵が詰まっている。化け物やマッカネルや、ヘビみたいな怖いものもだ。ヘビなんて、ストーンカッターズ島にいたのよりずっと大きいんだ。ペギーやジョージ、それから月、そういったすばらしいものも入っている。ぼくが船じゅうジョージを追いかけていると、月もぼくについてくる。ここに戻るあいだずっとそうだった。

ネズミはまだ船にいる。そいつらを……やっつけなきゃいけないのはわかっている。ぼくはペギーに、あの日調理室に行ったことと、そこで起きたことを打ちあけた。そしたらペギーは首を振って、「だから言ったでしょ、なんて言いたくないのよ、サイモン。でもね、ほら、だから言ったでしょう?」

だからもっといい計画を考えて、今までよりうんと勇気を出さなくちゃいけない。艦長はまだ病気で体調がすぐれない。体じゅうに赤いポツポツができていて、ほかにも病気になった水兵がいる。ネズミが悪さをしているに違いない。

ぼくは大丈夫だ。ただ、ときどき……あれ、ペギーはなんて言ってたっけ、そう、「いつもと違う気分」になるだけ。といっても、ペギーのとぼくのは同じじゃないんだけどね。ペギーの場合はひたすらたくさん寝たくなる。ぼくの場合は、やたらと引っかいたり飛びかかったり、跳ねたりしたくなるんだ。

とにかく、こうして船はぼくの場所に戻ってきた。右舷側にあの丘があるけど、前ほど緑色じゃない。きっと月の兄さんの太陽が、ぼくがいないあいだに焦がしちゃったんだね。あの丘に住んでるやつも一緒に焦げてくれてたらいいのに。またあの絵が湧いてきてしまって、ぼくは身震いした。怖い絵。でも本物に比べたらひどくない。本当に起きた恐ろしいことが、まだ消えずに残っている。ぼくは甲板に爪を立てて目を閉じた。

目をあけたら、前によく遊んだ桟橋が見えた。あの場所に戻るんだと思ったら、自然と鼻がひくひくした。だって、あそこでよく待っていて、釣りから帰った人間から魚をもらったから。みんなぼくを覚えていて、またあいさつしてくれるかな。ぐんぐん、ぐんぐん近づいてくる。あ、あれは、小さいのがボールを箱に投げいれて遊んでた場所だ。ぼくは体をなめる。あのおかげでうまい計画が浮かんで、仕事ができた。でも調理室にいたネズミのことが頭をよぎって、なめるのをやめた。

上には鳥の姿がない。どこかに遊びに出かけたのかな。大きくて真っ青で何もないところにいたときは、鳥を一度も見なかったんだから不思議だね。マラヤに行ったのかな。シンガポールじゃないね、きっと、化け物がいるから。また体が震えた。背中はもうなんともない。でも、目をそんなにきつくつむらなくても、どれだけ痛かったかは思いだせる。船がどうしてホンコンに戻ってきて、どれくらいここにいるのかはわからない。でも船から降りて、またあたりのにおいをかぎまわりたい。よく知っている場所だから、怖くないはずだ。ぼくの場所。ぼくのだった場所。

いや、ほんとのことというと少し心配なんだ。だけど、あの丘に近づかなければ大丈夫なはず。それに、ジョージかペギーが一緒なら、誰も何もぼくに手出しはできないよね。うん、それがいい。ほら、ジョージが来た。

「迷子になったみたいな顔してるね」にっこり笑う。

まさか。ここがどこかはちゃんとわかってる。

「副長《ジミー》の話じゃ、ここで病人を何人かおろして、それからマラヤに戻るんだって。きみももう、目を閉じてても行けるだろう？」

うん、あそこを抜けて、青い海に出て、右舷じゃなくて左舷に曲がる。

「昔のねぐらに早く戻りたくてしかたがないんじゃないか？」

ジョージが一緒に来てくれさえすればね。そう伝えられたらどんなにいいか！

船は桟橋に着いて、水兵たちが大きな舌を運んでいる。すぐに何人か人間が上がってきたけど、どれも水兵の格好とは違う。その人たちが船に足をのせたら、副長《ジミー》が手を上げて頭の横ちょをさわった。

「ああ、来た」ジョージも副長《ジミー》のほうに歩いていく。

何人かは黒っぽい服を着ていて、帽子をかぶっている。もうひとりの人は上も下も白い服。すごく頭がよさそうだ。あの艦長よりも。白い服の人はかばんをもっていて、副長《ジミー》が話すのを聞きながら何度もうなずいている。ぼくも行ってあいさつしたほうがいいかな。少し歩きだしてみたけど、やっぱり止まって見ていることにした。

そこへペギーが現われた。うしろ足のあいだにしっぽをはさんで、舌を垂らしている。

「やれやれ、いやな天気だことねえ、サイモン。暑くない？」それから、船に上がってきた男たちのほうを向いて「あら……」とつぶやいたかと思うと、

「『先生、先生、うっかり鈴を飲みこんじゃったんです！』」

何？　いきなりどうしたの？

「『じゃあ、明日また来なさい。どうなっているかみてみよう』……胴鳴って……」

ペギーは床を転げまわって笑いはじめ、しっぽを激しく振っている。「おあとがよろしいようで……」

ぼくはペギーをまじまじと見てから声をひそめて、「ペギー、大丈夫？」

ペギーは転がるのをやめて体を起こす。口のまわりがよだれだらけだ。

「心配しないで、気がふれたわけじゃないから。ちょっとしたジョークよ」それからコホンとせきをした。

気がふれた、って？　もちろん「ジョーク」が何かもわからないんだけど。

「今乗ってきたあの白い服の人は医者よ。病気になった水兵の様子を診て、原因を調べるの」

「ネズミのせいじゃないの？」

ペギーの顔が曇った。「わからない。水兵の具合が悪くなるのは前にも見たことがあるけれど、あんなふうに不気味な赤いポツポツが出たことはなかった。とにかく、飛び火する病気じゃないといいんだけど」

それはそうだ、火が飛んでくるのはいやだからね。

「ねえ、一緒にぼくの場所に行ってみない？」

ペギーは日陰を探してそこに伏せた。太陽が痛いくらいに照っている。

「とんでもない。暑すぎてだめだわ」

「お願いだよ、ペギーにも見てほしいんだ」少し怖いからだなんて言いたくない。

「そうねえ、行ってみないでもないけれど……食べる物ある？」

ぼくはうなずく。自信はないけど。

「飲み物は？」ペギーの舌がさらに垂れさがった。

「もちろん、きっと見つかるよ」

「だったら行く」おなかを揺すりながら立ちあがる。「案内してちょうだい」

ぼくは猛スピードで甲板を走り、大きな舌をあっというまに下ってペギーを待った。ペギーは勢いよくおりてきて、少しすべった。「おっと、油足！」

「ペギー、こっちだよ、こっち」よく知っている地面をまた踏めて嬉しい。

ぼくは右舷に海を見ながら走りに走る。それから、ペギーがついてこないのでスピードを落とした。ペギーはいろんなもののにおいをいちいちかぎながら歩いてくる。急いでよ、早く早く！　ペギーを待つあいだ、たくさんの人間の足がすばやく通りすぎていった。ここがどれだけ忙しい場所か、すっかり忘れていた。大丈夫じゃないかもしれない。これじゃまるでシンガポールだ。

海のほうを眺める。サンパン船やジャンク船がつないであって、大きい船は前より数が増えたみたいだ。ここを離れたときより、いや、ジョージと一緒にここから飛んでいったときより、ずっと多い。またこの島に戻ってくるなんて、なんだか不思議な気がする。あのときはあんまり怖くて、先のことなんて考えられなかった。ただジョージの腕の中で震えて、怯《おび》えていただけ。でも今はこうして、一番の友だちにぼくの場所を見せに来た。

ペギーがようやく追いつく。舌がだらりと下がっていた。「一杯飲まないと。おすすめはどこ？」

　あてもなく路地を歩く。波止場よりここのほうが涼しいけれど、やっぱり忙しい。大勢の人間が店に入っていくのに、誰もぼくたちに顔を向けない。みんな自分のことに一生懸命で、買い物したりしゃべったり、笑ったりしている。一軒の店の外でしばらく待ってみても、足を止めて食べ物をくれる人はひとりもいなかった。

「うーん」ペギーの耳が垂れた。「このままじゃまずいわよ、サイモン。なんとかしなくちゃ。よし、こっちよ」

え？　どういうこと？　ペギーがぼくを案内している！　ぼくたちは細い道に入った。もちろん知ってる道だけど、うんと小さなぼくだったときに来たっきりだ。でも丘の近くじゃないから、あいつに出くわす心配はない。

　ぼくたちは立派な店の前に着いた。中をのぞくと、缶詰や瓶詰が山積みになっている。店の外には緑や赤や黄色のものが箱に入っていた。どれも新しくてきれいなにおいがするけれど、こういうのは食べようとは思わない。店の上には、旗みたいだけど旗じゃない色とりどりのが掛かっているので、外にあるのは全部日陰になっている。涼しくしておくためだね、きっと。ペギーは一歩下がって、店の正面を見上げた。

「うん、ここだわ」ふり返ってにっこりする。「ついてきて、サイモン。でね、あたしと同じようにするのよ」

ペギーは小走りで店に入って、戸口のすぐ先のところに座った。ぼくも隣に並ぶ。そしたらちょうどおしりの近くだったので、少し横にずれた。念のために、ね。ふたりして見上げると、店のご主人の女の人がカウンターの向こうに立って、別の人間と話をしている。女の人はぼくたちに気づいた。「しっしっ」って怒るかと思ったら、ペギーに笑顔を向ける。ペギーはしっぽを振って、舌を垂らして、小さく、キューン、と鳴いた。それにペギーは目をすごく大きく開いている。こんなにぱっちりしてるの、初めて見た。

ぼくも小さく、なーお、と鳴いてから、負けずにできるだけ目を広げてみる。うーん、どうもうまくいかない。

「もっと鳴いて」とペギーが耳元でささやくので、ぼくはもう一度、なーお。でもペギーがもっと大きく、キューン、といったもんだから、ぼくの声は届かなかったみたいだ。ペギーは足で床を引っかいたりもしている。

話をしていた人間が茶色の紙袋をつかんで、ぼくたちのほうに近づいてきた。ペギーはちゃんと脇にどいてあげている。

「いい子ね」人間はそう声をかけて、どこかに歩いていった。

ペギーがぼくを見る。「続けて」

ぼくはまたまた、なーお！　ジョジョに遊んでほしいとき、よくこういうふうに鳴いたっけ。

店の女の人はぼくたちに向かって大きな声を出した。「はいはい、わかってる、見えてますよ。今日はお友だち、連れてきたね」ペギーはしっぽで床を叩く。パサッ、パサッ、パサッ。女の人はこっちに来て、しゃがんだ。

「どこ行ってた?」ペギーの頭にぽんぽんと手を置く。「いつになったらここ来て暮らす?何か飲む?」ペギーはもっと激しくしっぽを振る。ぼくは立って、女の人の足に頭をこすりつけた。しっぽをピンとさせて、足のあいだをぐるぐる回る。女の人は笑って、ぼくの頭もなでてくれた。ぼくもペギーもさらに鳴く。

女の人は一度消えて、それから深いお皿をふたつもって戻ってきた。赤いのと、そうじゃないの(何色っていうのか、よくわからないや)。それからひとつをぼくの前に、もうひとつをペギーの前に置く。ぼくたちは同時に頭を突っこんで、ぴちゃぴちゃとなめはじめた。ペギーは途中でぼくのほうを向いて、目を細くする。

ふたりとも、すぐに全部飲んじゃった。ただの水でも、のどがうんと渇いてるとこんなにおいしいんだね。忘れてた。それからペギーは立ちあがってお皿から離れると、苦労しながら床に背中をつけてごろんと転がった。足を宙に突きだそうともがいて、そしたらピンクのおなかが片側にどさりと垂れた。あんまりかっこよくはないけれど、ペギーの気持ちは伝わったみたい。だって、女の人が別のお皿をふたつもってきたから。今度は肉みたいな食べ物が中に入っている。またひとつをぼくの前に、もうひとつをペギーの前に置いた。このにおい、知ってる。頭をお皿に近づけて、ひと口かじってみた。

うん、間違いない、艦長がくれたのと同じだ！　あのおいしいひげ《ウィスカーズ》！　やっぱり変な名前だと思うけど、こんなにすてきなのはやっぱり食べたことがない。ペギーも同じものをもらっているのかな。ペギーの大きな頭を押しのけて、少しそっちのにおいをかいでみる。でも、ぼくのとは違う。ペギーはごちそうに夢中で、入ってきたぼくの頭に向かってほえた。ぼくだってことを忘れちゃったみたい。

とにかくひたすら頬張《ほおば》って、飲みこむ。頬張って、飲みこむ。ペギーは自分の分をさっさと片づけて、ぼくのお皿にまで顔を突っこんできた。ぼくは前足で叩く。えーい、あっちへ行け！　さっきよりスピードを上げて、ごちそうをおなかに入れていく。少しむかむかしてきたけど、かまうもんか。よし、全部なくなったぞ。お皿じゅうをきれいになめてから、ようやく腰をおろしてゆっくりする。普段は食べ物を少し残すこともあるけれど、新しい場所だとまた来るかどうかわからないから、全部平らげてしまいたい。

ペギーがまたぼくを見て目を細める。「おいしかったわね。さてデザートは何かしら」

空っぽになったお皿を女の人が片づける。「あらあら、よほどおなかがすいていたね。今住んでいるところ、ごはんもらえない？　かわいそうに」

それからぼくたちの頭を両方ともなでる。ぼくはとびっきりのにっこりで見上げた。ペギーは女の人の手をなめている。

ぼくたちは店を出た。

「ねえペギー、知ってる？　あの店の名前はね……」

「知ってるわよ、レーン・クロフォードでしょ？」

「どうして……？」ペギーも魔法なの？

「あたしたち犬はそういうことに詳しいの。それにね、ここには来たことがあるのよ、何度もね。さてと、少し横になる時間だわ」それからあくびとげっぷをした。

来た道をひき返して別の路地に入って、港の中の見覚えのあるあたりにやってくる。

「前にぼくが住んでたところや、遊んでた場所に案内するよ」ペギーの足をくわえる。

「こっちだ」

「いいえ、もうだめ。くたびれちゃった。船でゆっくり昼寝でもする」

「いいから行こうよ、ペギー、お願いだ」

「本当に無理なの、サイモン。もう十分に見たわ。きっとすてきなところなんでしょうけど、倉庫でぐっすり寝ることにはとうていかなわないもの。船のエンジンが止まったから、暑くなりすぎずにちょうどいいのよ」

「じゃあ、しかたないね。道はわかる？」

「もちろん。こっちよ」歩きだしたペギーのうしろ足をぼくはまたくわえた。

「そっちじゃないよ、あっちだよ。船まで送っていこうか？」

「けっこうよ、サイモン。あたしを誰だと思っているの？」

ペギーは船から降りたときよりもっとゆっくりと進んでいく。ペギーのおしりとしっぽが大勢の人間のなかに消えていくのを見送ってから、ぼくは左舷に曲がって波止場と海の縁《へり》を歩いた。前はこの辺をぶらぶらして魚を投げてもらうのを待ったものだけど、とりあえず今日はいい。おなかがいっぱいで何も入らないや。

ロープをいくつか飛びこえて、荷車をよける。誰かが「ようサイモン」って声をかけてくれないかって少し期待したけど、そういえば前はそういう名前じゃなかったんだった。それからチェアマンのことを考える。あいつがこの辺をうろついていたらどうする？　さもなきゃ、ぼくとUボートの話を立ち聞きして、チェアマンに告げ口しに行ったあの灰色のぼくがいたら？　ぼくもペギーを追って船に戻ったほうがいいのかな。あそこなら居心地がよくて安全だ。

勇気を出すか、やめるか。どうしたらいいんだろう。港に入ってきた大きな船や、波止場につながれている小さな船を見る。そうだ、艦長がサイコロでやっていたのをぼくも真似してみようか。でもサイコロがない。ふと前を向くと、ちょうど小さな船が港に着いたところで、でも中に乗ってる人間が男か女かわからなかった。よし、もし男なら船に帰る。でも女だったら、思いきって前によく遊んだ栈橋に行ってみよう。

太陽が水にきらきらしている。ぼくは日陰を見つけて、そこからその船に目をこらした。

船は別の二隻の船のあいだに入ってきて、中の人間が横から何かを放った。さらに近づいて、ようやく見分けられそうなところまで来る。もうひといき……あ、ぼくは船に戻ってよさそうだな、だってあれは……いや違う、女の人だ！

ごくりとつばを飲みこんで立ちあがる。日陰をあとにして光のなかへ。それから左舷に曲がって木箱のうしろを通る。道を渡って、タイヤの陰に隠れてあたりをうかがう。でも、ぼくの姿はない。このぼくだけだ。歩いてはあたりを見回し、歩いてはあたりを見回し。ようやく懐かしい桟橋に着いた。ジョージに拾われたのがどこかもわかる。あのときのまだ。お気に入りの隠れ家だったところものぞいてみる。また自分がここに立っているなんて、すごく不思議な気がする。絶対に離れたりしないと信じていた場所。そして、二度と見ることがないと思っていた場所。勇気を出してここまで来られたのが嬉しかったけれど、寂しくもあった。だって……ここにいた誰かがもういなくて、二度と会えないから。こんなにいろんなことをいっぺんに感じるなんて。

こういうこと、ペギーはなんて言ってたっけ。そうだ、「正反対」だ。チーズとチョークのことをきいたときに教えてくれた言葉。ぼくは正反対の気分で、おなかがいっぱいで、やたらと何かを引っかきたくなるあの気持ちもちょっとあった。

船のことを忘れて、ここにずっといる勇気がぼくにあるかな。ここに残って、ジョージもペギーもみんなも本物じゃなかった、ってふりをしたっていいんだ。

……ううん、やっぱりできない。そんなことしたくない、少しも。ここは前のぼくが暮らしてたところかもしれないけど、今のぼくがいたいのはやっぱり船だ。

今日は風がとても強くて、空気にはたっぷり塩のにおいがする。ぼくはあくびをして、軽くにゅうっと体を伸ばす。温かい気持ちが湧いてきて、自然と笑顔になった。ここにいるのも悪くないけど、船に帰ればもっと楽しい。

そのとき、うしろでうなり声がした。

「お前、ここで何をしている？」

第14章　猫にとって最高のもの

ぼくのひげはピンと立ち、鼻が動いてにおいを探る。背中を丸くして、ゆっくりと首を回す。そのあとはさっと飛びのくのか、必要とあらば前に跳んで引っかいてやるのか。ぼくはふり向き、震え、大きくて性悪な灰色のぼくが緑の片目でにらんでいる絵を思いうかべ……たら、そうじゃなかった。

かわりにそこにいたのは、よく跳びはねて自分の影にじゃれつく会えてすごく嬉しい……Uボートだ。

「わあ、Uボート！」ぼくは飛びかかった。「ぼくがどこにいたと思う？　きっと驚くよ！あのね、船に乗って犬に会ってシンガポールで化け物に追いかけられたんだ。でもマラヤには行ってなくて、でもってネズミを追いはらわなくちゃいけなくって……」

「わかったわかった、まあ落ちつけ」Uボートは笑う。

ふとUボートのうしろに目をやると、階段の一番上に真っ白のかわいい毛が見えた。

段々を駆けおりてこちらに向かってくる。そのとき、いいにおいが鼻を上がって頭と目がくるくる回ってきた。リレットだ。前よりもっと大きくなって、もっときれいになっている。ぼくの場所……いや、ぼくのだった場所に住んでるぼくのなかで、すてきなのはこの子だけ。それが今、目の前にいる。ぼくの頭はくらくらしたままだ。

　頭と絵が落ちつくのを待って、息を吐きだす。

「やあ、リレット」そう声をかけると、リレットはぼくたちのにおいをすばやくかいで、

「こんにちは。あなたのお名前、知ってたかしら」

「サイモンだよ」リレットの近くにいるとやっぱり恥ずかしいし、自分の名前を教えたときにはなおさらそうだった。Uボートまで変な顔でぼくを見る。きっといつもより声が少しうわずっていたんだろうな。だって、リレットと話をするのはこれが初めてなんだもの。自分で思うほど間抜けな声じゃなかったといいんだけど。

「わたしのこっち側の耳を使ってね。もうひとつは聞こえないの。それから『かわいそうに』っていう言葉はなしよ。言われるのに飽きたから」リレットはにっと歯を見せたけど、あの化け物が歯をむきだすのと違ってすごくかわいい。「あなたのこと、ずいぶん見なかったわ。どこへ行ってたの？」

　ぼくはふたりに、チェアマンとジョジョとジョージのことを全部話した。もちろん、リレットにもわかるようにちゃんと右舷側に立ってね。

「ジョジョ……気の毒に」Uボートがつぶやいて、リレットも悲しそうな顔をする。

それからアメジスト号とペギーのこと、ネズミのこと、そしてマッカネルと艦長のことも。怖い箇所に差しかかったときは、ぼくが実際より勇敢だったみたいにして話した。でも、少しかっこつけているのをUボートはお見通しだったかもしれない。

「そうか、そんなことがあったのか」Uボートがぼくをなめる。「船は楽しいって、言ったとおりだったろう？」

「うん、たいていはね」ぼくは前足でUボートの顔を押しのけた。

「おれはここに着いてから、昼や夜にいくつも寝ながらお前を待ってたんだ。このリレットが、お前をずいぶん見かけないって言うから、どうしたのかと」

リレットは体をなめている途中に顔を上げて、「でも、ようやくどこに行ってたのかわかったわ」と笑顔になる。「たくさん冒険をしてたのね」

「きみは何をしていたの？　それと、チェアマンはどこ？」

リレットはいつも遊んでいる場所のことや、親切な男の人と女の人のところに毎日通ってごはんをもらっていることを教えてくれた。それからしばらくして、「でもチェアマンの姿はないわね。行ってしまったんじゃないかしら」ジョジョみたいに、っていうこと？　それとも、もうここにはいないって意味だろうか。

次はUボートの番。ひどい嵐になって、船を修理するためにどこかの港に停まった話をしてくれた。そして最後に、「でも今ならお前も思うだろう？　聞いてるだけより、自分で冒険するほうがずっとおもしろいって」

　本当にそうだ。昔はUボートのお話が大好きだったけど、今はUボートの言葉が前よりよくわかるし、自慢できる冒険の物語がぼくにもある。

　ぼくたちは長いことそこに座っていた。暑い日差しを浴びながら一緒にいられるのが気持ちよくて、しかもチェアマンの姿が見えないと知って嬉しかった。

「今どこにいるんだろうね」

「さあね。どうでもいいわ。でも丘の上で遊んでも追いかけられないって、すてきよね」

「またあいつが現われたら、おれが追いはらってやるさ」Uボートは得意げにぼくの肩を叩いたけど、口だけだってわかってる。

「一緒に何か食べに行く？」リレットがぼくたちにきく。

「おれはやめておく」とUボート。「もうじき船が出るんだ。船に戻れば、うまいもんが山ほど待ってるからな」

　空が少しずつ暗くなっていく。波止場には次々と船が入ってくる。

　そのとき、大きな汽笛が港中に響きわたった。「おれを呼んでる。いや、おれを、ってわけじゃないけどね」Uボートは笑いながら立ちあがる。「でも行かないと。リレット、話ができて楽しかったよ。そしてお前に会えて本当によかった」Uボートと鼻をこすりあわせる。「でもまた会うさ。おれたちはいつだってそうなんだ」

Uボートは勢いよく走りだして階段を駆けあがり、まっすぐ進んで角を曲がって消えていった。うん、ぼくたちはかならずまた会うね。

リレットが少し近づいてきた。また変な気分になる。海に飛びこんで、船まで泳いでいきたいような。心臓もどきどきしている。口まで乾いてきたので唇をなめた。おなかがすいてきちゃったんだろうか？

ようやくリレットに声をかける。「そ、その親切な男の人と女の人のところは？ ぼくもついてってていいと思う？」

「それはいいわね」リレットはにっと笑う。「そうしましょう」

ぼくたちは跳ねるように階段を上がり、大きな道を渡って路地に入って、港からどんどん遠ざかっていった。すごくほこりっぽい道に出て、そこを歩いていく。ふとリレットのおなかを見ると、かわいい真っ白の毛が汚れていた。

「そこ、きれいにしたほうがいいね」

「心配いらないのよ。向こうに行けばわかるわ」

ぼくたちは一軒の家の前に着いた。まわりを柵で囲んでいる。リレットが柵の隙間をくぐり抜けたので、ぼくもあとに続く。小さな草むらに出た。鳥や花のにおいがしたけど、ほかのぼくや犬の気配はない。

「この庭、気に入った？」

「うん。でもやっぱり海みたいじゃないね」リレットはきょとんとした顔をしたけど、ぼくはにおいをかぎつづけた。そのとき、小さな黒いのがどこからともなく現われて、頭のまわりを飛びはじめた。鼻に止まろうとするので、首を振る。プーンという不思議な音がした。よし、つかまえてやろう。ぼくは跳びあがる。

「何してるの？　ハエを見たことないの？」

なるほど、それがこいつの名前なんだ。玄関のところでリレットが、にゃう、と鳴いた。ドアがあいて女の人がひとり、ぼくたちを見下ろしている。

「あらあら、いらっしゃい、どこへ行ってたの？　まあ、これは誰？」

ぼくはしっぽをピンと立てて、女の人になでてもらった。すごくきれいな服を着ていて、本物の花よりも花のにおいがする。

ぼくとリレットは女の人のあとについて床を歩いていく。その人はぼくたちの前に深いお皿を置いて、中に食べ物をたっぷり入れてくれた。悪くはなかったけど、艦長やあの店がくれる魔法の缶詰にはかなわない。でも、もちろん食べた。またここに来るかどうかわからないから、残さず平らげた。ぼくは船に乗っているのが好きだけど、こういう場所も嫌いじゃない。食べ物をくれて、その気になれば探検できるところは楽しい。ペギーはただひとりの人間からごはんをもらって、その人のあとを追いかけまわしたいって言う。でもぼくは違うな、「正反対」だ。またこの言葉。

ぼくたちが食べおえて、女の人が水をくれたとき、男の人が入ってきた。そしてひょいとリレットを抱えあげる。リレットは暴れるでもなく、そのままおとなしく別の部屋に運ばれていった。ぼくもついていく。うしろから女の人も来た。男の人は手にちいちゃなほうきをもっている。船で水兵が使っているのより、ずっと小さい。男の人はそのほうきでリレットの背中を何度もなでて、そのうちリレットはものすごくきれいになった。おなかについてた汚れも取れて、毛がふわふわと立っている。男の人はリレットの足の裏まで布でふいてあげていた。ぼくがされたらくしゃみが出て、足を引っこめちゃうな。

ようやくリレットのほうきが終わった。

「さあ、これでいいよ。すっかりきれいになった」

リレットは男の人の膝からおりた。とてもかわいらしい。

「きみはどうする？　やってあげようか？」

ぼくはそこに立ったまま男の人を見つめた。行きたくない。

リレットが「やってもらえばいいのに」と鼻で指す。「ブラシかけてもらったことないの？」

もちろんない。ぼくは自分できれいにするのが好きなんだ。それを人間にしてもらうなんて。人間って、人間同士できれいにしあうんだろうか。

女の人がぼくを見下ろしてにっこり笑う。「ものすごく気持ちがいいのよ」そうか、やっぱり人間同士でするんだね。変なの。

しかたなく男の人に近づいていく。手で膝をパンパンと叩くので、リレットをちらっと見てから飛びのった。手が背中に触れて、そのあとは狭い隙間をくぐっているような感じになった。だって、ブラシがずっと背中をこすっていくから。これって気持ちがいいの？いや、ひりひりする。きっとペギーが言ってたフヨのメイショウに当たったんだ。男の人も気づいたみたい。「ああ痛いね、かわいそうに。誰にやられたんだ」

男の人は背中をやめて、おなかに取りかかった。それから前足とうしろ足も。ときどきすごく強く引っぱる。「ここは少し毛がもつれているね。海にでも落ちたのかい？」ブラシを見るとぼくの毛がついている。全部取られちゃわないといいんだけど。

頭も軽くやってくれて、全身の毛がふっくら立ちあがったのがわかった。やっぱり自分でやるのが好きだけど、リレットに臆病《おくびょう》だと思われたくないから黙っていよう。

「さあ、これでよし。戦争帰りみたいな姿だったけど、すっかり男前になったね」

うーん、「戦争」が何かってのはとりあえず置いとくとして、男が前ってどういう意味？

とにかく体じゅうが軽くて、汚れも取れてふわふわになった。ぼくもリレットみたいにかわいくなっているかな。

ぼくたちは家の中を歩いて玄関まで戻る。リレットが鳴き声を上げた。女の人がうしろについてきていて、「また外に出たいの？　わかったわ」とドアをあけてくれた。

ぼくたちは庭を横切り、狭い隙間をくぐって、道を歩いていく。ずいぶん暗くなっていて、星がまばたきしていた。角を曲がって、波止場を見下ろす場所に着く。停まっている船が全部見えて、アメジスト号がどれかもわかる。うしろに救命ボートを積んで、あ、あそこが旗甲板だ。ぼくはリレットのほうを向く。

「あれがぼくの船だよ。あそこに住んでるんだ」

「もっとお話聞かせて」リレットがささやいて、すり寄ってきた。なんだか、えーと、ペギーはなんて言ってたっけ？　おなかに虫がいる？　ううん、もっとずっといい気分。

だからぼくはサイコロで遊ぶ話や、茶色の水や、病気の艦長のことを教えてあげた。ネズミのことも。ぼくがネズミに何をしなきゃいけないのかも。

「とっても勇気があるのね。わたしはここから出たことがないわ」

「でも、この場所が気に入ってるんでしょう？」

「もちろんよ。ごはんをくれて世話をしてくれるあの人たちが好き。どこかに行きたいなんて、これからも思わないんじゃないかしら」

ぼくも昔はそう考えていたんだよ。

ぼくたちはそのまま、下の船と上の星を見つめつづけた。さっきよりも星が出てきて、ちらちらしている。リレットの目がきらりと光った。それからひとりでおしゃべりを始める。ネズミを追いかけるのにうってつけの場所があるのよ、ときどきごはんをくれるお店があるの、あのバンバンはいやよね、でも気絶した魚をいっぱい食べられるのはすてき。

聞いているうちに頭がくらくらしてきた。リレットのにおいがあたり一面に立ちこめていて、それがどんどん強くなっていく気がする。するとリレットは急に立ちあがって、すばやく道を駆けもどっていった。一度ふり返って、また背中を向けて、木のうしろでジャンプしている。ぼくはリレットに飛びかかって、まわりを跳ねまわった。ぼくたちは笑いあう。ジョージがぼくを見つける前に、もっと一緒に遊んでおけばよかった。あのころもっと勇気があればよかった。

そして空がますます暗くなり、星がさらに明るく輝いたころ、ぼくたちは箱が散らかった狭い路地に向かった。

そこでぼくたちがしたゲームがなんなのか、よくわからない。でも路地から出てきたとき、走って跳んで引っかきたくなるあの変な気持ちは消えていた。それでも気分はよかった。今までにないくらいに。とりあえずこれだけ言っておこうかな。今のぼくは、路地に入ったときよりずっとずっとご機嫌で、賢い大人の猫になった、って。

＊＊＊

アメジスト号に戻ったときには空が白くなりはじめていた。途中に小さな止まった鳥が落ちていたので、口にくわえた。きっとジョージが喜んでくれる。桟橋を歩いていると、掌《しょう》帆《ほ》手《しゅ》のウェルバーンがぼくを見つけて大きな舌を掛けてくれた。なんて親切だろう。ぼくは駆けあがる。

甲板を跳ねるようにして歩いていくと、ウェルバーンが声をかけてきた。「どうしたサイモン、すっかりご満悦って感じだな」

ぼくは満月なんかじゃないけど、もしかして何か気づいた？　なんでわかったんだろう。前と同じじゃないように見えるの？　たしかに気分はぜんぜん違う。ぼくはこそこそとその場を離れた。

うしろからウェルバーンの声がする。「どうした、舌でも抜かれたか？」

まさか。ぼくの舌も、船の舌もちゃんとある。どうして人間はときどきおかしなことを言うのかな。もしもぼくたち……そう、猫がこの世を支配したら、今よりずっとすばらしい世界になるのに。左舷側を跳ねていって、太い鎖のところで戸口を入り、倉庫に向かう。ペギーの箱がある。飛びかかろうか、なめるだけにしようか。箱に近づいて中に首を突っこんでみたけど、姿がない。おかしいな。今ごろはいつもここで眠っているのに。

走って艦尾を確かめる。でもペギーもいなければ、用を足した気配もない。食べ物のくずが少しと、ネズミのにおいがかすかにするだけ。右舷側を走っていくにつれ、姿は見えないのにネズミのにおいはどんどん強くなった。ブリッジをのぞいてから艦首に駆けていき、砲塔のうしろもまわりも全部捜してみる。ペギーはどこにも見当たらない。ウェルバーンが船の舌の横に立っている。ああ、ペギーのことをきけたらいいのに！

そのとき、黒い影がすばやく脇を走りぬけていった。ペギーのはずはない。小さすぎるし速すぎる。追いかけようと思ったけれど、どこかに消えてしまった。別の戸口のところに来る。水兵部屋に行ってみるか、階段をおりるか。よし、水兵部屋だ。ペギーはジョージのそばで眠って、ぼくが帰るのを待っているかもしれない。食堂では、鼻を鳴らす音がして長靴や体が見えた。みんなのにおいもする。それからさらに下に向かって、ぼくとペギーと、何人かの水兵しか入れない場所も確かめてみた。どうしてほかの人がだめなのかはよくわからない。そこに着くと、とてもいやなにおいがした。暑い空気がこもっている。しかも水兵が何人もいて、うとうとしたりせきをしたりしている。いったいどうしたんだろう。

売店にも顔を出してみたけど、閉まっている。調理室にも誰もいない。ペギーはどこ？　さっきの戸口のところにひき返して、今度は階段を駆けおりた。この先は機関室だ。うろうろしてるといつも追いはらわれるので、ぼくもペギーもこの部屋に近づくことはない。それに、船が動いているときはここが一番暑くなる。中で働く水兵はとにかく忙しいから、ぼくたちに気づくと「あっちへ行け」って怒鳴るんだ。

でも今は水兵はいない。そんなに暑くもないし、ずっと静かだ。ぼくは中をひと回りしながら少しにおいをかいだ。そして外に出ようとしたちょうどそのとき、小さく、キューン、と声がした。あわてて部屋の奥に駆け戻る。いた。パイプのうしろに隠れている。ペギーだ。今までに見た誰よりも悲しそうな顔をしている。ジョージの目がぬれるときよりもっと。ぼくは口から鳥を落とした。

「ペギー、ペギー、ぼくだよ。どうしたの？」

ペギーは前足に顔をうずめて、耳はだらりと垂れている。片方の足をどけて、ぼくを見上げた。大きな、茶色い、ぬれた、悲しい目。

「ああ、サイモン……」

「何？　どうしたの？」ぼくはパイプのうしろに潜りこんで、ペギーの隣にくっついた。ペギーは少し体をずらして鼻をすする。

「水兵が何人も病気なの。しばらくほかの水兵と別の場所で寝る人もいるけど、連れていかれてしまった人もいる。そして艦長は……行ってしまった」

行ってしまった。いやな言葉。

「医者が来て、艦長も自分と一緒に行かなきゃだめだ、って。だからふたりとも船を降りた。もう帰ってこない」ペギーはまた泣いた。

じゃあ、本当に行ってしまったんじゃないけれど、もうこの船にはいないんだ。それでも、すごく悲しいことに変わりはない。ぼくも寂しいし、きっと水兵もだ。今度は誰が艦長になるんだろう。またサイコロで遊んでくれる？　ぼくは誰の帽子で眠ればいい？

「艦長はあたしを助けて、面倒をみてくれた。これからは誰がそうしてくれるの？」

「ああ、ペギー、ぼくがいるよ。ぼくたちはお互いの面倒をみればいいよ。水兵だってごはんをくれる」

ペギーは顔を上げる。「お別れを言いたかった。あの手をなめたかった。あまりにも急すぎて」

ぼくもだ。サイコロを追いかけたかった。あれをくわえてどこかに逃げてしまえばよかったんだ。そしたら艦長は船を降りないで、ぼくを捜しに来ただろうに。船に戻ったときにあんなに楽しかったのがうそみたいだ。すべてがこんなに突然違ってしまうなんて。

「どうしてみんな行ってしまうの？　変わるのは嫌い」

「でも、ぼくが来たときにも変わったよ？」

「ええ、でもそれはいい変化。今回はそうじゃない――」

何をすればいいのか、どんな言葉をかければいいのか。どうしたらペギーがまた元気になってくれるだろう。

「どうしてほしい？　なめてほしいかい？」ペギーはうなずいて、弱々しく笑った。ぼくはペギーのぬれた鼻をなめる。「少し何か食べる？」笑顔がもっと大きくなって、もっと首を振った。それからぼくの鳥を見る。

「これはだめだよ、ジョージのだから」

ぼくは機関室を飛びだして階段をのぼり、戸口を抜けて角を曲がって甲板に出た。どこに行ったら食べ物をもらえるかよくわからなかったけど、なんとかなるだろう。いつものペギーに戻ってもらうためなら、なんだってする。左舷側を駆けぬけて艦首に上がり、ブリッジに向かおうとしたとき、ウェルバーンがいたあたりに何かが見えた。モータクトーだ。しかも大勢のネズミが舌を上がってくる。モータクトーが何か叫んで、ネズミたちは右舷側を走っていった。次から次へと、急ぎ足で船の甲板を進んでいく。ぼくたちの船を。

これはひどい。やっぱりペギーの言ったとおりで、ぼくは間違っていた。ぼくたちが餌をやっていたのは、仲間を病気にしてほしくなかったから。なのに、もっとたくさんのネズミが船に乗ってきている。そりゃそうだよ、ネズミにしたらこんな楽なことはない。追いかけられないうえに、猫と犬からごはんがもらえるんだからね。本当ならぼくがつかまえなくちゃいけないのに。

リレットと一緒だったときとは正反対の気持ちになった。でも今はまだネズミに気づかれたくない。それに、こんな気分になるのもいやだった。ぼくはまたご機嫌な猫に戻りたい。ペギーにもご機嫌な犬になってもらいたい。今見たことをペギーにどう話せばいい？

きっと今まで以上に悲しむ。ふと気がつくと水兵部屋で、揺れるベッドの下をいくつもくぐっていた。ジョージに飛びのると、目が合った。

「どこに行ってたんだい？　もう帰ってこないのかと思ったよ。あれ、それは？」

　ぼくは、むう、と鳴いて、口から鳥を離した。

「うわ……ありがとう」ジョージはそれをつまんで（気に入ったみたい！）、床に落とした。それから、おみやげの隣に置いてある小さな紙袋を手に取る。「きみとペギーに渡すものがある。艦長からだ。副長《ジミー》が艦長の荷造りを手伝っていてね。艦長は具合が悪かったのに、副長《ジミー》がこれを見つけたときには少し笑顔になったそうだよ。ペギーのなんだって。きみ宛ての何かもこの中に入ってるらしい」

　ジョージが胸の上に袋をのせる。ぼくが中に鼻を突っこむと、カサコソと音がした。覚えのあるにおい。ジョージが手を入れて取りだしたのは、小さな……サイコロだった。艦長のサイコロ！　ぼくに置いていってくれたんだ。次にジョージが引っぱりだしたのは……なんだろうこれは？　古い靴下。青くて、噛んだ跡がたくさんついている。上のほうはむしり取られたみたいになっていて、少ししか残っていなかった。

　わかった！　片方だけ耳がついているんだ。昔ペギーがもっていた、靴下でつくったサルのぬいぐるみ！　本物のサルがどういうものかは知らないけれど、これはとてもかわいらしくて、いつか会ってみたくなる。このにおいだって、もちろん忘れるはずがない。ペギーを元気にするためならなんだってするって、ぼくは誓ったよね？
ベッドを飛びおり、走って走って、ひたすら走って機関室に向かった。
「おい、どうした！」うしろからジョージの声がした。

アメジスト号に乗船するサイモン
（写真提供／Purr'n'Fur UK）

第15章　はい、フロマージュ*

見渡すかぎりどこまでも青い。前に見た青とは少し違うけど、青は青。ジョージが言うには、ここも南シナ海だけどもっとうんと深いらしい。だから同じ水なのに色がすごく濃いんだ。不思議だね。ぼくたちはときどき港に停まりながら、ずいぶん長いあいだ海に出ている。マラヤのポート・ディクソンというところに寄ったときには、マレー連隊（ってジョージが教えてくれた）の人を何人か乗せた。ポート・ディクソンはとても小さな港で、乗ってきた人も小さかった。

　その人たちが一緒にいた時間は短かったけれど、トイレの使い方が変わってるって水兵たちは笑っていた。トイレに腰かけるんじゃなくて、上でしゃがむんだって。だから海が荒れていると転げおちてしまって、大変なことになるってジョージが言っていた。ツシツ

＊　フランス語で「チーズ」のこと

マやかに用を足すのに、いろんなやり方があるなんて知らなかった。しかもやり方を間違えるとひどい目にあうっていうんだから、おもしろいね。

今ぼくたちは南ではなく北に向かっている。これもジョージから教わった。ぼくはそういう方角もわかるようになったんだよ。上が北で下が南、右舷が東で左舷が西だ。でも、ちゃんと北に進んでいるって、どうやって確かめるのかな。だって、まわりは海しかないからね。昼間は太陽が右舷から現われて、水兵が寝る時間になると左舷におりてくる。夜にはジョージが空を指差して、昔の水兵は月や星や太陽を目印にしたんだ、って話してくれた。

見渡すかぎりが青いだけじゃなく、ぼくたちも青《ブルー》だってペギーは言う。ブルーっていうのは、とても悲しいって意味なんだって。じゃあ、海や空もいつも悲しいのかな。よくわからない。でもたしかにぼくはブルーかもしれない。ジョジョが恋しい。リレットに会いたい。ネズミのことも、考えると気持ちが沈む。あの臭くていやな性悪ネズミ。

ペギーも艦長のことを思いだして、まだ少し元気がない。でも、あのサルのぬいぐるみを渡したときには、驚いてすごく喜んでくれた。あんなにふさぎこんでいたのに、食べ物のにおいや古いおもちゃで機嫌がよくなるんだから、犬っておもしろいね。

ぼくも艦長が恋しいし、あの帽子が懐かしい。でも、少なくともぼくにはジョージがいる。艦長はペギーをこの船に連れてきた人だから、別れぎわになめてやれなかったのがペギーにはつらいんだ。新しく来た艦長はスキナーっていう名前。香港に着いたときに副長《ジミー》としゃべっていた人だ。前の艦長より背が低くて太っている。あまり笑わないので、水兵たちも艦長のそばでは前ほど笑顔を見せなくなった。とてもゲンカクな人なんだってペギーは話していた。意味はよくわからないけどね。前の艦長は具合が悪くて仕事を続けられなくなって、イングランドという場所に送りかえされたらしい。イングランドはいいところだから、きっとぼくも気に入るってペギーは言う。でも、船はこのあたりの海をすみかにしているから、そこに行くことは絶対にないだろう、って。

艦長もほかの水兵も「天然痘《てんねんとう》」っていう病気だった。この病気になると、人間は長いあいだとても具合が悪くなる。みんな赤いポツポツが出てくるので、それで天然痘だとわかるんだって。それと、この病気はデンセンするらしい。またおかしな言葉。とにかく、何人もの水兵に赤いポツポツができたので、ほかの水兵と分けて寝なくちゃいけなくなった。

しかも、ぼくとペギー以外は誰も船から降りられないんだ。そうはいっても、ぼくたちも一度か二度しか船を離れなかったけどね。ペギーはあまり行きたがらないし、ぼくもペギーをひとりにしたくない。何度かリレットを捜したけれど、見つけられなかった。あの親切な男の人と女の人の家を訪ねてみたりもしたのに、途中で道がわからなくなってしまった。それに、チェアマンは本当にもういないんだって、すっかり安心することもできない。なんだか今にも飛びかかってくるような気がして。とにかく、水兵の顔に赤いポツポツが出なくなったときに、ぼくたちは香港を出発した。今は上海《シャンハイ》というところを目指している。そこで何をするのかはわからないけど、きっと楽しいことが待ってるに違いない。そうこうするあいだ、ぼくとペギーはなんとかしてネズミを追いだそうとしてきた。でもなかなかうまくいかない。あいつらは今ではたくさん船に乗っている。水兵には見えなくても、ぼくにはわかるんだ。目の端でさっと消えていく黒い影。売店近くのにおい。あいつらを止めたいけど、やり方がわからない。またペギーの箱を使って罠《わな》を仕掛けても、きっと前のことを覚えていて逃げてしまうに決まっている。いろんなことを知って賢くなる生き物は、ぼくだけじゃないはずだからね。

でもぼくにはまだまだ賢さが足りない。ネズミたちを今度こそ残らず止めるために、別の計画を考えなくちゃいけないのに。

止める、止める、止める。ジョジョは止まって、行ってしまった。ジョジョが行ったというのは、Uボートや艦長が行ったのとは違う。意味はわかっている。ただ、そのことを考えたり口に出したりするのがぼくにはすごくつらい。そう、本当はジョジョは死んだんだ。だからネズミを止めて行かせるには、ネズミに死んでもらわなくちゃならない。ぼくが殺さなきゃいけない。

ぼくは甲板に出て、首のうしろのほうをなめながら、ネズミが一匹もいない絵を見ようとしていた。そうしたら、真っ青でおしゃれなスーツを着た男の人が現われた。この人、知ってる。水兵じゃなくて、乗客っていうんだ。でも偉い人で、ぼくたちと同じところに行きたいからこの船に乗っている。名前はアンリ・カルティエ＝ブレッソン。いつも首から何かを下げている。それを自分の顔のあたりにもちあげて、「カシャ、カシャ、カシャ」って変な音をさせるんだ。

アンリはぼくに気づくと近寄ってきて、「ボンジュール、ルシャ」[*1]それからくすっと笑う。この人がしゃべる言葉は聞きとれるときもあるけど、ちんぷんかんぷんなことのほうがずっと多い。わかるときでも、すごく変なんだ。ジョージが言うには、アンリはフランス人なんだって。

アンリはしゃがんでぼくをなでる。首に下げたやつが揺れて、ぼくの鼻にぶつかった。「デゾレ」[*2]それからぼくと並んで甲板に座り、ポケットに手を入れた。何かくれるのかな、食べ物だといいな。取りだしたのは四角くてひらひらしたもの。ジョージがシンガポールで出そうとしていたのに似ている。においをかぐ。端が開いていたのでそこをなめてみたら、口がびっくりして一気に閉じた。

アンリは笑ってぼくの頭をなでる。「わたし、やる」中からいくつか絵を引っぱりだした。絵の人を見てみたけど、誰かはわからない。ジョージが壁に貼っている薄着の女の人

＊1　フランス語で「こんにちは、猫」
＊2　フランス語で「すまない」

たちのようでもあり、シンガポールで汚い水の中にいた茶色い男の人のようでもある。あの人かな。

「わかる？　見たことある？」

もちろん知らない。でも海みたいに穏やかな顔をしている。

「わたし……」アンリは首に下げたのをつかんで、てっぺんをカシャっといわせてから絵を指差した。「こういうの、とる」

取る？　別に取らなくても、自分のものなんじゃないのかな。

「この人、ガンジー。わたしとったもの。有名な人、大勢とった。国王のジョージ六世も。それともきみ、アルバートって呼ぶ？〔訳注　アルバートはジョージ六世のファーストネーム〕」

ジョージってぼくのジョージ？　王様が……六人？　なんの話だろう。

アンリはぼくに顔を近づける。「きみもぼくの被写体、なれる。こっち、こっち」アンリは立ちあがると、どうしたらいいか考えるまもなくぼくをもちあげて脇に抱えた。首から下げたあれがまた頭に当たる。ぼくたちは船のうしろのほうに歩いていく。

艦尾に着いた。足で引っかいてもがくと、ぼくを床におろして押さえつける。それから手を目の上にかざして空を見て、またこちらを向いて、ぼくを違う位置に置きなおす。

それから片方の親指を立てた。

ゆっくりとうしろ向きに下がっていって、また親指を突きだすと、首にぶらさげたやつをもう片方の手で顔に当てる。

「マントゥナン。アシエ・トワ」[*1]

何？　わけがわからずに座る。

「ボン、ボン」[*2]アンリがあれをカシャカシャさせたら、そこから太陽の光が出てきて目がくらんだ。またカシャカシャ。逃げたいけれど目がよく見えない。ぼくの顔に近づいてカシャ。それからまたあとずさりする。なんのつもり？　ぼくの目をおかしくして何が楽しいの？

「いいかい、ルシヤ。写真をカメラでとるというの、幻想。写真は目と心と、頭でつくる」

目がどうしたって？

カシャ、カシャ、カシャ。

「写真とられるの、好き？」写真？　そうかこれは写真っていうんだ。とるって、ぼくから何を取ろうとしているの？　言ってることがさっぱりわからない。ぼくが伏せると、アンリはまたカシャカシャを始める。

＊1　フランス語で「今だ。座って」
＊2　フランス語で「よし、よし」

「ファ、ン、タ、ス、ティ、ッ、ク。ソ、ワ・ナ、チ、ュ、レ、ル、[*1]」それからぼくを指でつつく。ぼくの好みよりかなり強く。

次にアンリはぼくをつかんで旗甲板に上がった。ぼくはあれやこれやのあいだを歩きまわる。すると、

「止まって！」

え？

「じっとして、ル、シ、ャ。きみ、知ってたか？　あらゆる表現媒体のなか、大切な一瞬を固定できるの、写真だけ」

そんなこと知るもんか。ああ、ペギーがここにいたら、何が起きているのか説明してくれるのに。動く絵が大好きだって言ってたから、きっと喜ぶ。

「ハ、ン、ハ、ン、[*2]何してる？」また怒鳴る。「きみ考えすぎ。考えるの、写真の前とあと。途中じゃない」

少し飽きてきたので、逃げることにした。階段を駆けおり、あいつが近づけない場所に隠れて……うわ！　また来た。カシャカシャしている。あっちへ行け！

これはいつ終わるの？　おなかがすいてきたし、ネズミのことだって考えなきゃいけないのに。ぼくはまた逃げだした。でもあいつはまだぼくに用事があるらしい。階段の下にぼくを追いつめた。その足をすり抜けて艦首に走る。アンリは何かわめきながら追いかけ

てくる。前の艦長がいてくれたら、艦長室に駆けこんで帽子の下に隠れられるのに。

「そのままじっとして。動かないで！」アンリはまた叫んで、腕を乱暴に振りまわす。

ぼくは立ちどまり、背中を丸めてふり返った。すぐにでも足をくぐって逃げてやる。なんなら海にだって飛びこんでやる。

アンリはまたカシャっとしてから、「おおお、これだ。決定的瞬間。なんてかわいらしい……！」アンリがしゃがんで、ぼくに何かをしようとする。チャンスだ！　背中に飛びのり、向こう側におりて、走りに走った。このおかしな男と、あのいやなカシャカシャから逃げたい一心で。こんなことをしてなんになる？　人間って本当にばかみたいだ。偉いっていわれる人までこうなんだから。

＊1　フランス語で「すばらしい。自然にして」
＊2　フランス語で「だめだめ」

第16章　九つの命

やれやれ、やっとひと息つける。まあ、楽に、ってわけじゃないけどね。今いる場所はとてもシッケが多くて（これはペギーに教わった言葉）、息が吸いにくいんだ。でもようやく安心できるようになった。だって、もうアンリにも、あのカシャカシャにも追いまわされることはないから。ぼくが好きなのは追いかけるほうで、その逆はごめんだよ。ぼくたちが上海に着いたとき、アンリは船を降りた。だからあいつのことはもうおしまい。上海で何をするつもりなんだろう。たぶん、いろんな猫につきまとって、みんなの毛を逆立てさせるんだろうね。あの夜のことをペギーに話したら、写真をとられるのは好きだから起きていればよかった、だって。変なの、何かを取られちゃうのに喜ぶなんて。でも、サルのぬいぐるみが戻ってきてから、ペギーが前よりずっと元気になったのは嬉しい。

ぼくは今、ペギーと食堂にいる。ペギーのサルも、水兵の何人かも一緒だ。ペギーはテーブルの下に寝そべってサルを嚙んでいる。水兵たちは食事中で、ぼくは体をきれいにしている。ペギーにネズミのことを相談するなら今がチャンスかもしれない。アンリが言ってた「決定的瞬間」ってやつだ。うん、ぼくたちにあるのは今だけだからね。

うしろ足を顔の前に伸ばしてなめたあと、そのままのかたちでペギーに声をかけた。

「ねえ、ペギー」

ペギーはサルにかじりつくのに忙しくて気づかない。

「ペギーってば」もう一度呼ぶと顔を上げた。口からサルの頭まで、よだれが糸を引いている。「んむむ？　なあに？　ごはんの時間？」ペギーの両耳がぴんと立つ。

「違うよ」

ひとつしかないサルの耳がぱたりと倒れ、ペギーの耳も片方下を向いた。

「でもごはんの話って言えなくもないかな」

ぼくはペギーのそばまで行って、「最近、艦尾に運ぶ食べ物がどんどん増えているの、気づいてた？」

「あら、そうだったかしら。ただ前よりずっと歩きまわっているのはたしかね。あなたも嚙む？」

「ぼくはいいよ。でね、思うんだけど……ううん、思うんじゃなくてこれは絶対に間違いない。前よりずっと増えているんだ、あの……あれ？　初めてここに来たとき、きみはぼ

くのことをなんて呼んだっけ」

「覚えてないわ」ペギーがまたサルをかじりだしたので、ぼくは少しイライラしてきた。

「きっとモータクトーがほかのネズミに話したんだよ。ここならいつでも餌がもらえるぞ、って。最初と比べると……じゅにじゅう匹くらい多い。とにかくたくさんいるんだ」

「それ、ほんと？」

「うん。ネズミのにおいが前より強くなってるでしょう？　姿が見えたように思うこともあるよ」

今にもネズミが食堂を駆けぬけていく気がして、ぼくはあたりを見回す。

「じゃあ、今度こそあいつらを止めなくっちゃね。あたしは間抜けに見えるかもしれないけれど、いいように利用できると思ったら大間違いよ」

水兵のひとりがペギーの横に食べ物を落とした。ペギーはすぐに転がって向きを変えて、いや、変えようとしたけど途中で止まってしまって、足を宙でバタバタさせたままなんとも情けない音を立てた。

ペギーの言うとおりなのはわかっている。問題は、どうやればいいのか。

そのとき、副長《ジミー》が艦長と一緒に食堂に入ってきた。「気をつけ！」水兵は全員食事をやめて立ちあがり、頭の横にさっと右舷の手をもっていく。ぼくまで体を起こした。ペギーは別だけど。ペギーはまたごろんと転がって向きを変えただけ。艦長がぼくを見る。でも前の艦長みたいに笑顔を向けてくれない。

「たった今、無線で指令を受けた」艦長が口を開く。「われわれは南京《ナンキン》に赴かなくてはならない」

「なぜですか？」アトキンズが口をはさむ。

「だからそれを今から話すんじゃないか」艦長はむっとしている。

「南京でコンソート号が面倒なことになった。ロンドン号も現地に向かっている。コンソート号は中国共産党の砲撃を受けて……」

キョウゴクチュウサン党？　そういえば前の艦長に言われたっけ、お前はその仲間なのか、って。ぼく、そうなのかな？　いや、違うと思う。

「いうまでもないが、当地で起きているこのいまいましい小ぜりあい〈訳注　中国国民党と中国共産党による国共内戦のこと。詳細は巻末注の第6章参照〉については、われわれはあくまで中立を貫く。しかしながら、わが国の船を一隻たりとも攻撃させるわけにはいかない」

水兵たちはうなずきながら聞いている。

「到着予定時刻は〇九〇〇時だ。中国国民党が船を出して本艦を護衛することになっている。何か進展があれば副長《ジミー》から逐一知らせる」そして艦長は部屋をあとにした。

艦長がいなくなったら水兵が一斉にしゃべりだして、大きな声で不満をもらす。「香港に戻るんだと思っていた」とか、「上陸許可と休暇はどうなる？」とか。

副長《ジミー》が手を上げると、みんな静かになった。「上からの命令だ。しかたないだろう。コンソート号の乗組員のなかには、任務のために三年近くも国を離れている者がいるんだ。お前たちは恵まれてると思え」

「どうして砲撃されたんですか？」ジョージの心配そうな声。

「さあな。やつらはいささかケンカっ早いようだ」

「この船も攻撃を受けるんでしょうか？」

「それはない。艦首にイギリスの軍艦旗と国旗を掲げるし、船体にも国旗の塗装をする。そこまですれば、さすがにこっちが何者かわかるだろう。だが用心のために、弾薬はいつでも使えるように準備する。おれたちはもう、この地域のためにやるべきことをやった。あとはやつらが自分たちで片をつければいい。恋愛と戦争では何をしてもＯＫ、ってな。おれたちはいっさい手を出さない」

「愛」が何かはわかるけど、「戦争」っていうのはどういう意味なのかな。たしか、リレットとぼくにブラシをかけてくれた男の人も話していたっけ。でも、戦争が愛と同じでどちらもＯＫなら、何もかもうまくいくってことだよね。よかった。それに、この「ナンキン」っていう名前の響きもすごく気に入った。なんでそう呼ばれているんだろう。王様《キング》が住んでいるからかもしれないね。王様ってこの世にどれくらいいるのかな。南京の王様にも名前がふたつある？　もうすぐわかるね、きっと。

＊＊＊

その日の夜、ぼくはジョージの上に寝そべっていた。ペギーと一緒に艦尾に食べ物を運びおえて、戻ってきたところだ。サルのおもちゃが返ってきてからというもの、ペギーはそれをなかなか放そうとしない。だから仕事をさせるのが前よりずいぶん大変になった。サルを無理やり引きはなして、倉庫のペギーの箱に投げこまなきゃいけないこともある。

「もう誰も取りあげたりしないよ」ってぼくはいつも言う。でも、ペギーの気持ちはよくわかる。ぼくにも昔、すごくよく遊んだ相手がいるから。ジョジョだ。今はジョジョがいなくてどれだけ寂しいか。あの姿形が、あのにおいが、あの耳が、どんなに恋しいか。

「じゃあ朝には南京に到着だね」ジョージがぼくの頭を指でカリカリしてくれる。ぼくはのどを鳴らして、にゅっと爪を出した。

「おっと、それは勘弁してくれよ」ジョージはくすっと笑って、シャツからぼくの爪を外した。それからちょっと怯えたような、不安そうな顔をする。

「妙なことにならなきゃいいんだけど」揺れるベッドの脇にある絵のひとつに触れた。

ううん、きっと大丈夫だよ。そんな気がするんだ。怖くて隠れていた小さなぼくが、ジョージに見つけてもらって、この船に来て、ペギーと知りあって、やさしい艦長やあんまりやさしくないマッカネルとも出会って。そして海に投げこまれそうになったり、シンガポールで化け物に追いかけられたり、ネズミを罠にかけたり、リレットと遊んで……あんなことをしたり……。今までのところ、ぼくのこの猫生《じんせい》はすばらしい。

ペギーはなんて言ってた？　誰にでも、なんにでも、いいことと悪いことがあるって。ぼくがこの船に乗ってから、悪いことも少しは起きたけど、いいことも山ほどあった。すべては魔法なんだ、ペギーが話していたとおりに。でも、ぼくにだってはっきりわかることがあるよ。それは、今もこれからも何もかもがうまくいくってこと。きっと間違っていない。

ジョージがまた頭をカリカリする。「きみは猫でよかったね、ほんとについてるよ」

これまたそのとおり。ぼくはすごくついてるんだ。

「ぼくら人間には命がひとつしかないけど……」

それはぼくも同じはずだけど？

「きみは違う。猫には九つの命があるっていうよ」

九つ？　それって、六つより多くてじゅうより少ない数だ。九つだなんて、初めて聞いた。でもそれが本当なら、九つ目より前のジョジョの命はどうなったんだろう。それとも、やっぱりジョジョはいなくなったわけじゃないのかな。ぼくの絵の中に出てくるだけじゃなくて、どこかでちゃんと生きている？

……ううん、違う。ジョジョは止まって、行ってしまった。そう……死んだんだ。でも、死んでいる絵より、九つの命の絵のほうがいい。ジョージがずっとなでてくれて、ぼくはのどを鳴らす。そのうち頭に浮かぶ絵が、九人のジョジョと九人のぼくに変わった。全部合わせたら……えーと、とにかくたくさんだ。

「ねえ、知ってる?」ぼくはジョジョのところに駆けていって、体をぴったりと寄せる。

「ぼくには命が九つあるんだよ。いいことばかりで、すべては魔法なんだ」

ジョジョの胸がドク、ドクと打って、ぼくの体に伝わってくる……

第17章　戦闘配置につけ！

「そのときあたしはいつもの箱で寝ていたの。もちろんサルのぬいぐるみを抱いてね。そしたら、聞いたこともないようなすさまじい音がして目が覚めた。世界じゅうの犬が一斉にほえてみたって、あんなにうるさくはならない。昔、ご主人の家で暮らしていたころのことを思いだしたわ。よくヒューンって不気味な音のあとで、あたりが地響きとともに揺れたものよ。そうなったら急いで地下室に逃げこまなきゃいけなかった。みんなと肩を寄せあってね。お手伝いさんまで一緒だった。

今じゃ水兵たちが駆けまわるのにも、騒々しいのにも慣れている。みんな、あたしの箱に首を突っこんで、『ペギー、ペギー』って大声で呼ぶこともあるんだもの。だけど、このときのヒューンは本当に怖くてぞっとした。『身の毛もよだつ』とはこのことね。どこかで『戦闘配置につけ！』って声がして、あとはそれはそれは大変な騒ぎになった。

ありがたいことに、恐ろしい音はまもなく収まったの。水兵たちはまだものすごく忙しく動きまわっていたけれどね。倉庫にまで入ってきて、なんだか知らないけどあれこれもっていったわ。なんとなく船の速度も上がったみたいだった。エンジンの音が少し変わって、体がうしろに引っぱられる感じがたしかにしたから。でも、大海原の大騒動はいつものこと。だから、いまいましいネズミの餌やりに行く前にもうひと眠りしておこうかと、あたしは箱に戻ったの。

　そのときよ。ヒューッ！　ドドーーン！　あやうく箱から放りだされるところだったわ。本当よ。何事かと思って、箱から出て甲板に向かって歩きだしたとき、たくさんの足が突進してきてすれちがったの。きっとみんな、食堂で朝ごはんを食べていたのね。あたしが甲板に駆けあがったちょうどそのとき、下で誰かの声がした。「見ろ！　あそこからだ！」

　いったいぜんたい何が起きているの？　右舷側を歩きだしたら、「ペギー！　危ない！」誰だか知らないけど、さっきとは違う声だった。あたりは煙だらけ。何人かがイギリスの国旗を広げて、船の脇腹に掛けようとしている。あたしは急いで左舷側に回り、あと少しで艦首というところまでどうにかたどり着いたとき、ドドドーン!!　ああ、恐ろしい、本当に恐ろしい。心底怖かった。「砲撃だ。あそこだ」って声がしたけど、これまた誰だかわからない。煙がもうもうと立ちこめていて、何ひとつ見えないの。どこかから攻撃されていたのよ。しかもあんなとんでもない時間に。まだ朝ごはんもすんでいないっていうのに。

ブリッジに入っちゃいけないことはわかっている。とくにあの厳しい新艦長のもとでは絶対にだめ。だけど、あたしはブリッジに向かうことにした。そしたら、かろうじて見える陸地のほうからまた砲撃の音がしたの。砲弾は海に落ちて、その水しぶきがまともに艦首に掛かった。あたしは今までにないスピードで走ったわ。本当よ。子犬のころだってあんなに速かったことはない。ブリッジに駆けあがろうとしたけど、なんとか戸口にたどり着いたときにまたヒューッと恐ろしい音がして、ドッカーン、ガッシーン！　すさまじい衝撃。船の脇腹に何かが命中したのよ。

『この船を撃ってくるとは』って艦長の声が聞こえた。それから『戦闘機を掲げろ』とかなんとか。そしてまたあの音。今度はもっと大きい。ああ、耳が割れそう。この音からは逃れようがない。砲撃は続いていて、またしてもヒューッと来た。これはものすごく恐ろしい一発だったわ。だって、ブリッジの片側が木端微塵《こっぱみじん》になったんですもの。あたしのそばにいた何人かは、一瞬で吹きとばされて甲板に落ちた。顔も、髪も、服も、何もかも血だらけで。あたしは気が動転して、震えが止まらなかった。頭のてっぺんからしっぽの先まで。

そこに煙よ。ああ、なんてこと。黒い煙がもくもくと立ちのぼって、目ものどもひりひりした。それに、たとえようのないあのにおい。あんなにおいは初めてだし、二度とかぐ羽目になりたくない。人間なのよ、人間の燃えるにおいが混じっていたんだと思うの。

だって、現に火だるまになっている人がいたから。昔よくご主人から幽霊や化け物の話を聞かされたし、もちろん映画館でもいろいろなものを見たけれど、このとき起きていたことに比べたらそんなの怖くもなんともない。

煙が濃すぎて、もう何がどうなっているのやら。歩きだしたら何度もつまずいたわ。そこらじゅうに人が倒れているから。痛みで悲鳴を上げている人もいれば、間違いなく息をしていない人もいる。あたしはもう一度ブリッジをのぞいてみた。コンウェイと艦長が床に横たわっているのがどうにかわかる。ウェルバーンが舵をとっていたけど、やっぱり怪《け》我《が》をしているみたい。顔が血だらけだし、片方の腕がぜんぜん見えなかったもの。そしたら、あたしの目の前で、ウェルバーンの体が床にすべり落ちた。そのとき途中で舵輪《だりん》にぶつかって、船がぐらりと左舷側に傾いたの。

あたしはなんとかそこを離れた。いったいどうやって逃げたのかしらね。だって腰が抜けたようになっていたから。体をいくつもまたがなきゃいけないし、本当に何も見えなくって。あの煙……あんなに恐ろしいものないわ。水兵が何人か燃えていた。そう、文字どおり体が炎に包まれていたの。そこらじゅうで火の手が上がっていて、そしてまたあのにおい。かいだこともないほどの悪臭。たぶん一生忘れられない。

あたしは階段の下に這っていって、隙間に体を押しこんだ。まわりの様子がだいぶつかめてきたし、隠れたから少し安心できた。震えは止まらなかったけどね。陸地が見えなくてよかった。こっちから見えないということは、向こうからもこちらが確認できないってことだから。あたしはつねづねもっと大きな犬になりたいと思っていたけど、このときばかりはこれくらいでよかったと心底感謝したわ。

その場所から艦首の砲塔が見えて、四人の水兵が反撃しようとしていた。でも、焼け石に水だったでしょうね。右舷側からも撃ちかえそうとしていたけれど、またヒューッと音がしたらあっというまに吹きとばされて反撃もそこまで。すると今度は苦しげな声が聞こえてきた。「助けて、ここだ」って。そのうめき声が今でも耳に残っている。でも、そのときはそれがどこから来るのかわからなかった。血だらけの体がいくつも煙の向こうに転がっていたけど、誰が叫んでいるのか区別がつかなかったから。隠れていた場所をおそるおそる出て、そばに倒れている水兵の顔をなめてみた。でもその人は動かない。それで、もう息をしていないってわかったの。

陸地からはまだ激しい砲撃が続いていた。煙の中に水兵がひとり、立ちあがろうとしてもがいている。そしたら、何かがヒュンとその顔に当たって、水兵は前によろけてくずれ落ちた。あたしにおおいかぶさるように。本当に怖かったわ。あのにおい、叫び声。『ダダダダダ』という音が四方八方からこちらに向かってくるようで。撃ちかえそうとする水兵もいたけれど、みんなあえなく倒れていった。それもあたしの目の前で。いろいろなものがいろいろなところで飛んでいる。いったいいつになったら終わるの？

せめて煙の向こうがちゃんと見えたらどんなにいいか。もうみんながどこにいるのかわからない。昔のご主人とすれちがっても気づかなかったでしょうね。それほど煙がひどくて、大混乱だったから。ほかのみんなが無事でいますように、どこかに隠れていますように、って心から祈ったわ。誰かの命がなくなるなんて、考えるのもいや。水兵たちにあんなひどいことが起きて、それを目《ま》の当たりにして、もうたまらなかった。大切な誰かがいなくなるのがどういうことか、身にしみて知っているから。

それからはもう船に砲弾は命中しなかったと思う。少なくともヒューッて恐ろしい音のするあの砲弾はね。でも、得体の知れない敵の攻撃はまだ続いていたわ。カキーン、カキーンって、弾の当たる音が響いていたもの。船の中を歩くときのあたしの足音に似ているけど、それよりずっと大きくて、ずっと怖い。しかも次にどこから来るのか、見当もつかない。ほとんどの人が、甲板に倒れるか伏せるかしている。生きている人は、弾を避けるために這いまわっていたの。きっと仲間の死体を乗りこえて進まなきゃいけなかったでしょうね。そんな恐ろしいことがある？

そのとき船が激しく揺れて、バリバリと砕けるようなすさまじい音を立てて止まった。何かにぶつかったのかと思ったけど、きっと左舷側に傾きすぎて浅瀬に乗りあげたんでしょう。誰も舵をとっていなくて、艦長も死んだ。だから船はただ流れに任せて漂って、座礁したのね。あたりはまだ煙だらけで、いやなにおいも残っていた。でも、このときに攻撃もやんだの。あれだけの大騒ぎだったのがうそのように静かになって、聞こえてくるのはあちこちのうめき声やうなり声。そして傷だらけの船がきしむ音だけ。

最初にゆっくり立ちあがったのが誰だったかはわからない。たぶんウェストン副長ね。あの人の大きな声が響いたから。『名前と状況を報告しろ』って。それに続いて、水兵たちが次々に声を張りあげた。『コンウェイ、左足』『ウィルズ、死亡』『トムソン、手足の指』

ウェストンが『全員、甲板の下へ』って叫ぶと、動ける人はみんな歩いたり這ったり、自分の体を引きずるようにしたりして戸口に向かった。ほかの水兵に手を貸す人もいれば、ぴくりともしない仲間を運ぼうとする人もいる。甲板にも船内にも、濃い煙が立ちこめていたわ。気を失っていた水兵たちがしだいに意識を取りもどすにつれて、せきこむ声やつばを吐く音があちこちから聞こえてきた。

あたしは倒れている人の足をくわえてみた。誰かはわからない。どの顔も血だらけで、見分けがつかなかったから。でも、その足をどうにかして引っぱると、みんな首を起こして甲板からおりていく。階段を転がりおちるようにしてね。ひとりが『ありがとな、ペギー』って、頭をなでてくれたわ。煙やにおいから逃げようと誰もかれも必死だったけれど、下に行っても状況はあまり変わらなかった。そこには死体や怪我人もごろごろしていてね。もう何もかもがめちゃくちゃ。

『よし、聞いてくれ』下に集めた水兵たちに向かってウェストンが口を開いたの。『信じがたい状況になった。早急に撤退しなくてはならない。砲撃で船体に穴があいたかもしれないから、沈没するおそれもある。動ける者は全員、穴を見つけてふさげ。ハンモックでもシーツでもなんでもいいから詰めこむんだ』それから『そこのお前』と赤毛《ジンジャー》を指差した。『機密文書はすべて焼却、暗号装置もぶち壊せ。共産党だか国民党だか知らないが、こんなことをしやがったブタ野郎にはいっさい渡すな』

赤毛《ジンジャー》は出ていった。たぶん作戦室に行っていろいろなものの処分に取りかかるのね。そりゃそうよ、祖国の秘密や大事な装置を敵にくれてやるわけには絶対にいかないもの。

『エンジンも止めろ』ウェストンがまた命令した。

『でもそうしたら、非常用の通信装置しか使えなくなります』誰かの声。

『それがどうした、どっちみち沈没したらおしまいなんだぞ。遭難信号は送れたのか？』

『はい、一度発信しました。「激しい砲撃を受けて座礁。死傷者多数」と』

『よし。それだけ伝えてあれば、間違いなく救援が来る。ロンドン号が揚子江《ようすこう》の河口付近にいるはずだ。医務室の軍医と助手はどうした？　生存の確認はとれているか？』

『行って見てきます』顔が血だらけの水兵が大声で答えて出ていった。昔、ご主人が「不屈の闘志《ブルドッグ・スピリット》」とかいうのを話してくれたけど、きっとこういうことをいうのね。まあ、あたし自身は別にブルドッグが好きなわけじゃないけど。

『何人やられましたか？』震える声がした。

『わからん！　だいぶ死傷者が出たようだ。できるだけ早く数えてみる。よし、これから負傷者を何人か陸に上げるが、手伝う者は？』

乗組員があわただしく動きだしたわ。傷が重い人以外は全員甲板に戻った。あたしは頭をできるだけ低くしてついていったの。どうかもう砲撃を受けませんようにって祈るような気持ちで。何人かで船の横にあるロープを引いて、救命ボートをひとつ、なんとか水におろすことができた。

『歩ける負傷者はこれに乗れ』ウェストンが声を張りあげた。『反対側の岸に上陸させよう。国民党の連中がいるはずだ。あいつらの護衛船はクソの役にも立たなかったがな』

『ボートが小さくて全員は無理だと思います』ガーンズの声だわ！　ああ、よかった、ガーンズは無事だったのね。

『なんだと!?　ちっ！　じゃあ、邪魔な物を片づけて、とくに怪我のひどい者を優先しろ。救援の船が来たら、病院に運んでくれるだろう。残りの者はカナヅチじゃないといいんだがな。命がけで泳いでもらうことになるから』

あたしは手すりのあいだから首を突きだしてみた。水面がやっとのことで見えたけど、ぞっとするほど真っ黒で、しかもずいぶん下にある。これじゃ、あたしはとてもおりられない！　そう思ったら、情けないほどうろたえてしまって。それまでももちろん怖かったのよ。でもあんまり恐ろしすぎて、飛んでくる物に当たらないようにすることだけ考えていればよかった。足の裏をやけどして、毛も焦げたけど、少なくともそこらじゅうに倒れている水兵みたいにはならずにすんでいたし。

そのとき負傷者が何人か体を起こして、救命ボートのロープをもっている人たちのところまで懸命に這っていった。水兵がその人たちに手を貸して、慎重にゆっくりとボートに移動させていく。かついで運びこまれた人もいたわ。何人ボートに乗れたのか、正確なところはわからないけれど、ずいぶん大勢みたいだったから安心したの。

ボートが満員になると、入りきらなかった人が何人か手すりに足を掛けて、船べりから水に飛びこんだ。ここよりは岸のほうがまだ安全だから、そこまで泳ぐつもりでね。なのに、ああ、なんてことでしょう！　黒ずんだ水に落ちたとたん、悲鳴を上げはじめたの。『助けてくれ！　油だ。泳げない！』って。何が起きたのかはわからないけど、まるで水の中に引きずりこまれていくみたいだった。首から上が真っ黒になった人もいた。みんな水から腕を出して、油から抜けだそうともがいたけど、できない。ひどい話だわ。

まだ船べりには何人かいたけど、誰かがその人たちを押しもどして叫んだの。『やめろ！　あっちに移れ。油の少ない場所を探せ！』だけど、どこに行けばよかったのやら。だってどこもかしこも、黒々とした油が浮いているんですもの。煙もまだ残っていて、あたりは不気味に青黒い。でも、きっとましな場所を見つけた人がいたのね。『こっちだ』って呼ぶ声がしたから。少し艦首寄りにいた水兵たちが飛びこんだ。船から離れて岸に向かっていくのが見えて、ほっとしたわ。見えたといっても、かろうじてよ。ずいぶん遠くって。でも、何人かは泳ぎが達者なのを知っていたから、どうか無事に着きますようにってひたすら念じた。

そしたら、ああ、なんてこと！　あの『ダダダダダ』がまた始まったの。まるで急にどしゃ降りの雨になったみたいだった。だって、すさまじい音がして、水面にバシャバシャとしぶきが上がったから。しかも泳いでいる人の頭のすぐそばで。

誰かが叫んだ。『止まるな！　泳げ！　できれば潜れ！』

そのときよ、あたしの頭が真っ白になったのは。得体の知れない敵が、今度は泳いでいる人間を狙っているとわかったから。救命ボートの人たちは水中の仲間を守るためにそっちへ漕《こ》いでいこうとしたけれど、無駄だった。人が撃たれて、叫んで、そして頭が水の下に消えていく。あまりのことに言葉が出なかった。なんて残酷な。銃撃のせいでところどころで油に火がついて、そこを泳いでいた人は火だるまになって沈んでいったわ。ひどすぎる。こんな恐ろしいことがあるなんて。そしてまたあの悲鳴。一生忘れない。絶対に。

救命ボートは反対側の岸に向けてゆっくりと進んでいった。中は負傷者であふれんばかり。動いている人もいれば、じっと横たわっている人もいる。まだ懸命に泳いでいる水兵もいて、腕や頭が見えた。でもあのおぞましい油に囲まれて、立《た》ち往生《おうじょう》したのもいたわ。

そんななかも弾はまだ次々に飛んできて、水を打ち、人に当たり、船を叩いた。

いつまで撃ってくるつもり？　こんなの言語道断よ、卑劣きわまりない。もう船にはあんまり人が残っていなかった。動かなくなったのが何人か甲板にいるけれど、動ける人や動かせる人はみんな下におりている。それほど血だらけじゃない水兵が、撃たれた仲間の腕や足に包帯がわりのものを巻いてあげていた。救命ボートに乗った人も泳いだ人も、できるだけたくさん向こう岸に渡れますようにって祈ったわ。でもそのあとは？　あたしたちはみんなどうなるの？

あたしは下に戻った。そこは血の海で、人が床に寝ていたり、座りこんで頭をさすったりしている。どの顔も幽霊みたいに真っ白。あたしは何人かのそばに行って、なめてあげようとした。喜んでくれる人もいたけれど、あたしがいることに気づきもしない人もいる。マッカネルの姿もあったわ。床で背を丸めて、両方の手のひらをただじっと見つめているの。

ガーンズは負傷者の手当てをしていた。もっとも、できることは限られていたけれどね。とりあえず、頭や腕から噴きだす血を止めようとしたり、水を飲ませたりして走りまわっていた。あのすさまじい煙とひどいにおいをきっとみんなも吸いこんだのね。まだせきこむ音やうめく声があちこちから聞こえたから。あたし自身も煙のせいで頭がすっきりしなかったし、体の中も焼けるようで。そしたら、ああ、嬉しい！　ジョージを見つけたの！

隅のほうで床に足を伸ばして、顔をこすっていたわ。自分がどこにいるのかわかっていないみたい。だからそばまで行って、隣に座ったの。

　ジョージは頭をなでてくれてね、ふたりでしばらくそのままぼんやりあたりを眺めていた。それからジョージは壁に手をついて体を支えながら、ゆっくりゆっくり立ちあがった。そして、『みんなの様子を見てこないと』と部屋を出ようとする。ジョージをひとりで行かせたくはなかったけれど、はっきりいってあの甲板には戻りたくない。でも、ついていくのが一番だと思った。だから床にへたりこんだ人をまたいで、また階段をのぼっていったの。

　甲板に上がったとき、頭を低くするように言ってあげられないのがもどかしくてしかたなかった。でも、幸いあのひどい砲撃は終わっていたわ。水面をのぞきこんでみたら、黒い油が点々と浮いている以外、何も見えない。あたしたちは甲板をゆっくりと歩いていったの。あたりにはまだ黒い煙が立ちこめていたけれど、少し晴れてきたみたいだった。でも、いやなにおいは残っていたし、船はどこもかしこも無惨な姿。あちこちに赤い血の跡や黒く焦げたところがあって、船体の破片やら水兵の長靴やら、いろいろなものがそこらじゅうに散らばっている。

　ありがたいことにジョージはちゃんと頭を低くしてくれて、あたしたちは左舷側を歩いていった。でもそのあいだじゅうずっと、ジョージが撃たれて倒れたらどうしようって気が気じゃなかったの。水兵が何人か、旗やハンモックをかき集めて下に走っていった。穴という穴を全部ふさげますように、って心から願ったわ。船が沈没するなんて、いや。少なくとも、あたしたちを乗せたまま沈むのだけは絶対に勘弁してほしい。

あたしたちはゆっくりゆっくり進んだ。ジョージが邪魔なものを蹴飛ばして、通り道をつくってくれる。そしてブリッジまで来た。ううん、ブリッジだったところ、っていうべきね。とにかくめちゃくちゃに壊されていたから。散らかった残骸を見たとき、片づけるのが大変だな、って思った。ものすごく時間がかかるでしょうね。

瓦礫《がれき》をよけながら少しずつ進んでいって、艦首に着いた。そしたら、わけのわからないものがたくさん折りかさなっている。ふとその下をのぞきこんだとき、口から心臓が飛びだしそうになったわ。だってそこに倒れていたんですもの……あなたが」

第18章　惨劇のあと

何が本物で、何がそうじゃないのか。ジョジョがそばにいたかと思ったら、また行ってしまった。呼びとめようとしても、どんどん遠ざかっていく。また隣で丸くなりたい。ここにはいたくない。ここがどこかさえ、もうわからない。こんな気持ちはいやだ。何か恐ろしいことが起きたんだ。気分が悪い、ものすごく悪い。悪いことばかりだ。耳の中がまだ鳴っている。シンガポールの化け物が一斉に頭の中を走りまわっているみたいに。

ペギーはすべてを一気に話しおえて、息を切らしている。頭が痛い。どこもかしこも痛い。ペギーの顔を眺めていると、それが化け物の顔になり、血だらけの水兵の顔になり、そしてチェアマンの顔に変わる。本当に見たんだろうか、あのぎらぎら光る緑の片目を。誰だか知らないけど、どうしてあんなひどいことをした？　どこにでも、どんな人にでも、かならずいいことと悪いことがあるってペギーは教えてくれた。じゃあ、いいことはどこへ行ったの？　ペギーがやさしくなめようとしてくれるけど、舌が当たると痛くてたまらない。ぼくはただここに横たわっていたい。ここがどこでもかまわない。

「ジョージはどこ？」のどがひからびたようになって、ひりひりする。

「ほかの人の世話をしているわ。ああ、サイモン、それはそれはひどかったの。本当よ。こういっちゃなんだけど、あなたも相当ひどいことになっている。シンガポールのときよりずっと」

　まばたきするのもつらい。どこにいても、いやなにおいがする。でも気づいてみれば、においの元はぼくなんだからしかたがない。なんとか首を回して、背中のほうを見ようとしてみる。毛づくろいができるかな。ううっ！　だめだ。痛すぎる。

「動いちゃだめよ。ところどころ毛が焦げてしまって、血もまだだいぶ出ているみたい。金属のかけらを取りのぞく手術をして、背中を縫ったりもしたから」ペギーはそこでぶるっと震えて、「みんなは、てっきりあなたが……」と言いかけて、やめた。

　じゃあ、ぼくは止まりかけた、ってこと？

「ぼくたち、まだ船の上？」首の痛みをこらえながら、できる範囲であたりを見回す。

「ええ、ここは下の貯蔵室のひとつ。ほかのみんなもいるのがわかる？」

　また少しだけ頭をもちあげてみたけど、何も見分けがつかない。あの……焦げたようなにおいは、ぼくからだけじゃなくてそこらじゅうから漂ってくるみたいだ。ぼくはまた目をつむろうとした。

「やあ、サイモン」ジョージの声だ。「気がついたかい？」ジョージの手が触れて、ぼくはびくっと体を縮める。

「ごめんよ。ああ、かわいそうに、その背中。みんな、もうだめかと思ったんだよ……」

ううん、ぼくはだめになっていない。ただ……ちょっとここにいなかっただけ。ぼくは本当にもう少しで……ジョジョと同じになるところだったの？　眠っているような感じがして、目が覚めたら恐ろしいほどの痛み。ということは、きっとそうだったんだね。

そのとき、急にあたりが騒がしくなる。誰かが部屋に飛びこんできたんだ。

「救援隊が来るぞ！　コンソート号だ」

水兵が何人か、痛みをこらえて声を絞りだした。「よかった。これでこの悪夢とおさらばできる」

「上に行ったほうがいいな」とジョージの声。「ペギー、一緒に来るかい？　それともサイモンとここにいる？」

ぼくは目をあけて、ペギーを見つめた。ペギーがジョージのほうを向いて、それからまたぼくに顔を戻す。体じゅうが痛くて、ろくに動かせないけど、ぼくはすべてをこの目で見たい。ジョージの力になりたいし、船が助けに来るのを確かめたい。だからペギーに「ぼくも行く」とささやいて、体を起こそうとした。

「ああ、まだ動いちゃだめだ！　でも、うん、これならいいぞ」ジョージがぼくを毛布ごとくるんで、ゆっくりそーっともちあげた。「よし、行くぞ、タイガー」

　タイガー？　ぼくはトラになったの？

　かわいそうな水兵たちとひどいにおいを残して、戸口を抜け、ゆっくり階段を上がり、甲板に出た。下の部屋はとても暗かったから、まぶしくて目が痛い。ジョージに連れられて初めてここに来たときのことを思いだす。今も同じ気持ちだ。ジョージの腕の中にいれば安心だ、ってこと。ここは下とは別のにおいがする。海の香りとも違って、少し機関室みたいな。赤いものがあちこちにあって、甲板は壊れていて、船の破片がそこらじゅうに散らばっている。下を見るとペギーが、よくわからない何かをおそるおそるまたいでいた。

　水兵たちがほかの水兵、つまり……もう動かない水兵を運んでいる。そして床に一列に並べて、おおいをかぶせていった。みんな、船を降りるときはいつもこうやって整列していたよね。でも、今はまっすぐ立つんじゃなくて、横たわっている。作業をしている水兵のなかには、最初の艦長が好きだった茶色い水みたいなのを飲んでいるのもいた。でも、艦長と違ってちっとも楽しそうじゃない。船べりからいろんな物を水に投げこんでいる水兵もいる。重いものは数人がかりだ。何をしてるんだろう。

　するとはるか遠くに、こちらに向かってくる船が見えた。ぼくたちの船にちょっと似ているけど、マストがずっと高くて、てっぺんから黒い煙を吐きだしている。ふり返ると、こちらの船からピカッ、ピカッと光の信号を送っていた。コンソート号も光を返す。言葉はないけど、まるで話をしているみたいだ。

近くにいた水兵が何人か大きく手を振っている。顔は笑っているけど、なんだかちっとも嬉しそうじゃない。ずっと遠くの別の何かを見つめているような目だ。そのときジョージが「あ、艦長、ご無事だったんですね！」と大きな声を出して、ぼくを抱いた腕が片方、少しのあいだ離れた。

艦長は具合が悪そうだ。最初の艦長よりもっと。うずくまったまま、ずっと頭をさすっている。ぼくたちがそばに行くと、艦長は「やっと助っ人が来たな」とつぶやいてコンソート号を指差した。

ペギーがぼくを見上げる。さっきより目が輝いていた。「艦長は亡くなったかと思っていたわ。まあ、元気そうではないけれどね」

コンソート号はぐんぐん近づいてくる。速い。でも、ここまではまだだいぶ距離がありそうだ。

「かなりの速度を出していますね」ジョージが艦長に向かって言った。

「ああ」艦長はせきをして、よろけた。ぼくと同じで足に力が入らないみたいだ。

「速度は二九ノットといったところでしょうか」とウェストン。「わたしとしてはもう少し近づいてほしいところです。向こうの副長は本艦を牽引《けんいん》したいようですが、承服しかねます。そんなことをしたら、狙ってくれと言っているようなものですからね。そう信号を送ったところです」それから通りかかった水兵を呼びとめる。「どんな状況だ?」

「損傷箇所をできるだけふさいでいるところです。まだ沈まないと思います」

「よし、それでいい。余分な重量についてはどうなっている?」

「固定されていないものはすべて捨てています。本艦はだいぶ被害を受けていますから」

「ああ、それは見ればわかる。進捗《しんちょく》状況は逐次報告――」

ウェストンが急に言葉を切った。艦長がまたひどくせきこんで、両膝をがくりと床についたからだ。片方の手を前に伸ばして体を支えようとしたけれど、最後はぼくたちの目の前でくずれるように甲板に倒れた。

こんなのいやだ。ぼくはジョージの腕の中で小さく小さく丸まろうとした。ペギーが、キューン、と悲しい声を上げる。

「誰か来てくれ!」ジョージが叫ぶ。「艦長を下におろすんだ!」水兵がひとり駆けてきた。血だらけの顔をして、真っ黒に汚れたぼろぼろの服を着て。艦長を抱えあげて肩にかつぐと、階段に向かう。それから途中で足をすべらせた。甲板はまだ、わけのわからない黒っぽいものでぬるぬるしている。

コンソート号が近づいてくる。もうすぐみんな無事に助けだされるだろう。そうしたら、ジョージの腕の中よりもっと安全になる。ジョージが目の上に手をかざした。ペギーが小さくしっぽを振っている。コンソート号の姿が少しずつ大きくなって、旗が見えてきた。

ひとつ、ふたつ、三つ。ぼくたちの船と同じ。いや違う、もっとある。ひとつ、ふたつ、三つ、五つ、四つ、七つ、六つ。あれ、間違えた？

「懐かしの祖国の旗だわ」ペギーが誇らしげにほえる。するとそのとき、不気味な音が立てつづけに鳴りひびいた。とたんに、大きくて恐ろしいハエがまた現われて、ジョージの頭をかすめて飛んでいく。「まさか！　もう勘弁して！」ペギーは叫び、どこかへ走っていった。

「頭を下げろ！」誰かの声。「伏せるんだ！」

ヒューッ！　ズドーン！　ぼくは体をぎゅっと縮めた。ジョージがぼくを抱いたまま、勢いよく甲板に倒れこむ。ほかの水兵も同じようにするか、階段を駆けおりるかしている。

「また撃ってきているぞ」ジョージがまわりの音に負けない声で叫んだ。「サイモン、大丈夫か？」

ううん、大丈夫じゃない。怖い。怖くてたまらない。このハエ、嫌いだ。ジョージが伏せているのもいやだ。ペギーはどこに行っちゃったんだろう。ハエが船に当たると、頭の上でカキーン、カキーンといやな音を立てる。命中しなかったハエはヒュンと船を越えて、反対側に飛んでいく。何人かがそばを駆けていったら、空気を裂くような音がして、みんな横に吹きとばされて甲板に叩きつけられた。赤いものが一面に散る。

ああ、お願いだから、ジョージにもほかの誰にも、どうか当てないで。ペギーが無事でいますように。ジョージが片手にぼくを抱いたまま這って進む。ぼくのうしろ足が甲板を引きずる。あ、う、あうっ！　痛くて体が動かない。怖くて声も出ない！

ぼくたちは砲塔のうしろに隠れた。

そのとき、大きな音であのドッカーンが始まった。前と同じくらいうるさくて、前と同じくらい恐ろしい。上を向くと、あたりがまた煙に包まれている。ヒューッ、ドカーンが来るのはあそこからだ。あの、ぼくがたしかにチェアマンを見たところから。でも今度は反対側からも飛んでくる。きっとコンソート号からだ。こんなことをする相手に撃ちかえしているんだ。

「体を起こしちゃだめだよ、サイモン」とジョージの声。言われなくてもわかっている。一番初めにジョージの腕の中にいたとき、ぼくは怯えていた。今度は痛くて怖くて、震えている。これはぼくが悪い絵を見るときよりひどい。だって本物だから。においもするし、音も聞こえる。ハエが船にぶつかったときの揺れも感じる。ペギーはどこ？

ハエが飛ぶ音はしなくなった。でも大きなドカーンは続いている。ドッカーン！　ドッカーン！　こっち側からも、あっち側からも。ジョージがゆっくりゆっくり立ちあがる。だめだ、ジョージ、危ない！　それからぼくを抱えたまま体をかがめて、這うようにしながら走って陸地とは反対側に回りこんだ。ハエや大きなドカーンが届かないほうの側だ。コンソート号が近づいてくる。てっぺんから煙を吐いて、なぜか右舷側からも煙を上げている。そのとき激しい音がやんで、コンソート号はそのままぼくたちの船を通りすぎた。待って！　行かないで！　救出しに来たんじゃないの？　ジョージはぼくを助けてこの船に連れてきてくれた。そして、今度はコンソート号がぼくたちを救ってくれるんだよね？なのにどうして離れていくの？

コンソート号はアメジスト号の艦尾のそばを過ぎていく。チェアマンのいるほうからまたヒューッ、ドカーンが始まった。どこへ行くの？　どうして止まってくれないの？

「きっと方向を変えるんだよ。あっちを向いてたら逃げられないからね」

コンソート号が遠ざかると、恐ろしい音はやんだ。「よし、下へみんなの様子を見に行こう」ぼくを抱えてジョージが階段を駆けおりる。そしたら、さっきより大勢の水兵が血だらけになっていた。ガーンズがいる。隣に座っているのは……ペギーだ。

「急に逃げだしちゃって本当にごめんなさい。またあれが始まるなんて、とても耐えられなくって。何がなんだかわからなくなってしまったの」ペギーはすっかりしょげている。

「上で少しおもらししちゃったかもしれない。あんまりつつましやかじゃないわよね」ぼくが鼻をグスンといわせると、ジョージはぼくがおりたがっていると思って、ペギーの近くにそっと置いてくれた。

さてと。う、うっ！　足の裏が床に触れたら、うしろ足がずきずきしてたまらない。立っていると、ペギーのおなかみたいに体が揺れる。四つの足でしっかり踏んばっても、全身がふらふらした。ペギーのほうに行きたいだけなのに、それができない。痛いからというより、まるで浮いたり沈んだりしているような感じで、今にも倒れそうなんだ。

「ペギー、歩けない」

「まあ、どうしちゃったの？　片方の足をもう片方の足の前に出せばいいのよ。やり方はわかるでしょ？」

ぼくはゆっくり左舷の前足と左舷のうしろ足をペギーのほうに出して、それから右舷の足も動かした。具合が悪いっていうのはこういう気分なのかな。だったらきっとそうなんだ。もう少しペギーのほうに一歩を踏みだしてみる。足が全部痛い。あうっ！　ぼくは、みゅう、と力なく鳴いた。

「きっとひげがないせいだわ。全部なくなっているもの」

本当だ。ひげをピクピク動かそうとしても何の感覚もない。真っ赤にそまった水兵や煙の絵が浮かんで、頭が重い。なのに、ふわふわと軽い気もする。左舷の足、右舷の足、左舷、右舷……。ようやくペギーのところにたどり着いた。体をすり寄せたら、ペギーのぬくもりが嬉しい。もしかして目を閉じたら、この煙もハエも……だめだ、痛くてつむれない。ただここにいよう。じっと伏せていよう。

そのときまた外からすごい音が降ってきて、ペギーもぼくも跳びあがった。ジョージが部屋を飛びだしていく。行っちゃだめだ、ジョージ！　ほかの水兵も何人か体を起こして、物も言わずにじっとしている。ドッカーン！　ドッカーン！　ぼくたちはひたすら待った。ぼくは何もかもを追いはらいたくて、ペギーのおなかの下に頭を突っこんだ。

足音がして、ジョージが駆けこんでくる。「共産党め。危険すぎて、コンソート号はここに停止できないんだ。あっちもだいぶやられていて、損傷が激しい。今、帰っていったよ」

水兵が一斉にため息をもらした。部屋がさっきより暗く小さくなった気がする。においも強くなって、少し息苦しい。ペギーの耳がしおれている。

「つまり、おれたちは置きざりにされたってことか？」誰かの声が響いた。

「そんなはずがあるか」と別の声。「おれに任せろ。送信機を直して使えるようにする。信号を送るんだ」

「いざとなったら瓶《びん》にメッセージを入れて流せばいいさ」ほかの誰かが大声で言うと、みんな声を上げて笑った。全身が赤と黒で汚れたかわいそうな水兵も、ヘビ男みたいに布でぐるぐる巻きにされた水兵もみんな。

笑いがやんで、ぼくは部屋の中を見回す。最初にここに来たとき、水兵たちはまだ新しくてピカピカしている気がした。ぼくだって生まれたてみたいな気分だった。でも今は具合が悪くて、頭からしっぽまで体じゅうが痛い。きっとみんなもそうなんだね。もう新しくもないし、ピカピカでもない。汚くて、臭くて、悲しい目をしている。ぼくはぼくの場所からずいぶん離れてしまったけれど、それはみんなも同じなんだ。懐かしの祖国からも、王様からも、兄弟からも女兄弟からも、お母さんからも遠いところにいる。

艦長はテーブルの上で眠っている。ガーンズは大忙しだ。マッカネルがじっと黙ったまま膝を抱えていた。ぼくはゆっくりそこまで歩いていく。ペギーが床から首を上げた。左舷の足、右舷の足。一歩一歩順ぐりに踏みだして、ようやくマッカネルのところまで来ると、すぐ横に伏せた。マッカネルは下を向いたけど、ぼくを見ていたかどうかはわからない。そしたら、マッカネルの手がぼくの頭にのった。やさしい手……煙が……水兵が倒れて……ジョジョが……

足音と誰かの声で目が覚める。

「通信できたぞ！」声が大きいのか、ぼくの耳がまだガンガンしているのか、どっちだろう。「低出力の送信機をなんとか使えるようにしたはいいが、アンテナが残らずなくなっちまっていて。だから、このストレインとフレンチが小窓から電線を垂らしたら、うまくいったんだ！」

「それで？」とガーンズ。

「ブラックスワン号とロンドン号がこちらに向かっていると連絡を受けた」とフレンチ。

「それからウェストンによると、船を軽くしたおかげで離礁して移動できるそうだ」

ちょうどそのとき、床の下から低くうなる音が聞こえてきた。エンジンだ！　エンジンが動きだしたんだ！　船がギシギシ、ゴトゴトいいながら息を吹きかえした。ペギーが駆けよってきて、ぼくに鼻をすり寄せる。

「もう穴がふさがっているといいんだけど。あんなことがあったあげくに沈没なんて、絶対にいやだわ」

「もう一度外に出て、様子を見てきたほうがいい？」ぼくがきくと、ペギーは迷わず首を横に振る。ほんとのことをいうと、そうしてくれて助かった。体は痛いし、内心怖かったから。もう一度、水兵全員のうなり声よりもっと大きな音がして、船がぐらりと揺れた。細かく震えているのもわかる。動いているんだ！

「これでじきに終わるわね」ペギーがそうつぶやいたとたん、ドカーンとまた恐ろしい音が破裂した。「ああ、安心するのが早すぎた」ペギーはため息をついてから、負けずに大きな音を立てた。

ここにじっとしているしかない。水兵たちがうめき声を上げ、船はゆっくり動き、ペギーとぼくはお互いを見て、それから水兵たちに目を向ける。ぼくはそのとき初めて思った。ここからいなくなりたい、って。

ズドーン！　ズドーン！　ズドーン！　音はやまない。でも船は少しずつ少しずつ進んでいる。頭がはっきりしている水兵はみんな、外の物音に耳をそばだてていた。やがて……うん、少し静かになってきたぞ。きっとドカーンから遠ざかっているんだ。沈没もしていない。やった！

「ブラックスワン号とロンドン号も、もう到着していいころよね」ペギーは体をかく。ああ、ぼくもかきたい。でもまだ痛くて無理だ。ペギーがのっそり起きあがる。「ちょっと様子を見てくるわ。たぶん……少しはましになっているだろうから」そう言うと、うしろ足のあいだにしっぽをはさんで、小走りに部屋を出ていった。行き先はきっとあそこだね。マッカネルがぼくの横で、わけのわからないことをつぶやいている。ペギーが何かをくわえて戻ってきた。やっぱりね。その顔は嬉しそうでもあり、悲しそうでもある。

「ビスケットがこれだけあったわ」しっぽを振ろうとしている。ぼくも食べたかったけど、まだのどがひからびていて、ひりひりと痛い。だからちょっとだけかじって、せきこんだ。水兵たちがうめいている。ペギーは自分の分を平らげて、ぼくの分も少しおなかに入れた。ぼくたちはただうずくまって、じっと待った。

第19章　一〇一回の眠り

船は悲しい空気に包まれている。ブラックスワン号とロンドン号がすぐそばまで来ていると聞いたとき、下にいた水兵のうち起きあがれる者はみんな体を起こして笑顔で待った。何かにつかえていた船は動けるようになり、前よりは安全な川上に少し移動できた。ペギーは船を降りる絵を浮かべて声を弾ませていたし、ぼくは足の裏を上手に床につけるやり方を練習して、少しでも痛くないように、そしてなるべくふらふらしないように頑張っていた。怪我をした水兵のなかには、これで故郷《くに》に帰れるぞ、って目を輝かせているのもいた。ジョージもふるさととの家族の話をしてくれた。

だけど、ブラックスワン号とロンドン号はぼくたちを救出できなかった。ジョージがぼくを助けてくれたようなわけにはいかなかったんだ。ガーンズが言うには、ぼくたちをひどい目にあわせた（そしてチェアマンが一緒にいる）のは共産党で、ブラックスワン号とロンドン号のことも攻撃したんだって。両方とも砲撃を受けて、水兵が怪我をしたり死んだりした。だから、コンソート号みたいにこの場を離れるしかなかったらしい。初め水兵たちは、遊んでるときのぼくみたいに嬉しそうにしていたのに、それがこんなに悲しい顔になるなんて切なくてたまらない。みんな、すごくつらそうだ。ジョジョが止まったときのぼくみたいに。

死ぬ。死んで、行ってしまう。それは大切な誰かがいなくなること。ぼくもそうなりかけたって、ジョージとペギーが教えてくれた。この世から消えるって、どんな感じなんだろう。残されたほうと同じ気持ちなのかな。だからここにいる水兵はこんなに悲しそうなんだね。仲間を大勢なくして、今はここに置きざりにされて助けの船を待っている。なのにその船も結局は帰っていくしかなかった。この船の水兵たちも、悪い絵を見はじめているみたいだ。だって、ぼくが水兵部屋で寝たり、眠ろうとしたりしていると、ときどき水兵たちの泣き声が聞こえるんだ。急に起きあがって、あたりを見回すのもいる。暗くても、ぼくにはわかるからね。みんな瞳《ひとみ》を見開いて、怯えている。ジョージみたいに目がぬれていることもある。

助けの船が行ってしまったあとで、飛行機が水におりてきた。不思議だね。空を飛ぶのは見たことがあるけど、水の上に停まるなんて初めてだ。まるで大きな鳥みたい。飛行機にはお医者さんが乗っていた。でも、その飛行機も長くはいられなかった。着いたとたんにまた攻撃が始まったから、急いで去っていったんだ。それにしても、共産党が撃ってき

ている最中に船に跳びうつるなんて、よっぽど勇気があるんだね。
二、三日したら今度は小さな船が現われて、新しい艦長になる人を連れてきた。そして、怪我のひどい水兵を何人か乗せてひき返していった。でも、みんなここに残って手伝いたいからと、船を降りるのを最後までいやがっていたっけ。
そのとき手を貸してくれたのが国民党っていう人間。共産党が撃ちころそうとした相手だ。きっとぼくたちは国民党の仲間と間違われたんだね。でも国民党の人たちを見ると、この船の水兵より共産党のほうに似ている気がするんだけど。なんで人間は似た者同士で傷つけあうのかな。そもそも、誰かをやっつけたいなんて、どうして思うんだろう。

ぼくたちが少し船を移動させたとき、国民党は小型の船で応援に来てくれた。でもやっぱり攻撃を受けたんだって。そのときひとりが、あの大きな恐ろしいハエに当たって大怪我をしたために、自分の舌を飲みこんで死のうとまでしたそうだ。自分で自分を止めようとするなんて、どうしてそんなことを？　さっぱりわからない。ジョージがその話をしたとき、ぼくは舌の位置を確かめて、のどの奥に引っこめようとしてみた。でも、そんなの初めっから無理。舌っていうのは、体をなめてきれいにするためのもので、自分を止めるためのものじゃないよね？

新しい艦長はケランズっていう名前だ。この人が来たとき、ジョージはぼくを脇に抱えてあいさつに行った。もうひとり、ヘットっていう水兵も一緒に。ヘットは士官だから、普通の水兵より偉いらしい。ケランズはジョージとヘットには声をかけたのに、ぼくにはこんにちはも言ってくれなかった。とても厳しくて、前の艦長よりもっとゲンカクな人みたい。でも、アメジスト号とぼくたちみんなを立てなおすには、きちんと指揮をする人が必要なんだって。

　ケランズは船じゅうに爆薬をしかけるように命令した。だから、もしぼくたちに何かあったら、船ごと吹きとぶことになる。自分の舌を飲みこもうとする人間がいたり、共産党と同じことをこの船にしろとケランズが言ったり。もうわけがわからない。ケランズは水兵を食堂に集めて話をして、まだ水兵部屋から動けない人たちのところにも行って声をかけた。それから「馬の首《ホーセズ・ネック》」っていう飲み物*を全員に配った。見た目もにおいも、最初の艦長の茶色い水に似ている。ぼくはこのにおいが好きになれないけど、ケランズや水兵の何人かは気に入ってるらしい。これを飲むと、少しのあいだだけでも悲しくなくなるみたいだ。でも、なんで馬の首《ホーセズ・ネック》って名前なんだろう。馬からしぼるのかな。猫の首《キャッツ・ネック》っていう飲み物もあるのかしら。

　ほかにも水兵が笑顔になったことがある。香港の「ジャーナリスト」っていう人のことを教えてもらったときだ。その人は、ぼくたちがひどい目にあっているのを聞きつけて、

＊　ブランデーをジンジャーエールで割ったもの

この話を世界じゅうに広めたらしい。だから、今じゃぼくたちがここにいるのを世界じゅうが知っているけど、何もできずにいるんだって。ひとりの人が世界じゅうに何かを伝えるなんて、いったいどうやるんだろう。きっといっぱい話さなきゃいけなかったよね。それに、世界じゅうがどういうふうに助けてくれるのかもよくわからないや。

水兵たちが喜んだことがほかにも一度だけあった。陸まで泳いだ仲間がどうなったかを聞いたときだ。みんな、「地雷」が埋まったところを歩いていかなくちゃいけなかったんだって。地雷っていうのは、踏んだら爆発するようになっている。でもひとりも吹きとばずに、全員無事だったんだ。これを知ってみんな嬉しそうだったけど、あとはいつも暗い顔をしている。

船を離れた何人かは今、上海の「病院」ってところにいる。こんな恐ろしいことになる前に、ぼくたちがいた町だ。でもこれは……生きている人ってこと。そうじゃない人もいる。スキナー艦長の命は助からなかった。死ぬ。死んで、行ってしまう。愛する誰かがいなくなること。赤毛《ジンジャー》もそうだってジョージから聞いたとき、ものすごく悲しかった。怪我をした水兵のなかには、アメリカの病院船で香港に戻されたのもいる。アメリカはポーローニの国だね。ポーローニがペギーとぼくにやさしくしてくれるように、その船の水兵もいい人で、みんなの世話をちゃんとしてくれてたらいいな。

ぼくたちはもうずいぶん長いことここにいる。でも、ぼくの具合はよくなってきた。背中や頭が痛むのに変わりはないし、足の裏を床につけるとまだずきっとするけど、もう動きまわれる。気分も変わってきた。リレットに会ったときとちょっと似ているかな。また引っかいたり嚙みついたりしたいんだ。ただ、今度はなんでそうなったかわかっている。

ぼくはチェアマンや共産党が赤毛《ジンジャー》やみんなにしたことを考えた。チェアマンがジョジョにしたことも。共産党はなんでぼくたちをあんな目にあわせたんだろう。自分たちの場所だから、ぼくたちがいないほうがいいと思ったの？　チェアマンも同じ気持ちだったのかもしれない。でも、それは間違っている。

それからぼくはネズミのことを考えた。あいつらはそこらじゅうを走りまわって、食べ物をくすねている。みんなのことなんかおかまいなしで、おかげで具合の悪い水兵がなかなか元気にならない。昔は、いい生き物とか悪い生き物とか、そういうのはないと思っていた。でも今は、そういいきれなくなっている。ペギーとぼくが友だちになれるのに、どうしてそれができない動物や人間がいるのか。でも、誰かがほかの誰かをやっつけようとするなら、それはそいつが悪いからだ。いなくなるのは悪者のほうでなきゃいけない。なんの思いやりもなく、相手を傷つけようとするやつは、止めなくっちゃ。だからぼくはやるしかないんだ。この船にネズミがいないほうが水兵のためになる。だから殺さなくちゃいけない。それがようやくわかった。

モータクトーはきっと大勢の仲間を船に誘ったに違いない。下でかわいそうな水兵のつま先をかじっているのまでいたんだ。だから、ほかの船に救出してもらえなかったとき、ビスケットをくわえて戻ってきたペギーが嬉しいような悲しいような顔をしていたんだ。あのときペギーも、ネズミがうろついているのを見たって言ってた。どのネズミも「すっかりご満悦って感じだった」って。この言葉、前にも聞いたね。いったいどういう意味だろう。満腹ってことかな。まあいいや、やるべきことはわかっているから。

水兵もぼくも少しずつ元気になってきたので、ぼくは船じゅうを歩きまわる。速く走れないのはわかっているけど、近くにネズミのにおいがしたら、かならず隠れて待つ。においのあとは音だ。あたりをかぎまわる音、床を引っかく音。それから姿が見える。あのピンクの鼻がひくひく動いて、ぼくの耳もピクピクする。ぼくは体を低くして、爪を出して、それから……パッと飛びかかる！ 爪がネズミの背中に食いこむ。シンガポールの恐ろしい化け物がぼくにしたみたいに。でも、ぼくはやらなきゃいけないからやっているんだ。これが正しいことだから。

初めてネズミをつかまえたとき、かわいそうな気がしてあやうく逃がしてしまうところだった。でもそのときチェアマンを思いだした。あの片方しかない緑の目を。水兵たちの具合がどんなに悪そうかってことも。だからネズミが動かなくなるまで、爪を離さず噛んで噛んで噛みまくった。ずっと前にはできなかったことだけど、今ならできる。仲間を守るため、自分の仕事をするために。ぼくはついにネズミを獲る猫になった。

甲板の上も下も、ぼくは船じゅうを捜しまわる。においをかいで、じっと待ち、狩りをする。それから体をきれいにして、水兵たちとのんびり過ごして、夜になってみんなが寝静まったらまたつかまえに行く。一度アトキンズが、ぼくが仕留めたネズミをほかの水兵に見せたことがあった。

「でかしたぞ！」ガーンズがほめてくれた。「こいつらはおれたちの敵だ。どんどんやっつけてくれ」

仕事をしないで水兵たちと一緒にいるとき、みんなして「ラジオ受信器」っていうのを囲むことがある。箱のまわりに立っていると、中から人間が話しかけてくるんだ。すてきな音も流れてくるよ。ぼくが昔いた場所の大きな建物みたいに。ほら、人間が大勢動きまわって、ぼくもおしりを振りたくなっちゃうところ。これもきっと魔法だね。電気を食うから、しょっちゅう使うわけにはいかないらしいけれど、この箱にはみんなを笑顔にする力があるみたいだ。水兵たちは、うんと遠くから届く声に耳を澄ませる。これを聞くとみんな故郷を思いだすんだってジョージは言う。じゃあ、この箱はぼくと同じだね。だって、ぼくをおなかに乗せたりなでたりしているときも、ふるさとの愛する人たちのことが浮かんでくるって前にジョージが話していたから。

あとは、みんなと一緒にひたすら待っている。待って、待って、さらに待つ。足の裏を床につけても、もうそんなにずきずきしない。そうだ、ぼくのまゆ毛はなくなっているんだって。ペギーが教えてくれた。だから目を閉じると痛いのかな。でも、どっちみち目はあんまりつむりたくない。眠らないとよくならないぞ、ってジョージは言うけどね。だって寝ようとすると、ときどきジョジョやリレットじゃなくてチェアマンだけが出てくるからいやなんだ。あの片方しかない緑の目が光って、それから恐ろしいハエが飛んできてドカーンが始まる。でもネズミ獲りは続けている。ネズミの死体を見つけると、水兵は元気になるんだってジョージが笑ってた。死んだものを喜ぶなんて、変わっているね。

ぼくは水兵たちの隣に寝そべって、みんなの心を楽にしてあげたいとも思っている。絵の中にジョジョが出てきてそうしてくれると、どれだけ力になるか知っているから。だから、水兵たちにも同じ気持ちになってほしいんだ。体をなめてきれいにしてあげることはできないけど、そばにいることならできる。頭をなでたければ、なでればいい。

ぼくが近くに来るのを喜んでいる様子の人もいるけど、かまわないでもらいたがる人もいる。でもね、ぼくにはちゃんとその区別がつくよ。初めてマッカネルに会ったときに、ぼくのことを嫌ってるってピンときたみたいにね。少しずつまたひげも伸びてきたから、それをピクピク動かせば、誰のところに行けばいいのかわかる。今でもジョージの上で眠るのが好きなことに変わりはないけど、具合が悪い水兵のそばにもいてあげるんだ。「ありがとう、サイモン」って言ってもらえることもある。「お前がいてくれてどれだけ助かるか。おかげでみんな元気が出るよ」って。

頭の中で化け物の叫び声がすることはもうない。かわりに、船のいろんな音が聞こえる。昔と同じように。水兵たちの顔の毛も、ぼくのひげみたいに伸びてきた。どの顔も、もうピカピカのピンク色じゃない。あれはずっと昔のことのように思える。今じゃみんな、頭だけじゃなく口のまわりにも毛が生えてきた。ひょっとして、ぼくみたいに毛むくじゃらになるのかな。そしたらみんなも舌で体をきれいにするようになる？

ケランズが国民党の小船に乗ってきたとき、食料や水を運んできてくれたと水兵たちは期待した。でも、もってきたのは、のたくった線がいっぱい書かれた紙だけ。船の食べ物は配給になるってそのときジョージが教えてくれた。この言葉は最初の艦長も使っていたから覚えている。あまりたくさんは食べられない、って意味だ。今じゃ食べ物はもっと減っているから、水兵の配給は半分になって、毎日ほんのちょっとのパンしか口にできない。ぼくやペギーの分はもっと少ないので、ペギーのおなかはもう昔みたいにゆさゆさ揺れなくなった。

ケランズはぼくのことがあんまり好きじゃないみたいだ。いつも忙しいか怒鳴っているかのどちらかで、ぼくをなでようとなんかしないいし、あいさつだってしてくれない。ときどき小さな船でどこかに行って、しばらくすると戻ってくる。ジョージが言うには、共産党の偉い人たちと話をしているんだって。ケランズが出かけるたびに、あっちでつかまったりしないかって心配になる。そもそも、皆殺しにされそうになった相手となぜ会うんだろう。きっと艦長はすごく勇敢なんだね。結局いつも帰ってくるけど、そのときはとてもとても怒っている。

ケランズの話すことが全部わかるわけじゃないけど、共産党はぼくたちを逃がす気がないんだって。最初にこっちが撃ってきたから反撃したんだとくり返しているそうだけど、そんなのはうそだし本物じゃない。あのときぼくはジョジョと一緒だったから、よく覚えていない。でもペギーの話では、ぼくたちの船は揚子江をのぼって南京に向かっていただけだ。こっちが先に攻撃したと認めれば、ぼくたちを自由にしてくれるらしい。けど、ケランズにそのつもりはない。だって実際にそうじゃなかったから。つまり、うそをつけばみんなが助かるんだとしても、今はそんなごっこより本物を押しとおすほうが大切ってことだ。ぼくもケランズみたいになれるかな。Uボートやリレットとまた一緒にいられるなら、うそを言ってでもこんな恐ろしい冒険は終わりにするかもしれない。

そうそう、船の上はものすごく暑くなってきたんだ。倉庫も、機関室も、売店も、食堂も、水兵部屋も、どこもかしこも。それは油が足りないからだってガーンズが教えてくれた。水兵たちが船から飛びこんだとき、水に浮いていたのは油だ。油のせいで沈んだ水兵もいたけど、この船を動かすには油がいる。きっと、油にもいいところと悪いところが両方あるんだね。

甲板に出るといつも、とてもちっちゃなハエがそこらじゅうにたくさんいる。上を向いても下を見ても、ハエの大群だ。腕や顔にとまると、水兵たちは引っぱたく——パシッ！小さな赤いあとが残ることもある。ハエがプーンと音を立てて飛んでくると、みんなはあわててよけようとする。ぼくはこのちっちゃなハエが嫌いだ。あの大きくて恐ろしいのよりはましだけど、このハエもぼくを攻撃して噛もうとする。だから、いなくなるまで船の中に入っているようにしているんだ。でも、そうすると今度はぼくの毛がすごく暑くなってきて、どれだけ体をなめても涼しくならない。どこでどうしていればいいのか。それはペギーも同じ。そうだ、ぼくは水兵だけじゃなく、ペギーのことも元気にしようとしているよ。ペギーは鼻をすり寄せてくれることもあるけど、あっちへ行って、って背中を向けることもある。

それでも水兵はみんな、ぼくがそばにいるのが嬉しいんだってジョージは言う。それは、ぼくをこの船の仲間として認めてくれているってことだ。ずっと前に聞いた、最初の艦長のあの言葉。船ではみんな何かの仕事をしているから、ぼくも働かなくちゃいけない、って。ぼくの仕事はネズミを獲ること。だから全員が救出されるまで、ぼくは自分の仕事を続ける。

＊＊＊

まだ暑い。暑くてたまらない。みんな腹ぺこで、前よりずっと毛むくじゃら。それはぼくも同じだけどね。ぼくはもう歩ける。そんなに痛くないし、具合もそれほど悪くない。階段を駆けあがることだってできる。船がここでどのくらい停まっているのかはわからない。でも、ほとんどの水兵はだいぶ動けるようになってきた。ときどきぼくは作戦室に入っていって、フレンチが指で何か叩くのを見ている。すごく速くて、「カチ、カチ」って音がするんだ。ペギーやぼくの足音にちょっと似ているかな。作戦室でフレンチがケランズに話すのはいつも、信号を送っていることと、どんな返事が来たか。たぶんこのカチカチはそのためなんだね。ケランズはいつも頭をかいて怒鳴りちらす。フレンチを叱《しか》っているわけじゃないと思う。ただ大声を出してみんなを働かせたいだけなんだ。

ぼくはペギーとジョージとガーンズと、ほかの何人かで食堂にいる。みんなが何を飲んでいるのか、においでわかるよ。きっと馬の首《ホーセズ・ネック》だ。においだけじゃなくて味も変だけど(一度ジョージが指につけてなめさせてくれたらすごくまずかった)、今の船の臭さよりましだ。ぼくたちはずっとずっと待っている。こういうとき水兵はよく、小さな紙を巻いてそれに火をつける。そうすると煙が出てくるんだけど、これはいまだに好きになれないや。たまにこの紙のことでケンカが始まる。紙の分け方が不公平だとか、あいつのほうがおれより多いとか。

今、みんなはテーブルのまわりに座って、手に平べったい何かをいくつももっている。

何かはわからないし、ぼくにはどれも同じに見える。なのに、なんでみんな一生懸命に眺めているんだろう。そこへケランズが入ってきた。

アトキンズが飲み物をぐいと口に放りこんで、「何かありましたか？」

「本国には通信を送っているが、あいにく進展がない。共産党との交渉は堂々めぐりで、らちがあかない。まるでイタチごっこだ」

イタチごっこ？　どこにイタチがいるの？

「だが、やつらが折れるのを待って、ずっとここにいるわけにもいかん。切りつめてはいるが、燃料が残り少なくなってきた」

ケランズはそれから「わたしももらえるかな？」と、アトキンズの飲み物を指差した。

アトキンズがグラスにそそぐ。

「では、どうするんですか？」ガーンズが手にもっていた平たいのをひとつ、テーブルに置いた。今まで隠れていたほうを上にして。黒い印が九つついている。いや、一〇個かな？　なあんだ、わかったぞ。みんなも数の勉強をしているんだ。

「わたしに任せろ。お前たちを救いだすためにここに来たんだ。絶対に助けてみせる」ケランズはグラスを一気に飲みほして、「今、作戦を練っている。近々指示を出すから待っていてくれ。早起きの鳥は虫をつかまえる〔訳注　「早起きは三文の得」を意味する英語のことわざ〕、ってやつだ」そう言うと、大またで部屋を出ていった。

鳥？　虫？　ケランズはいろんな生き物の話をしてくれるから楽しいね。それに、作戦があるっていうのがもっと嬉しい。

ジョージはガーンズがテーブルに置いたのに目をやった。

「じゃあ、次はぼくの番？」

「ああ。出せるのがあるんならね」

ジョージは手元から得意げにひとつ抜いてテーブルに置く。それには女の人の絵が描いてあった。ただ、体の下からも顔が出てるけど？　変なの。やっぱり数の勉強じゃないのかな。化け物の勉強？

みんなが笑った。もしかして、これは怖いのじゃなくて、おもしろい化け物なのかも。

ジョージが指でぼくの頭をカリカリする。「サイモン、きみもやるかい？」それは無理だよ。水兵はみんな手に指が五本あるけど、ぼくには、えっと……。右舷の前足をもちあげて眺めてみる。一、二、三、四……四本しかないもの〔訳注　実際には少し離れたところに親指があるので五本だが、サイモンは数え間違えた〕。

「なあジョージ、お前が初めてサイモンを船に連れてきたときのこと、覚えてるか？」

ガーンズがくすっと笑う。「いきなり水差しに手を突っこんだよな。あのとき確信したね、こいつなら仲間になれるって」

「もちろん覚えてるよ。何もかも、もうはるか昔のことみたいだ」

みんながうなずく。「サイモン、お前はものすごくよくやっているよ。おれたちの面倒をみてくれて」とガーンズ。

それからみんなに向かって話を始めた。「作家のホレス・ウォルポールは猫を飼ってたんだ。名前はセライナ。でも、あるとき死んじゃってね。ウォルポールはすっかりしょげちゃってさ。トマス・グレイっていう詩人にその猫のことを話したら、グレイは詩を書いて慰めようとしたんだ」ここでコホンとせきをする。「題名は……『金魚鉢で溺《おぼ》れた愛猫《あいびょう》に捧《ささ》ぐ』」

わっ。なんだか、やな感じ。

「じゃあさ、黒猫が不吉っていわれる理由、知ってる？」ジョージが数やら化け物やらを全部一緒にこすりあわせながらきいた。みんなは首を横に振る。

「ジェイムズ・ジョイスが書いた『猫と悪魔』って話のせいだよ。ある町の住民のために、悪魔が橋をかけてやると約束した。そのかわり、最初に渡った者を悪魔の奴隷にするって条件でね。ところが町長が真っ先に黒猫を送って、その猫が悪魔の腕に飛びこんだ。で、悪魔と友だちになった。だから……」ほかのみんなが「おおお」と感心したような声を上げる。それからジョージはぼくを見て、「きみが真っ黒じゃなくてよかったよ」

そう、ぼくは黒と白。それって、ぼくには幸運なところとそうじゃないところが両方あるってこと？

「ミセス・チッピーの話は知ってるか？」アトキンズが割りこむ。

「誰だい、それ？」

「南極を探検したシャクルトンの猫だよ。猫も一緒に連れてったんだ。けど、すごく寒くなっちまって、場所を変えようって話になったとき、必要じゃないものは処分せざるをえなくなってな。だから……さよなら、ミセス・チッピー、ってわけさ」

「ぼくらなら、絶対にきみを寒いところに置きざりになんかしないのにね」ジョージがまたぼくの頭をカリカリしてくれた。そうされるとまだちょっと痛いけど、でもいいや。

寒いところには行ってみたい気がする。ジョージやペギーやみんなと離れるのはいやだけどね。でも違うにおいをかいでみたいし、この暑さにはうんざりだ。ぼくがまた甲板に出ようとしたちょうどそのとき、ケランズが勢いよく戻ってきた。

「知らせておきたいことがある。司令長官に『台風が近づいてきた場合の行動についてご助言いただきたい』と信号を送ったところ、『岸から離れて、操船余地を十分に確保するという原則が当てはまる』との回答をたった今受けた。とりあえず全員に伝えておく」

なんの話？ さっぱりわからない。

ケランズは水兵たちを見渡してにやりとうなずくと、背中を向けて大またで出ていった。

1949年7月、揚子江で身動きがとれない時期のサイモン、ペギー、および乗組員たち
（写真提供／ Stewart Hett）

第20章　大勝利

ぼくは甲板を散歩している。ペギーも誘ったんだけど、そんな気分じゃないって。暑くなればなるほど、何かをするのがいやになるみたい。食べる物も減っているから、よけいにそうなんだ。どうしたらもっとペギーに笑顔になってもらえるだろう。もちろんぼくだって腹ぺこだけど、じっとしているのはいやだ。暑さからも、船の中のにおいからも逃げたいからね。足はもう痛くないし、今は……死んでるのとは正反対になったから、できるだけ動きまわりたい。まだ速く駆けるのは無理だし、もう二度とちゃんとは走れないかもしれないけど、あのちっちゃなハエをよけながら船じゅう歩くのは気持ちがいい。

今日は小型の船が一隻やってきた。怖い人が乗っているかと思って最初は怯えたけれど、油をもってきてくれたんだから大丈夫だってジョージが教えてくれた。大きな丸い筒がいくつも。きっと中に油が入っているんだね。ヘットとガーンズと、あと何人かで、その筒を高く高く吊りあげてこっちの船に移して、それから甲板の上を転がしていく。ものすごく重そうだ。それから筒を立てて、力を合わせてもちあげて、ゆっくりゆっくり何かに中身をあける。それが終わったら、筒を下に置いて別のを取ってくる。これを一日じゅうやっているから、みんな汗だくだ。手を止めて紙をくわえて、火をつける暇もない。

　ぼくたちはもうだいぶ長くここにいる。月を眺めるたびに、何度見たか覚えておこうと思うんだけど、空に月が出ていないこともあれば、月のことを忘れてしまうときもある。ジョージはベッドの脇の絵の横に小さな印をつけている。毎日線を一本ずつ書いて、五本目になったらそれまでの四本を線で消すから、なんだか柵みたいだ。その柵が今じゃいっぱいできている。

　ぼくはたくさんなでてもらって、たくさんのどを鳴らした。ネズミもずいぶん殺したけれど、まだいっぱいやっつけなきゃいけないのはわかっている。ぼくは水兵たちの膝に乗ったり、隣で寝たりする。みんなは数や化け物に目をこらして、紙にのたくった線を書いて、馬の首《ホーセズ・ネック》を飲む。何度も何度も太陽がのぼって、何度も何度も眠ったけれど、ビスケットはあまりないし、楽しいこともない。でも、少なくともぼくは歩きまわっているし、元気になっている。それは水兵たちも同じだ。

　ブリッジのあたりはだいぶやられている。でも船は動けないわけじゃない。何日も前、砲撃を受けた場所を離れて、川のここまで来られたんだから。だけど、あとどれくらい進めるだろう。こうやってあちこち壊れているのを目にすると、とてもじゃないけど遠くまで行ける気がしない。ブリッジをのぞいてみたら、ケランズとシャープがいた。ふたりとも話をしながら頭をかいている。するとケランズが顔を上げてぼくを見つけた。

「出てけ！　猫の来る場所じゃない！」あんまり恐ろしい声だったから、思わず跳びあがった。ふと見ると、何かがたたんで甲板に置いてあったので、あわててその下に潜りこむ。水兵たちがいつも使う揺れるベッドだ。

「怒鳴らなくてもいいでしょう、艦長。ほら、大声に怯えていますよ」シャープの声。

「みんなの士気が下がらないのは、こいつのおかげでもあるんですから」

「ふん、ハンモックに隠れればどんな音でも消せるとでも思っているのか。バカなやつだ。臆病者めが」

震えがおさまると、ぼくはベッドの下から外を確かめて右舷側に飛びだした。速足で艦尾に向かう。そしたら、そこに誰か立っている。片足を手すりに掛けて、体がぐらぐら揺れているみたいだ。ぼくはとてもゆっくり、そーっと近づいた。甲板に大きな袋が置いてあって、その脇の狭い隙間を抜けていく。あれはいったい誰？　あ、マッカネルだ！　何をしているんだろう。水兵も水兵の足も、ちゃんと船の中にいなくちゃいけないはず。あんなふうに片足を外に出してはだめだ。ペギーやぼくが真似をしたら、船から落ちてしまう。なぜあんなことを？

ぼくはすぐにひき返してブリッジに駆けあがった。入口のところまで来ると、ケランズがまたぼくに気づいて怒鳴りつける。「しっ、猫め、あっちへ行け！　忙しいのがわからんか？」でも、今度は怖がったりしない。今までにないくらいしっかりケランズをにらみつけて、みゃう、と鳴く。

「うせろ！　行くんだ」

それでも立っている。にらんでいる。勇気を出して。そしてもう一度、みゃう。

「何かしてほしいことがあるのでは？」シャープがぼくを見て、それからケランズに目を戻す。

「ふん、腹が減ったとでもいうんだろう。いいか、みんな腹ぺこなんだぞ」

さらにもう一度、みゃう。

シャープが近づいてきたから、くるりと向きを変えて艦尾を目指す。シャープがケランズと一緒についてくる。ぼくは今度もなるたけ急いで、それから何かを飛びこえ、ふり向いた。ふたりはまだうしろにいる。また、みゃう、と鳴いて、もっと速く歩く。シャープとケランズを連れて艦尾までたどり着くと、マッカネルが見えた。もう足が両方とも外に出て、船べりにのっている。

「マッカネル！」シャープが叫んだ。

マッカネルがふり向く。目がぬれていて悲しそうだ。シャープが駆けよって体をつかむ。

「おい、何やってるんだ、しっかりしろ！」

つかんだ体をもちあげて、船の中に引きずり戻す。ふたりは重なるように甲板に倒れこんだ。マッカネルは震えている。

ケランズがポケットからきらきら光るものを取りだして、マッカネルに渡す。「少しやるといい」マッカネルは手の甲で目をふくと、ぐいと飲みほした。それから順ぐりにぼくたちに顔を向け、弱々しく笑みを浮かべる。

「……すみません……」

ケランズはかがんで、ぼくの背中をなでた。うっ、まだちょっと痛い。頭にしてくれたらよかったのに。

ぼくはその場を離れて、ペギーを捜しに行った。マッカネルのあの姿を見て、新しい絵が浮かんだんだ。そのことをペギーに話したい。ペギーはいつもの箱で丸くなっていた。

「ペギー。ねえペギー、起きて」

ぴくりともしない。

「ペギーってば」ぼくはなんとか箱に飛びこんで、体の上に乗っかった。

「ウーッ。ん？　ビスケット？　じゃなかった。なんの騒ぎ？」目を覚まして、耳をパタパタさせる。

「ネズミをやっつけるときがきたと思うんだ。一気に全部ね」

「その話、今じゃなきゃだめ？」ペギーが鼻をすり寄せてくる。「ここにいると、とても気持ちがいいのよ」
「だめ、だめ。今すぐやらなくちゃ。水兵たちはあんまり食べていない。だから残ってい
る食べ物はできるだけ守らないと」
「わかった、わかった、そんなに言うなら」ペギーはのっそり起きあがり、箱から這いだ
す。
ぼくたちはそっと調理室におりていき、あたりを眺めまわした。ネズミの姿はないけれ
ど、どこかにいるのはにおいでわかる。
「よーし、目についた食べ物をなんでもいいからもってきて、また道をつくるよ。それか
ら売店に行ってもっと取ってくる。ビスケットでも、ゼッピンのごちそうでもなんでも。
たくさんの食べ物を守るためなら、少しくらい使ってもいいんだ。それで艦尾におびき寄
せよう」
ペギーがあたりをかぎまわると、すぐにパンが見つかった。ちょっと緑色になってるけ
ど。
「これでいい？」
「うん、うん、なんでもいい。あとね、今度はつまみ食いはなしだよ」まるでケランズに
なった気分だ。指示を出して、やるべきことを知っている。
ぼくたちはパンのほかにもいろいろ集めてきた。それを足の裏と歯を使ってできるだけ

細かくする。それから口の中に詰めこんで、艦尾の近くに運ぶ。艦尾にはさっきの大きな袋がまだあった。いいぞ。船の横と袋のあいだの狭い隙間に食べ物の道を通す。それから調理室に戻って、さらに探しまわる。ビスケットとお米が少し見つかった。

「ペギー、ビスケットを噛んで、細かくして。でも食べちゃだめだからね」

「わかってるわよ」ペギーは鼻を鳴らす。ビスケットを歯で砕き、それから足の裏でさらにつぶす。ぼくはお米を集めて口に入れて（うえっ、まずい！）、それも艦尾にもっていく。艦尾には食べ物の山と、立派な道ができてきた。見つけたものを足していくうち、山はもっと大きく、道はもっと長くなる。

「ハムゼルとペータルだね」ぼくはペギーに笑いかけた。

ペギーはきょとんとしてぼくを見る。

また調理室に入って、お米をかき集める。それから貯蔵室をのぞいて、何かないか探した。なんだか臭いのもあれば、いいにおいのもある。ぼくたちは速足で艦尾に戻り、見つけた食べ物を道の端につけ足した。

ペギーは舌を出してはあはあしている。のどが渇いたからか、くたびれたせいかはわからない。ぼくもうしろ足が痛む。前にこの作戦をやったときより、ずいぶん骨が折れる。でもようやく終わった。艦尾には食べ物の大きな山ができて、そこから道が延々と伸びている。おいしそうなのばかりじゃないけど、そんなのかまやしない。どうせあいつらはなんだって食べるんだ。具合の悪い水兵のつま先までかじるくらいだからね。

「前のときみたいに隠れて待つのね？」

「うん、でも今度は眠っちゃだめだよ」

「あら、その心配はいらなくってよ。今、元気はつらつな気分なの。気づかなかった？」

ペギーがぼくを鼻でつつく。でも、おなかが前みたいにゆさゆさ揺れないのが、なんだか悲しかった。ぼくたちは艦尾の近くで隠れて待つ。見上げると、空はまだ青い。でも、じきに暗くなりそうだ。小さなハエがブンブンいう音が聞こえるから。あのハエはいつも、日暮れが近づくと現われる気がする。昔、ぼくのふるさとにいた鳥に似ているな。暑くなりだす時間にやってきて、もっと暑くなるとどこかに飛んでいったっけ。

ペギーを見ると、ちゃんと目をあけている。よしよし。

「ペギー、何してるの？」

「何してるって、どういう意味？　考えているのよ。前はほら、『あたしは行動するのが好きで、あなたは考えるのが好き』って言ってたでしょ？　でも近ごろはあたしもずいぶんあなたに似てきたみたい」

「じゃあ、何を考えているの？」犬って、どんな絵を見るのかな。

「それはまあ……いろいろよ」ペギーは小さくプーをした。

「しーっ、だめだよ。驚いて逃げちゃうじゃないか、ネズミが。ぼくもだけどさ」

「あら、もうあなたは逃げたりしないと思うわ。勇敢な猫だもの」

ぼくたちは話をやめ、耳を澄ましてじっと待つ。ぼくの耳はうしろに倒れているけど、ペギーのは垂れている。でもふたりとも目を大きく開いたまま、鼻を油断なく動かす。

そのとき、聞き覚えのある甲高い鳴き声と、小さな足で走る音がした。キーキー。パタパタ。全身の毛が逆立ち、爪がにゅっと出る。五本指じゃないから、水兵たちみたいに化け物や数で遊ぶのはできない。でも、四本あればこの仕事はできる。うん、間違いなくネズミのにおいだ。ペギーがうなり声を上げかけたので、やめさせた。

そっとのぞくと……いた。こっちへ来る。食べ物の道に沿ってネズミがぞろぞろと。ピンクの足、ピンクの鼻、長いしっぽ。みんなして駆けてくる。置いてある食べ物を平らげながら。ぼくたちの大事な食べ物を。何匹かはわからないけど、とにかくたくさんだ。もう艦尾で食べ物の山に鼻を突っこんで、あれこれ頑張ってるのもいる。列の一番うしろに大きいやつが一匹見えた。ほかのどれよりもでかい。モータクトーだ！　鼻を動かしながら、ゆっくりと近づいてくる。

ぼくは少し体を縮めて、ネズミたちが通っていくのを見守った。あとからあとから艦尾に向かって走っていく。目の前をモータクトーがさっと過ぎた。ぼくはじっと待ちながら、頭の中で数をかぞえる。六、七、八、九、もひとつ九、もひとつ一、体の下から顔が出た女の人。よし、もういいだろう、今だ！

ぼくは隠れていた場所から飛びだし、跳ねるようにして艦尾に急いだ。うっ！　背中が、うしろ足が痛い。でもかまうもんか。ぼくたちにあるのは今だけだもの。ペギーがすぐうしろからついてくる。艦尾に着くと、ネズミたちが夢中でごちそうにかぶりついていた。こちらには目もくれない。ぼくは爪を出し、ジャンプして……一匹つかんだ。背中に食らいつく。おいしくないけど気にしない。噛んでは爪を立て、噛んでは爪を立て。動かなくなるまで。息をしなくなるまで。

ペギーがあの大きな袋の隣に伏せて、隙間をふさいだ。ネズミはペギーのいるところは通れないし、ペギーをよけて袋を乗りこえる度胸もない。同じところをぐるぐる回るだけ。ぼくは別の一匹に襲いかかって、がぶっ！　固い。それからもう一匹、また一匹。爪で押さえて牙を突きたて、死体の山を築いていく。一匹、二匹、三匹、四匹……山がだんだん高くなる。爪が鋭い、目も鋭い。ぼくはまさに……生きている！　跳んで、走って、噛みついて。リレットと一緒にいたときみたいに、叫びたい気分だ。みゃおおおおう！　だけどまったく同じじゃない。リレットのときは、ただただどこまでもいい気分だった。でも今は、いいようでもあり、悪いようでもあり。また別のネズミをやっつけて、死体の山にほうり投げる。ネズミは逃げ場をなくして、途方に暮れている。ペギーまで足で一匹つかまえた。ぼくはそれを受けとって、するべきことをする。

ペギーのうしろに見覚えのある人影。ジョージだ。きっとネズミの悲鳴を聞きつけて、何事か見に来たんだ。少し離れたところで物陰に隠れて、こちらの様子をうかがっている。足元に目を戻すと、ネズミが一匹、逃げていこうとしていた。体を押さえつけて爪を食いこませ、嚙みついて投げすてる。チェアマンや共産党がぼくたちをわけもなく攻撃できるんなら、ぼくだってこいつらをやっつけていいはずだ。だってちゃんとした、とても大切な理由があるから。これ以上ぼくたちの食べ物を横取りさせるわけにはいかない、ってこと。二度と水兵をかじらせるもんか。別のネズミの背中をくわえて、引きずっていって……ええい、水に落としてやれ。バシッ！　前足で弾きとばす。またつかまえて、船べりから外に放りだす。モータクトーがじりじりとうしろに下がっていった。でも、もうあとがない。

やがてうめき声をあげた。「待て……待ってくれ」

「もう、うんざりするほど待ったよ」うん、われながらいいセリフだ。ぼくは飛びかかった。体をつかみ、首のうしろに食らいついて、艦尾をずるずる引きずっていく。なんて重いんだ。ぼくは嚙んで嚙んで、嚙みつづけた。爪の下で暴れるけど、放すもんか。向こうが引っかこうとするから、ぼくはさらに牙と爪を食いこませる。それでもやつはもがきつづける。最後に一度、とびきり強くがぶりといってやったとき、ぼくの鋭い歯が首に深々と沈んだのがわかった。

ネズミの首も馬の首もおいしいもんじゃない。でも……猫である以上、猫らしくふるまわなくては。ぼくはこのために船にいるんだ。逃げ隠れせずに、自分の化け物や恐怖と立ちむかうために。ぼくは首のうしろにかじりついたまま、絶対に放さなかった。やがてあいつはピンクの足を一度だけピクッと伸ばして、それからぐったりした。動かない。ぼくが口を離すと、目の前にどさりと落ちて止まった。モータクトーは死んだ。

顔を上げたらジョージの大きな声。「すごいぞサイモン！　お手柄だ！」ペギーが得意げにほえる。「やったわ！　今度こそほんとにやっつけた！　ウォフ！　ウォフ！　ウォフ！」

ぼくは胸を張り、モータクトーの動かない体を見つめた。こいつがどれだけこの船を苦しめたか。それから首をまたくわえて、引きずりながら歩きだした。艦尾から甲板を通り、目指すはブリッジ。背中が痛いけど、立ちどまらない。前へ、前へ。ふり返ると、赤い道ができている。ブリッジに着いた。まっすぐケランズのところに行って、足元に死体を落とす。

ケランズは死んだネズミに目をやって、それからぼくを見る。その顔に、大きな笑みが広がった。

「これは幸先がいい。でかしたぞ、水兵」

サイモンとケランズ艦長（写真提供／Purr'n'Fur UK））

第21章　脱出

ぼくは食堂にいる。自分のことが誇らしくてたまらない。リレットと遊んで以来、こんなに気分がいいのは初めてだ。マッカネルも一緒に座っていて、にっこり笑ってなでてくれる。ジョージはそれに気づくと声をひそめて、「驚いたな。マッカネルのやつ、いったいどうしたんだ？　なんだか調子が変わったぞ」

なんの調子？　そもそも「調子」って何？

そこへケランズが大またで入ってきた。ぼくに向かってウインクすると、急にまじめな顔になってコホンとひとつせきをする。それまで馬をしぼった変な飲み物を飲んだり、紙にのたくった線を書いたり、おしりに顔のついた化け物を見たりしていた水兵たちが、一斉に手を止めた。

「諸君、どうやら嵐が近いようだ」

「嵐はずっと前からですよ」とアトキンズ。

「ああ。だが、今度のはわれわれにとって恵みの嵐になる」

「なぜですか?」とガーンズ。「先日の台風ではだいぶ油を失いましたが」

ガーンズはきっと、何日か前の夜のことを言っているんだ。あのときは、船が大きく上下に揺れて目が覚めた。外でヒューヒューうなる音がして、初めはまた攻撃されたのかと思ったくらい。でも、ジョージがなんの音か教えてくれて、ぼくは中にいないとだめだって。表に出たとたん、船から吹きとばされてしまうから。ずっと空を飛んでみたかったけれど、そういうのはごめんだ。甲板にいた水兵が部屋に戻ってきたときには、泳いだみたいにずぶぬれだった。

「それは承知のうえだ。たしかに燃料は五五トンしか残っていない。だが今また台風が中国沿岸を通過すれば、たぶん揚子江の河岸は洪水になる。となれば、低地にある共産党軍の砲台はすべて撤去され、呉淞《ウースン》の要塞《ようさい》でも見張りは頭を引っこめているしかあるまい」

水兵全員がケランズをじっと見つめている。

「月は今夜一一時に沈む。ちょうどいい暗さになるわけだ」

「何にちょうどいいんですか?」アトキンズが尋ねた。

「脱出だ。今晩、決行する」

息をのむ音がした。

「下流にいるコンコード号にはすでに信号を送った。脱出に成功したら……いや、成功したときには、呉淞《ウースン》の先で合流することになっている。かならずやり遂げるんだ。スキナー少佐や乗員の死を無駄にするな」

水兵はみな、しばらくじっと床に目を落としていた。やがてガーンズが顔を上げる。

「コンコード号が中国の領水に入って大丈夫なんでしょうか」

「それについては手を打ってある。さあ、これから二時間でやるべきことは山ほどあるぞ。一八〇人いた乗組員も今ではわずか六〇人だから、楽な作業ではない。だがこの船には、見事な働きぶりの優秀な水兵がひとりいるだろう。諸君も見習って励むように」

ジョージがぼくの耳元で、「きみのことだよ。きみがいろいろしてくれるおかげで、ぼくらの士気がすごく高まっているからね」

ぼく？　ぼくが何をしたの？　なでてもらって、あと……自分の仕事をしているだけなのに。

ケランズはさらに続ける。「船の周囲を帆布《はんぷ》でおおってもらいたい。黒く塗ったうえでな。商船に見せかけるんだ。それで敵の目をだいぶ欺《あざむ》けるだろう。さらにごまかすために、出航の際には煙幕を張るように指示してある」

「承知しました」アトキンズが頭の横にさっと手を当てる。「ほかに何か？」

「ああ。お前とお前とお前」三人の水兵を指差す。「ハンモックやシーツを集めて、全体に石けんを塗りつけてくれ」

「なぜそんなことを？　石けんはあまり残っていませんが」ガーンズの声。

「ありったけ使え。脱出に成功したあかつきには、いくらでも洗濯させてやる。石けんを塗ったら錨鎖《びょうさ》に巻きつけるんだ。そうすれば、錨を上げるときの音がぐっと抑えられるからな。ある水兵のおかげで、音を消すならこれだと思いついたんだ」ケランズはぼくを見てまたウインクする。それから厳しい顔になってみんなのほうに向きなおった。「よし、ほかに質問は？」

「ひとつあります」今度はフレンチだ。「脱出しているあいだ、ラジオを聴いていてもいいでしょうか。『家族のお気に入り』〈訳注　本国の家族と戦地の兵士をつなぐ目的でＢＢＣが放送していたラジオのリクエスト番組〉があるんですが」

「音を小さくして、脱出に支障をきたさないなら、なんでも好きなものを聴いていい。よし、みんな仕事にかかれ。二二〇〇時に錨を上げる。一四〇〇マイル〈訳注　約二二五キロ〉先には自由が待っているぞ」

なんだかぞくぞくする。ついにここから抜けだせるかもしれないなんて。新しい冒険の始まりだ。今度はもっとうまくいくといい。だって今やっている冒険は待っているばかりで、悪いことだらけで、長く続きすぎだもの。ぼくはそっと部屋を出てペギーを捜した。

ペギーはいつものようにサルのぬいぐるみと一緒に箱の中にいた。だけど眠ってはいない。じっとどこかを見つめている。

ぼくは前足を箱に掛けて、ペギーを見下ろした。ペギーは目だけ動かして、ほとんど顔を上げない。

「あら、サイモン。またネズミを見つけたの？」

「ううん、もうたくさんやっつけたからね。でもまだいたら……」爪をにゅっと出す。

「その調子よ。あなたも箱に入る？」

「いや、それよりきみも出てきたほうがいい。ケランズが言ったんだ、ここから脱出するって」

ペギーがさっと顔を上げる。

「ああ、よかった。だって、もうここにいるのは心底いやだもの。耐えられないわ」

ペギーがゆっくり箱から這いだして、ぼくたちは甲板に向かう。そこは少し涼しくて、あたり一面が月に照らされていた。あちこちに水兵がいて、いろいろな布を掛けて船の脇腹をおおっている。旗はもうなくて、あるのは黒っぽい布ばかりだ。

「みんな何をしているの？」

「船を隠しているんだ」

「でも、まだ見えるわよ」不思議そうな顔をする。

「もう少し待ってて。今にわかるから」ぼくたちは座って、これから起きる何かに向けて水兵が準備するのを見守った。

「ペギー、眠っちゃだめだよ」

「心配いらないわ」

ぼくたちは甲板に伏せて見つめながら、じっと待った。ケランズが大きな足音を立てて何度も脇を通る。空のほうを向いたり、手首に巻いたものを眺めたりしながら。そしてついに三人の水兵に命令した。「錨を上げろ！」

心臓が跳びあがった。「いよいよだね、ペギー」

ぼくたちは体を起こし、太い鎖のところに駆けていった。鎖にはハンモックやシーツがしっかり巻きつけられている。それがゆっくりと動きだす。いつもはうるさい音がするのに、今日はしない。ケランズが水兵に指示したことが、きっとうまくいったんだ。ブリッジにいるケランズが、ヘットの横でにこにこしながらうなずいている。そのとき、ケランズの顔から笑みが消えた。こうこうと灯りをつけた船が一隻、こちらに近づいてくる。

「あれは商船か？」ケランズの声が響く。「よし、通りすぎるのを待とう。そしてこっそりうしろにつくんだ。これもいい隠《かく》れ蓑《みの》になるかもしれん」

ぼくたちは船が過ぎていくのを待った。その姿がだいぶ小さくなったとき、ケランズがもう一度大きな声を上げた。「よーし、満潮だ。月も沈んだ。今だ！　今を逃したら、夜明け前に脱出できんぞ！」

ゆっくりと、それはそれはゆっくりと船がすべりだす。ぼくはまわりのみんなを見上げた。エンジンの音がするだけで、あとは静まりかえっている。誰も口を開かない。水兵がひとり、胸の前で両手を組んでいる。夜空は真っ黒、船も真っ黒、ぼくだけ黒と白。共産党に見つかったらまずいな。ぼくはペギーのうしろに隠れた。体が震える。

　船は少しずつ岸から離れていく。下流に向かっているんだ。ぼくたちが動いたときに共産党が撃ってきたら、水兵を全員川に飛びこませて船を爆破するってケランズは言っていた。それを聞いて、ジョージの顔は真っ青になった。ぼくもいやだ。絶対に。

「頼む、うまくいってくれ」誰かが声を殺してつぶやく。

　前を行く商船が見える。灯りが揺れている。

「あとどれくらいかかるか知らないけど、このまま脱出できるんなら簡単だね」ぼくはペギーにささやいた。もうそんなに怖くない。

「ほんとね。お茶の子さいさいだわ」

　お茶……何？　まったくもう、ペギーはほんとにおかしなことばかり言う。

　ぼくたちの船が吐いた黒い煙があたりにおりてきた。しばらくむせて、ようやくうまく息ができるようになったとき、左舷側の陸地から砲撃が始まった。ああ、どうしよう！水兵たちの顔色がさっと変わる。

　ペギーが、キューン、と鳴いて……次にしたことは音とにおいでわかった。

「どうしよう？　どこに隠れたらいいの？」ペギーは体を縮めている。突然、さっきよりもっと暗くなった。前を行く商船が灯りを全部消したんだ。ドッカーン！　ドッカーン！　あんまり遠くが見えないのは、暗いだけじゃなくてこの煙のせいだ。煙が立ちこめてきて、前の恐ろしいときのことがよみがえる。すさまじい音が次々と。怖い。ものすごく怖い。まわりの水兵も怯えた顔をしている。だめだ、きっと脱出なんてできない。

あ、船の速度が上がったみたいだ。誰かが叫ぶ。「船が！　船がやられたぞ！」でもこの船のことじゃない。前を行く船のことだ。そこから火が出ている。きっと共産党が間違って商船を撃ったんだ！

またドカーン！　艦首のすぐ前を何かが音を立てて飛んでいって、バシャーンと大きな水しぶき。速く！　もっとスピードを出して！　ぼくたちは商船に近づいている。その船からはさっきよりたくさん炎が上がっていた。あれに乗ってる人間には気の毒だけど、ぼくたちじゃなくてよかった。やっぱりいいことと悪いことは一緒にあるんだね。

またものすごい音が落ちてきて、今度はぼくたちの船がひどく揺れる。きっと艦首に当たったんだ。急いで！　火事になった商船のそばを通りすぎていく。陸地は商船の向こう側だ。共産党がまた撃ってきても、やられるのはあっちの船でぼくたちのじゃない。このまま行け！

商船の横を過ぎて、さらに川を下っていく。砲撃がやんだ。

「よし、今のうちに下に行こう」ぼくとペギーは黒い煙のなかをできるだけ速く走った。

この煙は怖くない。ぼくたちを守るためのものだとわかっているから。ただ、敵の姿が確認できないのが不気味だ。向こうからはぼくたちが丸見えだったらどうしよう？

食堂におりていくと、水兵が何人か身を寄せあっていた。とても暑くて、いやなにおいがこもっている。音が流れていた。きっと魔法の受信機からだね。でも、怖くておしりを振る気になれないや。水兵たちも心配そうだ。目を大きく見開いているのもいれば、口から煙を吐いて行ったり来たりしているのもいる。ぼくはジョージを見つけてそばに伏せた。ジョージが震えている。船を爆破しなきゃいけないかもしれないって、ケランズが話したときよりもっと。

水兵は誰も口をきかない。外がどうなっているのか、耳を澄ませているんだろう。もう攻撃の音はぜんぜんしなくなった。でも、やっぱりみんな唇を結んで、まだ不安そうな顔をしている。ガーンズが指先を口に入れて嚙んでいる。船はぐんぐん進む。暗闇のなかを、夜のなかを。だけど、どこに向かっているんだろう？

何かの音だ。でも砲撃じゃない。ケランズの声がどこからか響いてくる。「三〇完了」〔訳注　出発してから三〇マイル進んだという意味。以下同様。一マイルは約一・六キロ〕

水兵がほっと息をもらす。三〇完了って、何？　ジョージがぼくの頭をなでてくれたけど、いつもよりずいぶん強い。痛っ！

誰も身動きひとつしない。ぼくは目をつむって、ラジオ受信機から流れる音だけに集中しようとした。頭の中の絵も、暗闇から青空に変えよう。船は前へ前へと進んでいる。ぼくたちは待つ。耳をそばだてながら、じっと。またケランズの声。「五〇完了。気をつけろ、もうすぐ江陰《ジャンイン》だ。閉塞船《へいそく》〔訳注 航路を遮断するために沈められた船〕のあいだを突っきるから楽にはいかない。手荒な歓迎が待っていると思え」

目をあけると、水兵たちはあたりをきょろきょろしたり、お互いの顔を見たり、うつむいたりしている。口から煙を吹いているのもいた。マッカネルが自分の指を引っぱっている。そのとき……

ドドーーン！　ドドーーン！　ドドーーン！

みんなの体が縮んでいくような気がした。マッカネルは口に手を入れて歯を食いしばっている。ジョージがぼくをもちあげて、ぎゅっと抱きしめた。ぼくもジョージも震えが止まらない。

ものすごい音はいっこうにやまない。今度は両側から来ているみたいだ。ドッカーン！ドッカーン！　どうか当たりませんように。お願いだから、もうやめて。

ペギーがべそをかきだして、アトキンズのそばに行く。アトキンズが頭をなでて、ビスケットを半分差しだしたけど、ペギーは見向きもしない。「もうこんなものを喜ぶようなガキじゃないってかい？」アトキンズがペギーを笑わせようとする。

ドドーーーン！

外でガッシーンとすさまじい音がした。きっと命中したんだ！　もうだめだ。

でも船は止まらない。動きつづけている。またドカーンが来たけど、ガシーンはない。

そのうち恐ろしい音が小さくなった。きっと切りぬけたんだ。みんなが大きく息をつく。

それでも誰も口をきかない。するとまたケランズの声が響いた。「六〇完了」

「ほぼ半分だな」フレンチがつぶやいた。「あと半分ちょっとだ」

まだ前進している。どんどん進む。下唇を噛む水兵に、ただじっと前を見つめている水兵。どれくらい時間がたっただろう。動けずにいたときと同じくらい長く感じる。ぼくがもがくと、ジョージが床におろしてくれた。ペギーのところに行って、鼻をこすりつける。

それから水兵たちの足のあいだをゆっくり歩いて、なでたい人になでさせてあげた。

「七〇完了」

七〇は大きな数だね。さらに待つ。もう撃ってこない。外に出て、安全かどうか確かめてみようかな。どうする？　よし、頭の中でいっぱい数えて、それでもドカーンがなかったら思いきって甲板に上がろう。ぼくは知っている数を全部頭に浮かべた。小さな数から大きな数まで。七〇までは届かなかったけど、じゅにじゅうまで終わったところで、ペギーに向かって「ぼく、甲板に行ってみるよ」

「だめよ、サイモン。気はたしか？」

それでも、ぼくは速足で部屋を出て階段をのぼった。甲板に着いたら、暗くて煙だらけだけど砲撃の音はしない。怖い。でも逃げたくない。ぼくはチェアマンのことを考えた。それからジョジョのことも。全速力で右舷側を駆けぬけてブリッジに上がる。ケランズがヘットやシャープと一緒にいた。ヘットが何かの紙をじっと眺めて、それから陸地に目をやり、また紙を見つめる。川のどこを通るかを決めるのはヘットなんだ、って前にジョージが話していた。ヘットがちゃんとわかっていますように。ブリッジに足を踏みいれたちょうどそのとき、またすさまじい音が弾けた。船の両側から聞こえる。

「速度を上げろ」ケランズが怒鳴る。

速く！　もっと急いで！　右舷側からドッカーン、左舷側からドッカーン。船は川幅のとても狭いところを通っている。つまり、共産党が前より近くにいるってことだ。恐ろしい音はやまない。頼むよ！　本当にもうやめて！　攻撃はまだ続いている。艦首のすぐ前にまたヒューッと何かが飛んできた。でも船には当たらない。船はずんずん突きすすむ。ケランズを見る。怒ったような顔だ。シャープを見る。とても心配そうだ。

「八〇完了」

「順調ですね」ヘットの声だ。

「だがまだ到着してはおらんぞ。油断するな。燃料はどうだ？　わたしの馬の首は？《ホーセズ・ネック》」

「燃料は三〇トンを少し切っています」シャープが答えた。「酒はあそこです。あまり入っていませんが」

「そうだな、どちらも残りわずかだ。可能なら速度を上げろ」

どこか別の場所にいられたらどんなにいいか。ジョジョが一緒だったらどんなに心強いか。船が傾いたのか、頭の中の絵もぐらりと揺れる。それでも船は進みつづけた。ときどき、何も起きていないのにドカーンが聞こえる気がした。かと思えば、音と一緒に本物の砲弾が降ってくることもある。そのたびに魔法のことを考えた。ジョジョやUボートやリレットのことも。幽霊や化け物は頭から締めだそう。

あたりはますます黒々として、煙がもっと濃くなってきた。ぼくの心の中も前より震えている。やがて、ヘットの顔つきが変わった。「艦長、ただ今〇二三〇時。一〇〇完了に到達しました」

ケランズが何かに口を近づけて、今ヘットが伝えたことをくり返す。わっと叫ぶ水兵たちの声が、甲板の下からたしかに聞こえた。これはいいこと？　悪いこと？　弾は当たっていないから、たぶん悪いことじゃない。一〇〇完了っていうのは、きっといいことなんだね。ぼくはふうっと息を吐いた。

船はまだ進んでいく。どんどん、どんどん前進している。見上げると、夜の黒さが朝の白さに追いはらわれていくところだ。

「あとは呉淞《ウースン》を切りぬけるだけだ。油断なく見張れ。サーチライトに気をつけろ」

空はもう真っ暗じゃないけど、まだそんなに明るくもない。煙の向こうに何かが……あれはなんだろう。大きな丸い光がいくつも、暗い水の上を行ったり来たりしている。雲のあいだからたくさんの太陽が顔をのぞかせているみたいに。

「この船を捜しているんだ。取舵《とりかじ》いっぱい。あわてるな」

光が船のそばをさっと過ぎる。すばやく動いているけど、船にはさわらない。ぼくは水の上の光にじっと目をこらす。船に届いたら、どうなる？　ぼくたちは光のなかを進んでいく。それでも光は当たらない。恐ろしい音もしない。だけどまだ怖い、ものすごく怖い。

そのときだ。そのとき、ついに……

「前方を見ろ！」ケランズが叫んだ。「たぶんコンコード号だ。間違いない。ついにやったぞ！」

ぼくの耳がピンと立ち、ひげがピクピクした。じゃあ、もう砲撃はないってこと？　やったの？　ぼくたち、脱出したの？

「しかも、とんでもなく運がよかったな。燃料は九トンしか残っていない」

上を向くと、ケランズとヘットが握手している。ふたりとも嬉しそうだ。誰もかれもが喜んでいる。ケランズがすごくすごく大きな笑みを浮かべた。こんな顔のケランズは初めてだ。コンコード号がピカッ、ピカッと光の信号を送ってきて、それを見たケランズとヘットが吹きだして笑う。「『こんなところで会うとは奇遇だな』だと！」

ケランズがさっきの何かにまた口を近づける。「コンコード号を確認。信号を受けた。

次のように返信してくれ。『船の姿がこんなにありがたかったことはない』と」

　ぼくはブリッジを飛びだし、右舷側を駆けぬけて（いや、左舷側かな？　どっちでもいいや）食堂へ向かった。急ぎすぎて背中がまたずきずきしたけど、かまうもんか。だって生きているんだもの。途中でネズミを一匹見かけて、襲いかかってやったくらいだ。噛みつけ！　仕留めろ！　食堂に着いたら、水兵たちが飛んだり跳ねたり、抱きあって動きまわったりしている。ふるさとで見た、金ぴかボタンの男の人といいにおいの女の人みたいに。みんな笑顔で叫んでいる。あんまり大きな声だから、耳が痛くなった。目がぬれている水兵もいるけど、どうしてだろう。だってこれは嬉しいことで、悲しくなんかないのに。ペギーはしっぽを振りながら、それをつかまえようとぐるぐる走っている。

　フレンチが大声を上げた。「ラジオから『川を下って』って曲が流れてきたから、ああ、おれたち成功したんだってわかったよ。案の定、すぐにコンコード号から信号が来た」

　ジョージがぼくを抱きあげて、そのままくるくる回りだす。ぼくは飛んでいる。飛んで、回って、飛んで、回って。ジョージは「大好きだよ、おちびちゃん」って言いながら、鼻にキスまでしてくれた。

　ペギーとぼくと、あと何人かで甲板に上がると、コンコード号が見えた。向こうの水兵たちがこちらに手を振っている。ぼくも同じようにできたらいいのにって思ったら、ジョージが左舷の前足をもちあげて左右に動かしてくれた。

ケランズがブリッジからおりてくると、みんな口々に「お見事です、艦長！」

ケランズは「きみたちこそ見事だった」と返してから、「お前もな」とぼくの頭をなでた。鼻にキスはしなかったけどね。「先ほど司令長官に次のような信号を送った。『呉淞《ウースン》の南で再び艦隊に合流。損傷、死傷者、ともになし。国王陛下万歳』」

「国王陛下万歳！」水兵が一斉に声を上げた。「それからきみにも万歳だ」ジョージがそっとぼくにささやいた。

その大きな大きな最高の日には、王様のジョージ六世からも「お言葉」が来たんだって。あとでケランズがみんなに教えてくれた。ジョージ六世っていう名前は、あのおかしなアンリが話していたから覚えている。そのお言葉っていうのはこうだった。「イギリス海軍艦アメジスト号の指揮官および全乗組員に伝えてもらいたい。艦隊に復帰したその勇敢なる偉業を心から祝福する、と。乗員全員が示した勇気、技量、そして断固たる決意は、最高の賞賛に値する。その労をねぎらい、酒をとらせる」

なんだか難しすぎて、ぼくにはよくわからない。でも王様がとても偉いってことは知っている。

ジョージはすっかり感激したみたいだ。「国家の長からお言葉をいただけるなんて……」

チョウ？　王様って人間じゃなかったの？　でも国家っていうのは国のことで、それは大きくて立派なものだから、「国家のチョウ」ならきっとものすごく偉い蝶々《ちょうちょう》なんだね。

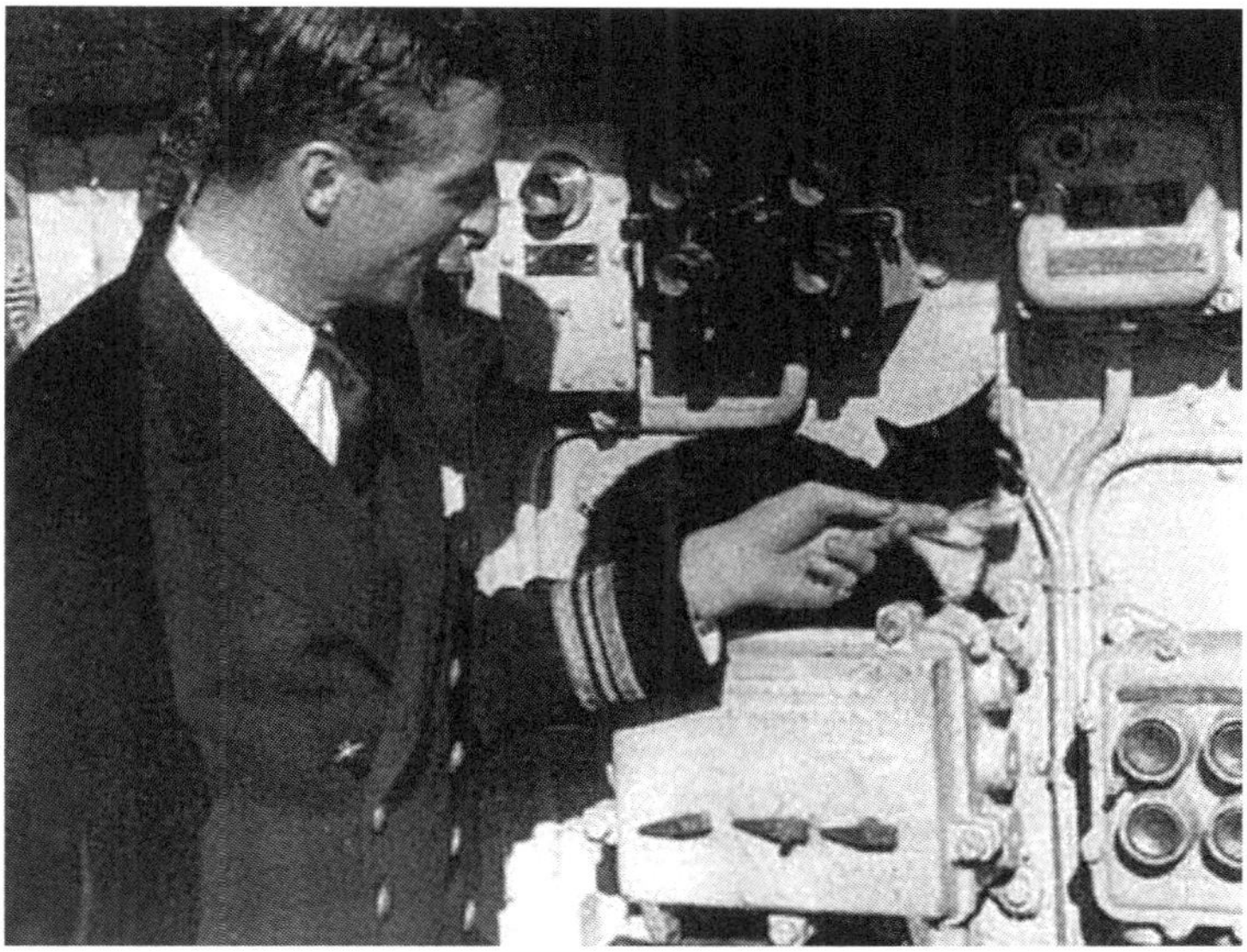

サイモンとケランズ艦長（写真提供／ Purr'n'Fur UK）

第22章　暑くて見える

今日は一九四九年八月三日、水曜日だ。ぼくたちが揚子江で動けなくなったのが四月二〇日で、脱出したのが七月三〇日。どれもこれもなんのことかさっぱりわからないけれど、きっと大事な意味があるんだろう。ジョージが紙にのたくった線を書きながら、わざわざそう教えてくれたから。いくつもの月がのぼる前にはパンもビスケットもたくさんあったのに、逃げだすころにはそれがほとんどなくなっていた。きっとそのことと何かつながりがあるんだと思う。

いくつもの月がのぼる前——いいね、この言葉。いくつもの月がのぼる前、ぼくはとても臆病だった。いくつもの月がのぼる前、今はここにいない水兵がいた。たとえばけがをしたウェストンがそう。ケランズが指揮をとるために船に来たとき、ウェストンは去っていった。赤毛《ジンジャー》やスキナー艦長は、もうどこにもいない。ふたりはどこへ消えたんだろうか。ぼくには、いなくなってしまったということしかわからない。死んで、行ってしまった。

すごく悲しい。

いくつもの月がのぼる前、ここには水兵じゃない人もいた。首から何か下げた、おかしなアンリみたいに。いくつもの月がのぼる前、シンガポールで恐ろしい化け物に追いかけられた。その前にはペギーに会って、もっと前にはジョージがぼくを見つけてここに連れてきて、その少し前にはジョジョが……

でも今は月は出ていない。今は昼間で、気持ちよく晴れて、あたり一面がきらきらと明るい。暑いけれど、船の上でいくつもの月を過ごしたときほどじゃない。これは懐かしい暑さ。そう、ぼくたちは香港の港に入ってきたところだ。ぼくの……だった場所。ぼくたちの前を船が三隻進んでいくけれど、全部味方の船だ。この船と同じ旗を掲げている。先頭がジャマイカ号、次がコサック号、そのうしろがベルファスト号。ぼくたちの船には新しい水兵も加わっている。なぜそうなったのかは知らないけれど、ジョージがそれはいいことだって言うから、きっといいことで、みんなもいい人なんだろう。

波止場が近づいたら、バンバンとものすごい音が響いてきてぼくは体を縮めた。あれは爆竹というものだから心配はいらないってジョージは笑う。それでもやっぱり少し怖い。この船のスピードが上がったのか、さもなきゃほかの船がゆっくりになったのか、ぼくたちは三隻を追いこして一番前に出た。ぼくのだった場所がどんどん大きくなる。人間がものすごくたくさん桟橋にいて、みんなこちらを見上げていた。いろいろな色の人がいる。

この船の水兵みたいなのもいれば、ぼくたちを死なせようとした共産党に似ているのも。でもみんな船が着くと嬉しそうに声を上げて、手を振ってくれた。こんなに大勢の人が一斉に。なんて不思議なんだろう。

ぼくたちのことをこれほど喜んでくれる人もいるのに、ぼくたちみんなを殺そうとする人もいる。どうしてそうなるのか。ジョジョはチェアマンにやられてしまったけど、それでもチェアマンが死ぬのを見たいとは思わない。もっといいやつになってほしいだけだ。あのおかしなアンリみたいに、首から何かを下げている人もいっぱいいた。それを顔の前にもってくると、アンリのときよりもっと太陽が光る。もう勘弁して！

ぼくはジョージと一緒に艦首にいて、ジョージに抱えられている。「ほら、あれ」ジョージがその人たちを指差す。「あれはきみを狙っているんだよ」

なぜ？　ぼくが何をした？　ネズミのことを聞いたのかな。

爆竹の音、太陽みたいな光、人間が叫ぶ声。水兵は一列に並んで、大きな舌を待っている。先頭にいるのはケランズだ。ほかの艦長もいつもあそこに立っていた。

「今をもって、お前たち全員に休暇を許す。二四時間だ」水兵たちが歓声を上げた。栈橋の人間たちにも負けないくらいに。帽子を高くほうり投げた水兵もいる。

「それから、司令長官がわれわれのためにパーティを催してくださることになっている。ジン飲み放題だ」

また歓声。

「いわずもがなだが、大いに飲み食いして、楽しく過ごしてくれ」

「ブギス通りはだめですか？」またアトキンズだ。

「どこでも好きなところへ行け。女が共産党員でないかぎりかまわん」

笑い声と笑顔が弾ける。みんな歩いて、いや、走って舌をおりた。ガーンズ、ヘット、フレンチ、マッカネル。栈橋の人間が水兵たちと握手をしたり、抱きあったりしている。知りあいなのかな。ジョージとぼくが舌の下に着くと、みんな首のあれをもちあげてカシャ、カシャ、カシャ。それもぼくの顔の真ん前で。目がくらむから、やめて。まぶたを閉じても太陽が光るのが見えた。

「サイモン、きみはどうする？　パーティに行ってみるかい？」

パーティってどんなものかわからないけど、なんだか楽しそうな響きがする。それに、うるさいのからも太陽の光からも逃げたいし。きっとペギーも来る……よね？　あれ、ペギーはどこだろう。ああ、いた、列の先頭だ。サルをくわえてしっぽを振って、早くおりたくてしかたがないって顔をしている。

ぼくはまた香港に戻ってこられたのが嬉しくて、嬉しすぎて、そのあとの今日と明日がいくつかすっかりこんがらがっている。何回か寝て、何度か舌を上がったりおりたりして、水兵と出かけるたび歓声に迎えられたのは覚えている。

ふと気づくとぼくはまた舌をおりたところで、ジョージとケランズと、ほかにも何人かが一緒だ。ペギーも横を歩いている。ケランズが誰かの手を握って、それからすごくまじめな顔で話をしている。その人は髪の毛が白くて、黒い服の左舷側にピカピカのボタンが並んでいた。ジョージもその人に近づいて握手をする。

「ジョージ二等水兵であります」

「われわれの脱出計画を承認してくださったのは、このブリンド司令長官だ」ケランズがジョージに説明する。「コンコード号が迎えに来るという情報がもれないようにも腐心してくださった」

「さらなる外交問題に発展しては困るからね」ブリンドはそう言って、大きくにっこり笑った。「実行までは秘密にしたほうがいいこともある」それからぼくのほうを向く。

「ああ、きみがサイモンだね。きみほどのカンフル剤はない」

ぼくはカンフルザイなんかじゃない。猫だ。ぼくみたいなのを見たことがないのかな。

ジョージとぼくは、この人とケランズのあとについて、笑顔で叫ぶ人ごみのなかを歩いていく。あれだけいくつもの月を海の上で過ごし、それから川で動けなくなってほとんど空《から》の船になったあと、こんなに大勢の人にまた囲まれるなんて不思議でならない。もっと不思議なのは、昔の自分が遊んでいた場所をこうして眺めていることだ。今もまだ駆けまわってみたい？　どうだろう。そもそもどれだけ走ることができるかも怪しかった。足はもういいけれど、背中がまだ少し痛む。

ぼくたちは階段を上がって、どこかの建物に入った。シンガポールでペギーがほめていたホテルに似ている。今、ペギーはアトキンズと並んで歩いていて、やっぱりこの建物の様子が気に入ったみたいだ。ここはまだ新しくてきれいなにおいがする。何もかもが立派だ。天井からはとても大きな灯りが下がっていて、壁に男の人や女の人の絵が掛かっている。しかも、ぼくに似た猫とジョージの絵もあった。どうしてここにぼくとジョージの絵があるんだろう。それに、ぼくたちが動くとなんでその絵も一緒に動くのかな。

歩いていくうち、だんだんにぎやかになってきた。何かの音が鳴っていて、それに負けない声で人間がおしゃべりをしている。あのおしりを振りたくなる場所みたいだ。さもなきゃ、みんなして魔法の受信器を聴いているのかな。音のする部屋の入口をぼくたちがくぐると、人間は一斉に手を打ちあわせた。椅子とテーブルがたくさん並んでいて、ものすごくおいしそうな食べ物がのっている。あのすてきなひげ《ウィスカーズ》もあるかな。馬の首《ホーセズ・ネック》はいらないけどね。

ぼくたちは丸いテーブルを囲んで座った。ぼくはジョージの膝の上。テーブルには白い布が掛かっていて、ぼくの鼻をかすめた。布はすごくきれいなにおいがするけど、くしゃみがしたくなる。グラスがカチャカチャいう音が響いていた。ジョージはぼくをなでていたかと思うと、頭をとんとんと叩いてから耳元で「ごらん、サイモン。きみにだよ」

ぼくは首を上げてにおいをかいで、それから前足をテーブルの縁に掛けようとした。そうしたら爪が白い布に引っかかり、離そうとしたら布を引っぱって引っぱって、結局は全部引きずりおろしてしまった。テーブルの何かがひっくり返って、席のみんなが笑う。そんなにおかしかった？　昔だったら、これよりずっと些細《ささい》なことで怒鳴られたりもしたのに。テーブルの向こうにケランズがいて、ぼくのことを知らなかった人としゃべりながらこちらを指差す。ぼくは猫だって教えてあげているのかな。

　ジョージが目の前にお皿を置いてくれて、そこには魚やいろいろなものがのっている。ぼくは鼻を動かしてまわりを回ってから、気に入ったのに口をつけて、そうでないのは残した。ペギーはテーブルの下にいて、音を立てている。でもいつものあれじゃない。山ほどの食べ物を平らげている音だ。ほんのいくつかの月がのぼる前までは、ぼくたちは川で身動きがとれず、おなかに入れるものもほとんどなかった。それがこうして、広くてきれいですてきな場所で、食べきれないほどのごちそうに囲まれている。いや、ぼくには食べきれなくても、ペギーにはそうじゃないね、もちろん。

　テーブルには銀色に光るものがいくつも置いてある。人間はみんな、いつ、どれを使えばいいかをわかっているみたいだ。ジョージは隣の人と話しているけれど、たびたび口をつぐんで白い布ばかり見つめている。ほかの人間は椅子でおしゃべりしているのもいれば、立って抱きあって、あのおしりを揺らしたくなる音に合わせて動きまわっているのもいる。

あの音はきっと魔法の受信機から流れてくるんだね。

ぼくも銀色ので食べたり、体の下から顔の出た女の人で遊んだりしてみたいかな。ぼくにはこの爪があって、その爪でいろいろなことをしてきた。舌でお皿をなめるし、細長いひげとしっぽもついている。うん、ぼくは今のままのぼくでいい。でも、鳥のように飛んだり、人間のようになったりしてみたい自分も少しいることに気づいた。ほんの短いあいだだけでも、この人たちと同じことができたら、って。

ジョージがぼくの頭を軽く叩く。「あれをごらん」水差しを指差し、手を伸ばしてこちらに引きよせた。ぼくはテーブルに飛びのる。やったほうがいい？　それから水差しの横に立つ。テーブルのみんなはおしゃべりをやめて、ぼくに注目した。面倒なことにならなきゃいいんだけど。

ゆっくりとまわりを回って、水差しのてっぺんのにおいをかぐ。そして、いったん体を縮めてから、水差しの縁に前足を掛けた。中をのぞきこむ。何も見えないけれど、何もかもが見えるわけじゃないってことをぼくは知っている。片方の前足を中に入れた。わ、わ、冷たい。何かを感じる。そいつは水差しの横に当たってカラカラと音を立てた。前足を動かして冷たいやつにさわり、それを水差しの内側に押しつけながら上へすべらせていく。冷たいのが転がりでて、白い布の上にトンと落ちた。

するとあのピカピカボタンの人が手を伸ばして、ぼくの頭をなでた。「お見事！　どうしてきみがみなに好かれたか、よくわかるよ」

ぼくはもう一度やった。それからもう一度。そのたびに人間は笑顔になったり手を打ちあわせたりする。でも、はっきりいってこれってたいして難しくないのに、どうして人間にはできないんだろう。見えないあれが嫌いなのかもしれないけど、だったらなんで入れるの？

もう一回やろうとしたそのとき、人間がひとり部屋に入ってきた。「儀仗兵《ぎじょうへい》だよ」ジョージがささやく。ギ……何？　ケランズが銀色のをつかんで水差しを叩くと、みんな静まりかえった。ケランズが立ちあがる。

「紳士淑女のみなさん。……それから水兵たち」

部屋じゅうが笑った。

「ご存じのとおり、アメジスト号の乗組員とわたしは、現在進行中のいまいましい小ぜりあいに伴う交差射撃に巻きこまれ、筆舌に尽くしがたい困難な一〇〇日あまりを耐えぬきました。アメジスト号のみならず姉妹艦からも、多くの命が失われました。部下たちの気力と勇気がなければ、とても乗りきることはできなかったでしょう」

みんなが何度もうなずき、何かつぶやいている。ぼくは「姉妹」ってなんだろうって考えていた。

「しかしながら、われわれ全員がやり抜くことができたのは、二匹の特別な仲間が乗船していたおかげでもあります。ここにいるサイモンは……」ぼくは上を見る。「部下たちの士気を上げてネズミの数を下げる重要な働きをしました。それからペギーは……」

ゴン。テーブルの下だ。頭をぶつけたんだろう。

「ペギーはどこだ？」ケランズがあたりを見回す。ペギーはゆっくりとテーブルの下から現われて、すまなそうな顔をしている。「このペギーも、乗組員にとってはじつにありがたい存在でした。この二匹がいなければ、率直にいってどうなっていたかわかりません。先にわたしは連合軍マスコットクラブに授章の申請をしておりましたが、今しがたそれが承認されたとの連絡を受けました。ここにいるサイモン二等水兵猫は……」

ぼくだ。

「『PDSAディッキン・メダル』を授与されました。これは、動物のヴィクトリア十字章〈訳注　英国の軍人に授与される最高位の勲章〉ともいうべきものです。まだメダル自体は届いておりませんが、サイモンとその活躍すべてに敬意を表し、またもちろんペギーを忘れないために、みなさんご起立のうえ、水兵の鑑《かがみ》たるこの二匹に祝杯をあげようではありませんか。わたしは二匹にリボンをつけ、感謝状を読みあげたいと思います」

部屋にいる全員が一斉に立ちあがり、ぼくを見ながら手を打ちあわせる。何度も何度も。するとケランズが腰をかがめて、リボンでぼくを攻撃しようとした。あーあ、今度こそ面倒なことになったぞ。本当はぼくが水差しで遊ぶのが嫌いなのに、好きなふりをしていただけだったんだね。逃げろ！　ぼくはテーブルから飛びおりて下に隠れた。ペギーも潜りこんでくる。

「あら、こんなところで会うなんて奇遇ね」ペギーは鼻を鳴らしてからまた食べはじめた。ケランズがぼくを怒鳴りつけているのが、テーブルの下からでも聞こえる。「サイモン二等水兵殿、アメジスト号におけるあなたの格別の功績により、ここに『アメジスト号従軍記章』を授与いたします」

ジョージがテーブルの下に顔を出し、ぼくをつかんでテーブルの上にポンと戻した。

「一九四九年四月二六日……」ケランズはまだ怒鳴っているのに、ぼくを見て笑顔になる。変なの〔訳注　日付については巻末註の第22章参照〕。

「……アメジスト号がローズ湾沖で座礁していたとき、危機的に不足していた食糧の蓄えを荒らす『モータクトー』に対し、あなたは負傷からの回復途上であるにもかかわらず武器ももたず独力で忍びより、これを退治しました」

ぼくは大きな声で、みゃーうー、と鳴いた。なんの騒ぎかとペギーが外に出てくる。

「また、四月二二日から八月四日までのあいだ、その不断の献身によってアメジスト号から悪疫と害獣を一掃しました」それからケランズはジョージにリボンを渡し、それをジョージがすばやくぼくの首に巻く。それからかがんで、ペギーの首にも同じようにした。

何これ。いやだ。かゆい。嚙みきろうとしたらペギーがぼくを見上げて、しっぽを振っている。「ねえ、どう？　あたしったらイカしてる？」

イカ？　ペギーはリボンを巻いたペギーにしか見えない。「これ、何がどうなってるの？」

「あなたは勲章をもらったのよ、サイモン。とても勇敢だから」

ぼくは勇敢になったの？　本当に？　……ついに。でも勲章なんて別にほしくないし、勲章が何かもわからない。ぼくはただ仲間と一緒にいたいだけだ。

そのきれいな場所にどれくらいいただろう。ジョージとペギーとアトキンズと一緒に建物をあとにしたときには、あたりは暗く涼しくなりはじめていた。アトキンズはペギーのサルのぬいぐるみを手にもっている。ペギーを先頭にして歩いていくうち、小さな灯りがひとつ、またひとつとともって、きらきら揺れた。ジョージとアトキンズは何かしゃべっている。だからぼくはジョージの腕ごしに顔を出して、ペギーに、にい、と声をかけた。

ペギーは耳を立て、あたりを見回してからぼくに気づく。「またこうして陸に上がれるって、すてきよね」目を細める。「しかもあのごちそう。ああ、すばらしかったわ」角を曲がり、ペギーについてさらに進む。狭い路地や大きな通りを抜け、いろいろな店をのぞく。ジョージは曲がった黄色いのを、それからアトキンズは毛の生えた丸くて茶色いのを買った。おなじみのにおいがたくさん漂うこの場所に、戻ってこられて嬉しい。これは……ふるさとのにおいだ。ぼくたちはまた路地に入った。それから、ペギーに連れられて狭い道に出る。あ、ここはなんとなく見覚えがあるぞ。

そうだ、あの店だ。ペギーはまっすぐ入っていって、床に座る。店のご主人の女の人がアトキンズのほうを向いて、それからジョージに抱っこされたぼくを見て、最後にペギーに気づいて笑顔になった。「あら、帰ってきた！　まあ大変、どうした？　すごくやせて。食べないと、たくさん」

ペギーのしっぽがパサッ、パサッ、パサッと床を叩く。アトキンズとジョージは店のなかを見て回って、いろいろなものを手に取っては声を上げて笑っている。「おい、ほらこれ、まるでふるさとにいるみたいだな」何？　ふたりとも店の中に住んでいたの？ジョージとアトキンズが女の人に紙を出して、袋を受けとって、さあ帰ろう…………としたのにペギーが動かない。ジョージが店を出ようとするので、ぼくは必死にもがいた。ジョージはぼくを見て、それからペギーのほうを向いて、ぼくを床におろしてくれた。ペギーのそばに走っていく。

「ペギー！　行くよ！」

ぼくの顔を見るけど、やっぱり腰を上げない。

「おいでよ、ペギー、もう帰らないと」ジョージとアトキンズのほうをふり返る。ふたりとも店の外で待っていた。ペギーは下を向く。

「ごめんなさい、サイモン。あたしは戻らないわ」

「戻らない？　どういうこと？　ぼくたちの場所は船だよ。船に住んでいるんだ」

「ごめんなさいね、サイモン。本当に悪いと思っている。近ごろはずっと考えてばかりで、あまり行動していなかった。きっと、あなたのをもらっちゃったのね」

　でもぼくは何もあげた覚えはないよ。何を言ってるの？

「あのね、サイモン、あたしはもうおばあちゃまだわ。あんなことがあって……だからそろそろ新天地に移る潮時だと思うの。耐えられないようなものを見た。仲間がみんなあんな目にあって……。あたしの艦長はいなくなって、次の艦長は死んで、今はケランズ。もうあそこにいる理由がわからなくなったの」体をもぞもぞと動かす。とても悲しそうだ。

「でも、ぼくたちはあそこに住んでいるんだよ！」

「いいえ、サイモン。あそこに住んでいるのはあなた。あなたには仕事がある。最近のあたしはみんなの足手まといになって、テーブルの下で食べ物を落としてくれるのを待っているだけ。何もしていない。今はもう何も」

「でもきみは友だちだ」前足で鼻を叩いてみたけど、ペギーはそのまま伏せた。「ぼくの一番の友だちだ。きみといると楽しいんだ」

「違うわ、サイモン。あなたが自分を楽しくしているのよ。あたしは間抜けで年寄りの役立たずにすぎないもの」

　こんなのうそだ。こんなのおかしい。ペギーに限ってそんなことあるはずない。ジョージがぼくを船に連れてきたとき、最初に面倒をみてくれたのはペギーだ。船を案内して、ポーローニに会わせてくれたのもペギーだ。ぼくをなめて、あのにおいをさせて、ぬいぐるみのサルを抱えているペギー。そうだ、サルはどこ？　ぼくは店の外のアトキンズのところに走っていって、顔を見上げて、にゅう、と鳴いた。

「なんだ、どうした？　ペギーはどこだ？」

みんな店の中にひき返す。

アトキンズが声をかける。「おいで、ペギー。お嬢さん、帰るよ」

でもペギーはそこに伏せたままだ。ぼくはアトキンズのほうを向いて、それからサルを見つめた。やっと自分が手にもっていたものが何か気づいたんだろう。しゃがんでペギーの足元にサルを置く。ペギーはにおいをかいで、ジョージとアトキンズの顔を眺めてから、静かな声で、

「サイモン、あたしはここで暮らすわ。もうご主人があたしのためにごちそうのお皿を取りに行ってくれたみたい」

「だめだ、ペギー！　そんなのいやだ！」ぼくはまた叫んだ。でも目を見ればわかる。止めても無駄だということが。一緒に船に帰る気は本当にないんだ。ジョージとアトキンズがいくら呼んでも、そばに行くどころか立ちあがりもしない。店の奥からあの女の人が現われて、食べ物のどっさりのった赤いお皿をペギーの前に置いた。ペギーはサルを鼻で脇

に押しやると、飛びついて食べはじめた。

「ラバなみに強情だな」アトキンズの声。

ラバなんかじゃない。ペギーは犬だ。おでぶで、お茶目で、臭くて、やさしくて、おかしなことばかり言う犬だ。ぼくの犬だ！

「下宿人ができたみたいですね」ジョージが店の女の人にそう話しかけて笑った。

「ずいぶん長く、ここ来てたのです。ずっといていいって、いつも話してました」

「船で暮らすにゃ、年を取りすぎたのかもしれんな」ペギーが夢中でかぶりつくのを見ながら、アトキンズがしみじみとつぶやく。それから女の人のほうを向いて、「じゃあ、本当に……いいんですね？」

ジョージもペギーを見下ろして、「どうやらもう腹は決まっているみたいだ」

女の人はジョージとアトキンズに笑顔を向ける。「この子はここでわたしと一緒、楽しく暮らします。わたし、ちゃんと面倒みます」

ジョージとアトキンズが目を見かわす。それからゆっくりしゃがんで、さよならのかわりにペギーの頭をくしゃくしゃとした。またジョージの目がぬれている。

ジョージが小さな声で、「おいで、サイモン。帰ろう」ふたりは店を出ていく。でもぼくはペギーのもとに駆けよった。

「じゃあ、本当にずっとここにいるんだね？」

「ふむむむ、むぐぐぐ」まだ口をもぐもぐさせている。それから顔を上げた。「こうするのが一番いいの。本当よ。みんなは船でふるさとへ行く。でも、あたしにはそれができる自信がないの。ここは老後を過ごすにはすばらしい場所だと思うわ」

いやだ。悲しい。悲しくてたまらない。こんなのおかしいよ。

あとひとつだけ言わせて。

「でも、ぼくたちにあるのは今だけだよ?」

ペギーはしばらく黙って、それからゆっくり口を開いた。「……そうね。でもね、あたしにはもう『今』があまり残っていない。それにね、これまでにあったいろいろなことも全部あたしたちのものなのよ。それを忘れないで」

ペギーはぼくの顔に鼻をすり寄せる。

「さよなら、サイモン。あなたと一緒にいられて、本当にとんでもなく楽しかったわ。でも、よくいうでしょ? 楽しいことにもかならず終わりがくる、って」それからぼくの顔をなめてくれた。

どうして終わらなくちゃいけないの?

ぼくはペギーに鼻を押しつけた。最後の、一回。

「そんな顔しないの!」ペギーは口に食べかすをつけたままにっと笑った。

ぼくは背中を向け、ジョージとアトキンズのところに歩いていく。

「サイモン」ペギーの声。ぼくは戸口のところでふり向く。

「忘れないで……あなたは魔法よ」

ジョージがぼくを抱きあげる。ぼくがつらくてたまらないのがわかるんだろう。いつもより強くぎゅっとしてくれた。ぼくたちはゆっくり歩いて船に戻る。途中で道を間違え、また道を見つけて、そうこうするうち昔よく遊んだ場所に差しかかった。ペギーに会う前、すべてが始まる前にいたところ。最初はジョジョ、今度はペギー。ふたりとも行ってしまった。意味は違うけれど、寂しいことに変わりはない。ペギーがいないんなら、ぼくはどうすればいい？　ここでペギーと一緒に残ったっていいんだよ？

……でも、もうぼくの場所はここじゃない。船だ。船でぼくはこれからも勇敢でいなくちゃいけないんだ。ただ、勇気の出し方がこれまでと変わるだけ。

ジョージがぼくの頭を指でカリカリしてくれる。ぼくは昔知っていた場所を見渡し、船に着いたときには今知っている場所を眺めた。大きな舌を上がりながら、よくなめてくれたペギーの舌を思いだす。上へ、上へ、そして甲板へ。帰ってきた。ここが今のぼくの場所。最後にもう一度だけふり返る。いろいろなことが起きる前に、よく駆けまわって遊んだ港。ふと見ると美しい白い猫がひとり、散らばったカゴのあいだを見え隠れしながら走っている。前よりずっとずっとふっくらした姿で。

第23章　水準にかなう

ここは寒くて灰色だ。喜べばいいんだろうか。でも、なんの感情も湧いてこない。ぼくたちはイングランドのプリマス港に入るところだ。イングランドは水兵たちのふるさとでもある。ぼくのふるさとではもちろんないけれど、たぶんこれからはそうなるんだろう。ぼくたちは二度とアメジスト号に乗ることはないってジョージは言う。そのほうがいい。ペギーと別れてからは、前と同じ船だとは思えなくなっていた。これっぽっちも。ぼくのふるさとに今ペギーがいて、ぼくはジョージのふるさとに向かっている。なんて奇妙なんだろう。ペギーが恋しくて会いたくて、ここに来るあいだ寂しくてしかたがなかった。

途中でいろいろな場所にたち寄った。ジョージによれば、イングランドに着くまでの時間は、川で動けなかったときとそんなに違わなかったらしい。どちらが長く感じただろうか。香港を出発したあとは、まずシンガポールに行った。もちろんぼくは前回のことがあったから降りなかったけどね。でも艦首に立って、大勢の人間が手を振ってくれるのを見るのは気持ちがよかった。水兵の何人かはカクテルパーティに出かけて、馬の首《ホーセズ・ネック》やいろいろな飲み物を楽しんだんだって。次にぼくたちはペナンというところに着いて、それからコロンボ、そしてアデン。そのあとはスエズ運河というところに入った。ここは重要な場所なんだってジョージが教えてくれたけれど、どうしてかはわからない。そこはとても細い水の道みたいで、シンガポールのあの汚い水を思いだした。ずいぶん長い時間をかけて運河を通りぬけると、また大海原に出た。スエズ運河は本物じゃなくて、人間がつくったものなんだって。ぼくにはずいぶん本物に見えたけどな。

　ぼくたちはマルタというところに寄って、次に停まったのがジブラルタルという場所。船が進むにつれて、だんだん涼しくなっていった。ときどきは船を降りて、ジョージと少し見物することもあった。でも、それ以外は船から出ずに体をきれいにして、変な人間たちのことは見なかったふりをして過ごした。みんな、ぼくにあいさつしたがったり、あの太陽が光るカシャカシャで目を見えなくさせようとしたりするんだ。でも本当のことをいうと、どこで何をしていてもたいして違いはなかった。だって、いつもペギーのことを考えていたから。もちろんUボートやリレットやジョジョのことも。ぼくの犬と、ぼくの猫たちと、ぼくの仲間と一緒にいたいと思うだけだった。

　ジブラルタルの港では、水兵の誰かがヒューゴーという名の生き物を連れてきた。

ヒューゴーはウサギで、ぼくはウサギというのを初めて見た。とてもいいやつで、かわいらしいんだ。耳は大きくて垂れていて、しっぽは小さな白いかたまり。ぼくのしっぽとはぜんぜん違っておもしろかったけれど、ヒューゴーはとても恥ずかしがり屋であまり話をしなかった。あのあとヒューゴーはどうなったんだろう。いつのまにかいなくなってしまった。姿が消えたのは、水兵たちが食堂でパイにありついたころだ。みんな夢中で飛びついて、ぼくも少し分けてもらったらとてもおいしかったっけ。

どこに着いても、たくさんの人が笑顔と歓声でぼくたちを迎えてくれた。死んでしまえ、行ってしまえと願う人間ばかりじゃないのだと、それがわかったのはやっぱり嬉しかった。ただ、どこへ行ってもぼくは太陽の光を向けられ、船に上がってきた人間たちに囲まれて、それからまた太陽を当てられた。あれは嫌いだ。なんであんなことをするんだろう。でもみんなぼくに会いたいみたいで、しきりにぼくを英雄って呼ぶから、たぶんぼくのことが好きなんだね。たとえこっちはあのカシャカシャが気にくわなくても。

そして今、ぼくたちは最後の最後にこの寒い港に停まろうとしている。いや、停まるのとは違う。もうこの船に戻ることはないわけだから。ぼくたちは一万マイル〔訳注　約一万六〇〇〇キロ〕も走ってきたんだってジョージは言う。今までに聞いたなかで一番大きな数だ。じゅにじゅうよりず、い、ぶ、ん、多い。船は蒸気を上げながらプリマスに入る。汽笛が響きわたり、英国軍艦旗がはためいている。そこには、これまでのどの港よりも大勢の人間が待っていた。列をつくって並んでいる人もたくさんいて、なかにはすごく頭のよさそうな人も見える。でもみんな叫んだり、名前を呼んだり、手を振ったりしている。とても小さな白い布をぐるぐる回している人もいた。香港でぼくの爪が引っかかったやつをうんと縮めたみたいな。とにかくものすごい音。爆竹くらいにうるさい。

　マッカネルとガーンズ、フレンチとヘット、そしてアトキンズとシャープが艦首に立っている。水兵はみんな青い帽子か白い帽子をかぶっていた。それを見ていたらグリフィス艦長のことを思いだして、ぼくは、みゅう、と鳴いた。それからあの帽子のことを考えて、あくびが出た。水兵たちが下に向かって何度も手を振って、年取った女兄弟みたいなのが大声で叫びながら手を振りかえしている。ジョージも笑顔だ。

「どう？　これがふるさとだよ。気に入ってくれるといいな」ジョージがぼくの左舷の前足をもちあげて、人間に向けて動かした。船を降りるのは嬉しい。でもものすごく疲れていて、これ以上の太陽はごめんだった。知らない人間にあいさつされるのも、もう勘弁してほしい。ぼくはただ……大好きなみんなと一緒にいたいだけ。

　最後にもう一度汽笛を響かせて、船は桟橋に着いた。地面が揺れるようなすさまじい歓声が上がって、ぼくは何も聞こえなくなる。大きな舌が掛けられた。もうすぐぼくも降りられる。ジョージが抱きあげてくれるのを待っていたけど、何も起こらない。かわりに偉そうな人がふたり船に上がってきて、ケランズと握手をしている。

「あれはフレイザー海軍元帥とホール海軍大臣だ」ジョージの声がする。でもまだあたりがうるさくて、それしか聞こえない。すると、もっと大勢の人がどっと船に乗ってきた。ちょっと待って、これはぼくが願っていたことと正反対だ。新しくてピカピカした女兄弟と、それほど新しくもピカピカでもない女兄弟が、ぼくの仲間たち全員と抱きあっている。どの目もぬれている。ぼくは結局、たくさんの人間に囲まれていた。

でも、誰もぼくを抱きしめてくれない。

すると……そしたら……男の人がひとり、ぼくに近づいてきた。とても大きなかばんをもっている。

「サイモン二等水兵猫殿」まっすぐに立って両足をカチッと鳴らし、右舷の手をさっと帽子に当てる。「あなたに届いたものです」かばんをあけたら、次から次へと数えきれないほどの……わけのわからないものが出てきた。線がのたくった紙。何かの缶詰。ペギーのサルみたいな布の生き物。これをどうしろというの？

「世界じゅうの人があなたを愛しています」

きっとのどを鳴らしたほうがいいんだろうね。でも、しなかった。ただ、ぼくを愛してくれて、今はここにいないみんなのことを考えていた。

しばらくすると、女兄弟とぼくの仲間たちは、列をつくって大きな舌をおりていった。腕を組み、手をつなぎ、去っていく。ぼくはあたりを見回してジョージを捜したけれど、姿がない。水兵たちはどんどん出ていって、船はしだいに空っぽになっていく。さっきの男の人がどこからともなく現われて、白い飲み物の入ったお皿を置いた。なめてみる。うん、まずくはない。

それから顔を上げると……船にはもう誰もいなかった。このぼくだけだ。嬉しいような、悲しいような。太陽を向けられないのはいいけれど、頭をなでてくれる人もいない。どうすればいいんだろう。ネズミでも捜す？　まだつかまえるネズミが残っているかしら。ぼくは体をにゅうううっと伸ばしてから甲板に寝そべった。あう！　背中だ。まだときどき痛むのを忘れていた。ひとりきりになるのはこれが初めてだ。最初はジョジョが一緒だったし、そのあともペギーやジョージや、水兵たちがいた。でも、どうせみんな戻ってくるに決まっている。だから、まだ悪いことよりいいことのほうが少し多い気がした。

水兵と人間が集まっている下のほうから、ものすごく大きな声がとどろいてきた。

「アメジスト号、見事な働きであった。水準にかなうものである」

ぼくはまた艦首に走っていって、下にいる大勢を眺める。みんな嬉しそうだ。だったらこれはいいことなんだから、ぼくも同じように喜んで、この船で待っていないといけない。ふるさとに行くのが楽しみだ。

それがどこになるのだとしても。

第24章　飛ばずに動く

水兵がみんないなくなったあと、ぼくはいつものように体じゅうをたっぷりなめてきれいにしようと思った。落ちつく場所を見つけて、さあ始めよう、というちょうどそのとき。

さっきの男の人がうしろからそっと近づいてきて、ぼくをさっと抱えあげると箱の中に入れた。ペギーの箱より小さくて、甲板みたいに爪をカチカチいわせるものでできている。正面には何本か棒がはまっていた。隙間からは外が見えるし、その気になれば前足を出すこともできるけど、あまり動きまわれない。男の人が箱ごとぼくを運んで船を降りたとき、ひどく振りまわされて目が回った。これじゃぜんぜん飛んでいる感じじゃない。つかまったというだけだ。

それからぼくと箱は車の中に押しこまれた。車はせきをしてからガタガタと走りだす。ゴン、ゴン、ゴン。車に乗ったのは初めてだけど、嫌いだ、大っ嫌い。車のせいで箱が左右に動いて、箱が車に当たるたびに箱のてっぺんに頭をぶつける。車と箱と、どっちに腹を立てたらいいのか。ぼくの世界はどこへ行ってしまったの？　前は大きな大きな船で、広い広い海にいた。今は小さな車の中で、もっと小さな箱に閉じこめられている。

どこに向かっているんだろう。でも、ジョージの家に決まっている。どんなところに住んでいるのかな。どういう家で、どんなにおいがするんだろう。昔ペギーが遊んだみたいな大きな庭がある？　今ペギーはどうしているかな。たぶんごはんを食べて、しっぽを振って、あのサルを噛んでいるね。ペギーはぼくにとってのサルだった。会いたい。

水兵たちはみんなこれからどうするんだろう。船に迎えに来た人間たちと一緒にふるさとに帰るのかな。目がぬれてる人も大勢いたのに、みんなとても嬉しそうだった。ジョージが住んでいるところに猫はいるのかしら。それとも犬？　ペギーみたいにやさしくしてくれるといい。でも、もう今は早くは走れないや。背中がだいぶ痛い。ゴン！　うっ！

それにしても、ジョージはずいぶん船から離れたところに住んでいるんだね。車の外が見えないから、どうなっているのかわからないけど。ここにはどんな生き物がいるのかな。港に着いたときにかなり寒かったから、もしかして犬も猫も暮らしていないかもしれないね。シンガポールみたいに、怖い化け物ばかりだったらどうしよう。車が急に右舷に曲がって、ぼくは箱にぎゅっと押しつけられた。そんなに遠いはずはない。きっともうすぐまたジョージと一緒にいられる。

船でニシンを吐いたときみたいに気分が悪い。この箱から出たい。ジョージはどこ？　どこに住んでいるの？　もうすぐだってわかっているから、別に怖いわけじゃない。だけど逃げられないような、おかしな気分なんだ。箱に入ったネズミみたいに。うっ、またぶつかった。目を閉じようとするけど、箱が動くせいで頭がぐるぐるする。じゃあと思って寝そべろうとすると、右に左にすべってしまう。体をなめたくても、それもできない。大きく、みゃう、と鳴いてみる。男の人は何も答えない。でもきっともうすぐだ。

長い長い時間がたって、ようやく車が止まった。やれやれ。ジョージはこんな遠くに住んでいるんだ。もっと近くに船をつければよかったのにね。おなかがすいたような、すいてないような。車のドアがあき、ぼくは横に動いて、それから縦にもちあがって外に出た。もうあんまり振りまわさないで！　さっきの男の人の足音が聞こえる。ザク、ザク。ジョージの家だ。すごく大きい。灯りがたくさんついている。きっとぼくに会わせるために大勢人間を呼んだんだね。かまわないよ、目が見えなくなることさえしなければ……

男の人が玄関のドアをあけて、ぼくたちは中に入る。ものすごく明るくて、太陽の光みたいだ。少し目が痛くなった。椅子がずらりと並んでいて、壁に猫の絵がいっぱい掛かっている。でもジョージはいない。わかった、きっとおいしいごちそうをつくってくれているんだよ。男の人はぼくを箱ごとカウンターみたいなところに乗せた。何もかも、とてもきれいなにおいがする。女の子がひとりと、別の人間がひとり。女の子はこちらを向いてにっこり笑った。髪が黒くて、唇が赤い。棒のあいだから指を入れてくる。

「いらっしゃい、サイモン。あなたの噂《うわさ》はたくさん聞いたし、記事も読んだわ」

ジョージがぼくのことを全部話してくれたんだね。この人はジョージの女兄弟かしら。隙間から、壁に掛かった猫の絵をのぞく。この子たちは誰だろう。なんでジョージはこの子たちのことを教えてくれなかったのかな。きれいなにおいに、明るい光。ぼくを見下ろすたくさんの猫。なんだか頭がぼうっとしてきた。新しい人間がいる新しい場所。ここはなんだか変だ。おかしな気持ちになる。男の人がひとり、カウンターのうしろでこちらをふり向く。カウンター……男の人……ならポーローニだ！　そうに決まってる。ここで何をしているんだろう。だったらほかのみんなもいるってことだよね？　ぼくはもう一度、なうー、と鳴く。だって、今度こそどうしても箱から出たいから。ジョージ！　ジョージ！　どこにいるの？

「ご苦労様」ポーローニはそう言った。でも声が違う。いつものポーローニの声じゃない。なんで「こんちは水兵さん」ってあいさつしてくれないの？　おやつはどこ？

「じゃあ診てみようか」カチッという音のあとにポーローニの両手が入ってきて、ぼくを引っぱりだそうとする。覚えている手はこんなんじゃない。このポーローニは変な声でしゃべるから嫌いだ。何もかもがおかしい。まだ頭がふらふらする。ぼくは思わずその手を引っかいた。そんなつもりはなかったんだけど。

ポーローニが手を引っこめる。「どうやら威勢のいいのが来たようだな。きみがやるかい？」

するとさっきの女の子が近づいて、中に手を入れてきた。においをかいで、感触を確かめる。柔らかくて温かい。ぼくはもちあげられるままになった。あ、背中に気をつけて！箱を出てカウンターの上へ。ぼくは座って、あたりを見回す。ポーローニは？

女の子はぼくに笑顔を向ける。「わたしはモリー。あなたの体を少し調べさせてもらうだけよ。そうしたら、もう行って休んでいいから。長い旅をしてきたんでしょう？」

そうだ。一万マイルだってジョージが言ってた。しかも、港からはるばるジョージの家まで。もう疲れた。でも眠れない。モリーとポーローニみたいなのがぼくをつついて、裏返して、耳を引っぱったり、しっぽをめくったりする。そしてふたりして紙にのたくった線をたくさん書きながら、ぼくのおしりに何かを入れて、あの黄色と黒のブンブンいうやつみたいなのを脇腹にチクリと刺す。これがここの「こんにちは」のやり方なら、いっそ「さよなら」をしてほしい。

モリーに連れられて別の部屋に移る。そこにもジョージはいない。モリーは白い飲み物が入ったお皿を置いて、缶詰を取ってきた。ふたつの絵ですぐにわかる。どうして知っているんだろう、ぼくの大好物だってこと。きっとジョージが話してくれたんだね。だからぼくに特別なものを用意してくれたんだ。モリーはいい人だ。

食べおえると、モリーは部屋の外の小さな庭に連れていってくれた。

「ここで一日に二回遊んでいいわ。でも、ほかの猫とはまだね」

やっぱりここにはほかにも猫が住んでるんだね。それはいい。何匹いるのかな。じゃあ、ジョージだけじゃなくて新しい友だちとも一緒に暮らすことになるんだ。どうしてまだ遊んじゃいけないんだろう。変なの。ぼくがネズミにしたことを聞いて、恐れをなしたのかな。今はあまりいい気分じゃないけど、きっとすぐに楽しいことばかりになる。走りまわって鼻を動かす。うん、ほかの猫の気配はわかる。でもジョージのにおいがしない。

モリーがぼくを抱きあげる。うしろ足が一本、だらりと垂れた。いよいよジョージのところに連れていってくれるんだ。初めはジョージがぼくを拾って船に乗せてくれた。今度はモリーが同じようにしてジョージのところに案内してくれる。なんだか不思議だね。ぼくたちは庭からジョージの家に戻って、カウンターを通りすぎ、別のドアをくぐった。ぼくは目を閉じる。ジョージの「やあ、サイモン」っていう声が聞こえたら開こう。

けれどジョージは「やあ」って言ってくれない。誰の声もしない。そのかわり、カチャッと音がして、足の裏が何か硬いものの上におりた。目をあけて、パッとふり向く。前よりもっと棒がついていて、その向こうからモリーの顔がのぞいた。

「いい子ね」

棒がガチャリと閉まって、ぼくはまたひとりぼっちで閉じこめられた。

第25章　家に帰るとき

いつになったらここを出られる？　いつになったら痛みがなくなる？

「あらあら」モリーがぼくの背中をなでる。「もうちょっと食べられない？　あとほんの少しだけでも？」

でももうひげ《ウィスカーズ》はほしくない。ここはふるさとなんかじゃない。ケンエキって呼ばれる場所で、ぼくはこんなところにいたくないんだ。ジョージは何度か会いに来てくれた。ジョージが言うには、ドーチェスター・ホテルというところで祝賀会があって、ジョージもぼくの仲間たちと一緒に参加したらしい。祝賀会っていうのは、たくさんごちそうを食べることなんだって。ぼくも行けたらよかったのに。みんなはロンドンの海軍教会というところまで行進して、そこで市長にあいさつした。市長ならぼくも知っているよ、ペギーが話していたから。ディック・ウィッティントンという名前で、猫を飼っていて、その猫はネズミをつかまえるのが得意だったんだ。*　ぼくみたいに。前のぼくみたいに。

ぼくは六か月のあいだここを離れちゃいけなくて、それが終わったらケランズと一緒に住めるんだって。ジョージが教えてくれた。来るたびに「もうじきだから」って。ぼくはずいぶん長いあいだここで暮らしている気がするけれど、まだ四週間もたっていないってモリーは言う。どうしてここにいなきゃいけないかがわからない。勇敢だったせいでこんな目にあうなら、勇気なんか出すんじゃなかった。ぼくは怖がりだったときだって今よりずっと楽しかったし、ジョージが面倒をみてくれた。

ケランズと暮らすのが待ちきれないけれど、そのあともジョージと会えるといいな。でも、六か月は長すぎる。月がのぼるのをあと何回見ればいいんだろう。ジョージでもケランズでも、どうして今すぐ一緒に住めないんだろうか、前と同じように。ぼくは何も悪いことをしていない。今も、これまでも。なのにどうしてこんなところに？　あまりに長いあいだ運がよすぎて、ぼくの「ついていない」部分が出てきてしまったの？　ついているのはいいことで、ついていないのは悪いことだとしたら、やっぱりぼくの中にも悪いところがあったんだろうか。

ケランズも会いに来てくれた。そして、フレイザー海軍元帥やほかの偉い人たちと一緒

＊　一四～一五世紀に実在したロンドン市長を題材にしたイギリスの有名な昔話。貧しい少年だったディックが飼い猫を貿易船に託すと、その猫はネズミを獲るのがうまく、ネズミに悩まされている国の王様に大金で買いとられたため、ディックは大金持ちになり、のちにはロンドン市長を四度務めるまでになったという物語

に、デューク・オブ・コーンウォール・ホテルというところに行った話をしてくれた。そこでぼくのことを自慢して、みんなもぼくはすごく勇敢で特別だってほめてくれたんだって。でもぼくはもう、自分が勇敢でも特別でもない気がする。すごくたくさんの人がぼくのことを知っているせいで、ヘットは「猫担当士官」になったらしい。ヘットが顔を出すときはいつもかばんをあけて、人間が世界じゅうから送ってきた贈り物を見せてくれる。線ののたくった紙がいっぱい、赤や黒や黄色の生き物、食べ物もどっさり。ぼくが本当に魔法だっていうなら、かばんの中からペギーが現われるようにするのに。もちろんジョジョでもいい。世界じゅうの人がぼくを愛しているってケランズは言うけど、ぼくには愛されている感じがしない。ひとりで置きざりにされた気持ちがするだけだ。だから、何を差しだされても、棒のあいだから前足を伸ばしてさわってみることはない。

友だちだけじゃなく、友だちじゃない人も大勢訪ねてくる。ぼくに物をくれようとしたり、ぼくに笑顔を向けたり、ぼくの目を見えなくさせたりする。いろいろな場所から来ているんだってモリーが話していたけれど、どこかはわからない。最初のころはぼくも鳴いてあげて、そうすると気分がよくなった。でも人数が増えてくると、大好きじゃない人とは一緒にいたくないと思うようになった。うっ！　また背中だ。どうも調子がよくない。この背中が「悪いところ」なのかな。ぼくには待つことしかできない。でももう疲れた。船が動けなくなったときに長いこと待って、ここでまた待っている。助けだされるのを。

逃げだせるのを。

でもモリーのことは好きだ。ごはんをもってきて、なでてくれて、外のにおいをさせている。一緒に庭にも行ってくれる。ぼくは庭をかぎまわるけど、もう何度も何度も探検したから何があるかはわかっている。塀に穴があいていないのも知っているし、つかまえたくてもネズミもいない。だからたいていはただ座って、木のあいだからのぞく灰色の空を見上げながら、飛べたらどんなにいいだろうって考えるだけ。この灰色からも、この寒さからも、このいやなケンエキからも脱けだして、鳥みたいに海まで羽ばたいていけたら、って。そしたらアメジスト号を見つけて、そこにおりるんだ。

きっとペギーは箱の中でサルと一緒にいるね。ふたりで走ってかくれんぼをしよう。ぼくのだったあの場所に、ペギーと残ればよかったんだろうか。ここはぼくの場所じゃないし、そうなってほしくない。目をつむるとずきずきする。体も痛くて、なめてきれいにするのもつらい。最近は前よりもっとたくさんの絵を見るようになった。

玄関でベルの音がする。誰か来たんだ。モリーが立ちあがる。

「誰だか見てくるわね」モリーは小さな部屋を出ていく。それからまた戻ってきて、「サイモン、お客様よ」

顔を上げるとジョージがいた。跳びあがりたいけど、ゆっくりと体を起こすことしかできない。すごく痛いんだ。すばやくジョージの指のにおいをかぐ。いつもと違う。

検疫所のサイモン（写真提供／ Purr'n'Fur UK）

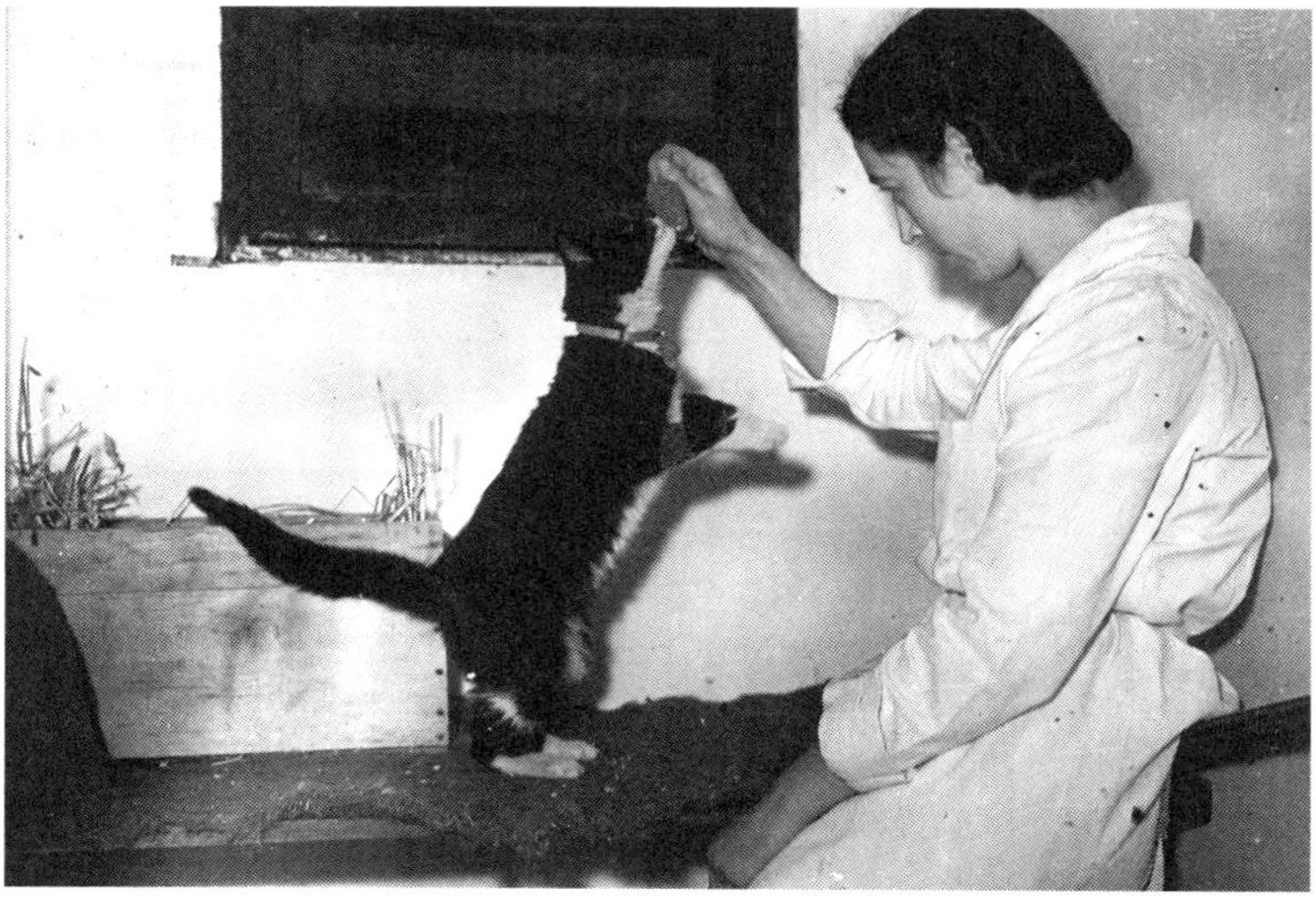

検疫所のサイモンと世話係の女性（写真提供／ PDSA）

「やあ、サイモン」

ぼくはのどを鳴らす。モリーがジョージの隣に立っている。

「世界一有名な猫になるのはどんな気分だい？」

ひとりぼっちの気分だ。

「様子はどうですか？」ジョージがモリーのほうを向く。

「あなたやほかのお友だちとどうして一緒に帰れないのかって、不思議がっているんだと思います。かわいそうに」

「でもね、今日はいい知らせがあるぞ」

いい知らせ？　ついに！　なんだろう。

「一二月一一日にきみの表彰式が開かれることになったんだ。あとたった二週間だよ。きみはすごく有名だから、マリア・ディッキン〔訳注　PDSAディッキン・メダルの創設者〕がじきじきにメダルを掛けてくれることになっている。おまけに市長も一緒だ」

市長？　それはすごい。猫も連れてきてくれるといいな。ここにいる猫たちと違って、おしゃべりができるかもしれない。

「もちろんぼくたちもみんな式に出るよ。昔と同じだ」

またみんなと一緒にいたい。ガーンズにも、ほかのみんなにも会いたい。そこが船の上じゃないのはわかっているけど、そのふりをすればいい。ほんの少しのあいだだけでも。

狭い部屋からモリーが出ていった。

「ああ、それからこれ。このあいだ見つけてね」ジョージがポケットから何かを取りだす。サイコロだ。においをかぐ。ひたすらかぐ。ペギーのにおいもかすかに残っていた。

少ししてジョージが、「ねえ、サイモン。今日は一一月二七日だよ。つまり、あの大変なことがあってから丸々七か月たったんだ」

どういう意味なのか、一生懸命に考える。一か月っていうのは……月がいくつかのぼることだ。七っていうのは……えっと……一、二、三、四、五、六……七。だったら、あとちょっとだけ何度も月がのぼったらここを出られるってことだね。少し胸がどきどきする。あの恐ろしい緑の片目を見たのが丸々七か月も前。長かっただろうか、短かっただろうか。長かったんだとすると、ここを離れるまでまだずいぶん待たなきゃいけないっていうこと？よくわからなくなってきた。ジョージが最初に助けてくれたのはいつだったか。月が数えきれないほどのぼる前だった気がする。でも、今はこうして目の前にいて、そんなに昔のようには思えない。頭が痛くなってきた。

ジョージはそこに立って、しばらくぼくを見てる。目が合うと痛いので、つむらないといけない。またあけたのは、ほんの少しあとだったか、月がひとつのぼったあとだったか。ジョージはいない。ぼくのまぶたがまたピクピクして、そしたらジョージがぼくの頭をなでてる。背中が痛い。どっかが痛い。全部が痛い。ジョージはずいぶん長いことここにいる。いくつもの月がのぼるあいだずっと。ジョージが部屋に入ってきた。その声で、ぼくはここに引きもどされた。

「もう行かなくちゃ。けどたった二週間だからね。きみの大きな日まであと二週間だよ、サイモン。でも、その前にまた来るから」

……行ってしまった。ジョージはここにいて、そして消えてしまった。

しばらくして、モリーがまたひげ《ウィスカーズ》を食べさせようとしたあと、ぼくは庭に出た。夜だ。月を見上げる。船で何度も眺めた月と同じなのかな。この同じ月を見たり見なかったりしてるうちに、ジョージかケランズが迎えに来てぼくをここから出してくれるんだろうか。待ちきれない。本当に。

部屋に戻ってサイコロで遊んで、またにおいをかごうと思ったら、リレットとすてきなゲームをしたときみたいな気持ちが急に湧いてきた。ううん、ちがう、ネズミをみんな殺したときみたいな気持ち。ぼくは……あれ、何がしたいのかな。こっちに歩き……たいの？　そうじゃない、あっちに行って寝そべりたいんだ。ううん、それもちがう、何がしたい？……わからない。ぼくは何度も何度も鳴いた。体が焼けるように熱い。痛みが大きくなってきた。痛いのが体じゅうに広がって、ぼくと入れかわろうとしてる。

「どうしたの、サイモン、なんの騒ぎ？」

やらかい手が、ぼくを上へ上へと運ぶ。

「いらっしゃい、中に入りましょう」

やさしい手。きっとモリーだ。暗かったのが明るくなったから、部屋の中にもどったんだね。この手を引っかきたい。この手でなでてもらいたい。

「さあ、これでいいわ。ここでゆっくり気持ちよくしていましょうね。大変、鼻が熱い」

ここはどこ？　目がよく見えない。あたりがみんな暗くなっちゃった。灯りがこわれたのかな。船でもよくそうだったね。まだモリーが一緒だ。やさしい声がする。鳴いたほうがいい？　そしたら痛い？　ぼくはさっき鳴いたんだっけ。ぼくは今立ってて、じゃなかったら背中を下にして寝てる。それともさかさまになってる？　あれはモリー？

「よしよし、いい子ね、サイモン。落ちついて。なるべくじっとしているのよ。先生に来てもらったほうがよさそうだわ」

ううん、モリーじゃない。ジョージだ。ジョージがいるんだ。ここはジョージの家だよ。はじめて来たけどジョージのにおいがするもの。庭もあるね。ぼくがいるとこのよりずっと広いや。でも今度はモリーがいる。ジョージじゃない。そうだ、モリーだ。ぼくはまたあの小さな庭の中。

「サイモン、しっかりするのよ。獣医の先生がすぐに来ますからね。あなたは勇敢な猫だもの、頑張れるわ」

ジューイ？　ジョージ？　ぼくはここの上や下をごろごろごろごろ。あれ、庭がだんだん大きくなるよ。走ってころがって跳んでそして……どすん！　ケージの壁にぶつかった。どうして庭にケージがあるの？　急に庭が明るくなって、どんどんまぶしくなる。

「さて、サイモン。検疫所にいる世界一勇敢な猫は元気にやっているかな？　おや、いつもとすっかり様子が違うじゃないか。大丈夫、なんとかしてみるからね」

ぼくは箱にもどる。ペギーにも箱があったっけ。ペギーはどこ？

「急に熱が上がって、心拍数がとても下がっています」

背中が……背中に何かいる。チェアマン？　ぼくは歩いて……だめだ、歩けない……あそこへ……背中……化け物が見える……こわい。焼けるように熱い。

「じっとしていてくれよ、サイモン。少しチクッとするからね」

とがった痛みが来て、それから体の中がすっかり冷たくなる。モリーが帰ってきた。ぼくの耳をなでる。

「落ちついて、いい子ね、サイモン。偉いわ」

ぼくは熱くて冷たい。うれしくて悲しい。ぼくは起きてる。ぼくは寝てる。ぼくはこわい。ぼくは勇敢だ。ぼくはひとりぼっち。

「よし、サイモン、あとはしばらくモリーに任せよう。ゆっくり休んで、きみが勲章をもらった理由をみんなに見せるんだよ、いいね？」

まぶしい光が急に消えて、少し目があけられるようになった。あたりを見回す。ここはどこ？　ぼくがいたかった場所はどこだったろう。急いで何かしなきゃいけないような気持ちは消えてた。もう痛くない。モリーの両手がぼくを包んでる。

「一瞬、行ってしまったかと思ったわ」

ううん、どこも行ってない。ぼくはここにいる。いたくない場所に。背中に水のしずくが落ちてきた。部屋の中でも雨が降るんだね。でもここは中じゃない。庭だ。あったかいお日様が当たって、痛みが少し軽くなる。ゆっくりなら立ちあがれそうだ。ゆっくりゆっくり、自分のいたいと思う場所に歩いてく。見上げたらモリーの顔。目がジョージみたいにすっかりぬれてる。

「サイモン？　サイモン？　どこへ行くの？　だめよ動いちゃ。座って。大丈夫だから」

でも少しも大丈夫な気分じゃない。大丈夫の……正反対だ。

「お願い。目をつむっちゃだめよ、サイモン。お願いだから……」

まわりはお化けだらけ。黒い顔。指がぼくをつかもうとする。黒くて濃い煙の向こうから指が伸びてくる。指が手に変わった。モリーの手だ。モリーがぼくを抱きしめて、ぎゅっとして、そしてぼくは落ちてく、モリーから離れて。モリーの泣き声がする。しずくがもっと頭に降ってきた。ぽた、ぽた、ぽた。鼻の上にも。塩からい。まばたきして、あたりを見回す。船だ。帰ってきたんだ。ジョージもガーンズも、赤毛《ジンジャー》もアトキンズもいる。モリーはどこ？　ジョージの目がぬれてる。いっつもそうなんだ。でも笑ってる。ぼくを見下ろす笑顔。

「しっかりして、サイモン」

頭を起こしたいのにできない。どうしても思うようにいかないんだ。ジョージやみんなが背中を向けて歩いてく。行かないで。お願いだからぼくを置いてかないで。ごめんなさい。勇敢でごめんなさい。足が重くて動かせない。ジョージのあとを走ってきたいのに、ジョージはどんどん小さくなって、小さくなって。重い。こわい。さびしい。

「サイモン、少しお水を飲んだら？　ほら、ちょっとだけでも。体がものすごく熱い」

暑い、暑い。まぶしくて暑い。鳥が大きな声で鳴いてる。きっと鳥も暑いんだね。そこらじゅうが暑い。Uボートも暑いんだ、だって日陰に立ってるから。え、Uボート！

「来いよ」そう言ってる。声がする。

「一緒に遊ぼう。ふたりでたくさん冒険ができるぜ」ああ、会えてうれしい。ぼくたちは走って走って、暑いとこを離れて、涼しくておっきな青い海に向かう。

「いろんなことができるぜ、いろんなことが」ぼくたちは並んでぐんぐん走る。今度はどこまでも泳いでる。あたりにはクジラがいっぱい。冷たい水。Uボートの熱い毛。どこ？　どこへ行った？　いた。ぼくは背中に跳びかかる。でもUボートはすり抜けてく。

「言ったとおりだったろう？　言ったとおりだったろう？」Uボートは水のなかを走って、走って、どんどん、遠く遠く……

「しっかり、サイモン。大丈夫よ。心配いらないわ」

うん、心配いらない。痛い。痛くない。今度はリレットだ。リレットがそばにいて、心配いらない、って言ってくれる。庭がある。きれいな緑の庭。海にそっくり。ハエがたくさん踊ってて、リレットがぼくに頭をこすりつけてくる。このにおい。リレットのにおいがあたり一面に。心配いらない。見えるのは白い色。リレットの真っ白な毛。

「あなたが、やあ、って声をかけてくれて嬉しかったわ」ぼくをなめる。「やあ、やあ、やあ、やあ」

ひどい痛みはどっかに行った。リレットがいてくれるから。リレットのほうに走っていきたいけど、足がゆうことをきかない。でもいい、こうして一緒にいられるから。

「ブラシをかけさせて」リレットが笑顔でぼくをなでて、ブラシをかけてくれる。気持ちがいい。心があったかくなる。背中をなでてもらって、なでてもらって、リレットに……

「じっとして、サイモン。大丈夫だから。頑張ってちょうだい」

この庭。きれいで、心が休まる庭。でもここが庭なら、ほかにも誰かいるはずだよね。あたりを見回すと……いた。どうして今まで気がつかなかったんだろう。ばかだね、ぼくは。あのかわいいよたよたした姿は、どこにいたって見つけられなくっちゃ。なんでにおいがしなかったのかな……大好きなペギー。日陰から出てきた。あの店じゃない、ぼくと一緒にいる。ここがペギーのほんとの場所。この庭。

「サイモン、あなたなら頑張れるわ。しっかりして」

ぼくたちにあるのは今だけ。今がぼくのすべて。「すべてがあなたのすべてなのよ」ペギーがなめてくれる。ぼくたちは庭で、ペギーの箱の中にいる。

「もうネズミはいないわ、全部やっつけたから。これでおいしいごちそうをたっぷり食べられるわね」

そうだ、おいしいごちそうの時間だ。ペギーとふたりで食べて走って、それから遊んで、庭を駆けまわって、ぼくが追っかける。

「きみは犬だ」

「そしてあなたは最高に勇敢な猫よ」

ユーコーにサイカン。ぼくは帰ってきた。またペギーと一緒。ペリーと、ペギーと。船の上で、庭にいる。ペギーが走れば、ぼくもついてく。もう二度とひとりにしないで。

「ラッフルズ・ホテルに行きましょう」庭の向こう側に一緒に駆けてく。ペギーがぼくの前。ぼくはいっつもスピードを落とさなきゃいけなかったね。だってよたよたしてるんだもの。でも今はペギーが前にいて、ぼくは走って走って追いつこうとしてる。甲板を抜けて、艦首に着いて、箱をのぞいたらペギーはいない。いやだ！　だめだ、ペギー、もどってきて。お願い。

ペギーはどこ？　リレットはどこ？　Uボートはどこへ行ったの？　みんな箱の中にい

るはずなのに。きっとどっかにいる。絶対に。この目でみんなを見たんだから。何がごっ、こで何が本物かはちゃんとわかる。これは本物だ。まちがいなく。

「サイモン、しっかりするのよ。あなたがいなくなったら船のみんなはどうすればいいの？　みんなのことを考えてあげなきゃ。メダルのことを思いだして。二週間よ、サイモン、しっかり、たった二週間よ！」

あたりを見回してみんなを捜す。ここのどっかにいるはずなんだ。どこに隠れてるの？なんのゲームをしてるの？　こっちかな。歩いて……ぼく、歩いてるよね？……庭のすみをのぞく。ここじゃない。でもどっかにいるのはわかってる。絶対に。だってリレットに会ったもの。Uボートとペギーにだって。水兵たちもきっとここにいるね。ジョージもだ。ジョージ、ぼくを一緒に連れてって。

「心拍数がさらに下がりました。震えがひどくなっています。わたしにはもう体温をうまく調節できません。あとはどうしたらいいのか」

箱の中を捜す。あたりを見回す。みんな、どこ？　箱のとなりで寝そべってたら、もう一度出てきてくれるかな。箱のうしろで待ってたら、見つけてくれるよね？　ほかにどこへ行ったらいいのかわからないんだ。どうすればいい？　ぼくはひとりぼっちだ。

「チビ？」

うそだ！　ほんとに？　そうだよ、ジョジョだ！　ぼくのほうに歩いてくる。止まって、い、なかったんだ！　動いてる。まっすぐこっちに向かってくる。ここに来てくれたんだ。

「ああ、ジョジョ、ジョジョ！　ものすごく会いたかったよ。聞いてほしいことがたくさんあるんだ……」

「知ってるよ。お前みたいなすごい弟はいない。いろんな冒険をしたんだな」

姿もにおいも、全部前と同じ。どこへ行ってたんだろう。もどってきてくれてほんとにうれしい。船を見せたげるね。ジョージにも会ってもらうよ。一緒に船を駆けまわって、石けんの泡ですべって、サイコロで遊ぼう。さわれるのに見えないやつだって、やったげる。あのおかしなアンリの話も、ぼくの鼻にぶつかってばかりいたカシャカシャのことも、全部教えたげたい。

「ねえ、ジョジョ、船でドッカーンがはじまったときは、ものすごくこわかったんだよ」

「ああ、でももう大丈夫。怖いものなんかない。お前には本当に勇気があるんだから」

ペギーはなんて言ってたっけ？　いいことも悪いこともある？　じゃあ、これはうんといいことのほうだ。ちっともこわくない。ここには化け物なんかいない。ここにいるのは大好きなみんなだけ。ぼくのふるさとじゃないし、長いこといるわけでもない場所だけど。

あれ、ジョジョ？　ジョジョ？　どこへ消えた？　どこにもいない。やだ！　やだ！　帰ってきて！

「負けちゃだめよ、サイモン、評判の勇気を見せてちょうだい！」

モリーの声がやんだ。泣いてるのが聞こえる。ぼくまで悲しくなっちゃう。お願いだから泣かないで、モギー。

またこわくなってきた。こわくて、さびしい。みんなどこ？　どこへ消えたの？　ひとりぼっちはやだ。ひとりにしないで。ここがどこかもうわからなくなった。船の上じゃない、庭でもない、箱の中でもない、ぼくは落ちてく、ぼくはここだ、どんどん小さく、小さくなってく、恐ろしい。

ぼくはひとりっきり。

雨がもっとひどくなって頭に降ってくる。ぼくが、くーん、と鳴くと、すすり泣く声がして、ぼくを包んでた手が静かに離れてった。

「終わった。これでこの子はもう苦しむことはない。手は尽くした……」

そしたら、そしたら……影がひとつ。誰だろう。なんだろう。逃げだしたい。少しずつ近づいてくる。黒くて白い。

わかった。知ってる。やっぱりぼくはここにいる。もうこわくない。もうひとりじゃない。お母さんだ！　ぼくのお母さん。

「あなたは勇敢に頑張った。もうゆっくり休んでちょうだい」

お母さんがすぐとなりに寄りそってくれた。なめてくれて、とっても気持ちがいい。きれいで、あったかくて、やらかい。

「わたしが一緒よ」お母さんの声はとっても遠くからひびいてくる気がする。「もう誰もあなたをひどい目にあわせたりしない」

「ああ、お母さん、お母さん、どうしてぼくを置いてったの？」

「置いていくわけがないじゃないの、おばかさんね」

「うそだ！　ぼくを置いてどっかに行って、それからジョジョもいなくなった。ぼく、隠れたんだよ、すごくこわくて、ふるえてたんだ」

「震えなかったところもあったでしょ？　あなたのしっぽ……」

「じゃあ……？」

「そうよ」ぼくの顔に鼻を押しつける。「わたしはいつもあそこにいて、あなたを助けていたの」

お母さんがもっと体を近づけてくれる。あったかい。何もこわくない。

涼しい風が吹いてぼくの毛がさわさわゆれる。庭が消えてく。もうモリーの声もしない。

「お母さん……ほんと？　もう大丈夫なの？　やなことはないの？」

「そうよ、もうあなたはわたしと一緒。寄りかかっていいのよ。わたしの毛にぴったりくっついて」

ぼくはのどを鳴らす。うれしくてたまらない。もうどこも痛くない。すぐ横で、お母さんのおなかが静かに上がったり下がったりするのを感じるだけ。あったかい体がぼくを包んで、しっぽが巻きつく。お母さんのやさしい声しか聞こえない。

「わたしたちはそろそろ行かないと」

お母さんが体を寄せてくれる。ぼくは守られてる。ぼくの場所はどこなのか、ぼくのじゃない場所はどこなのか、はっきりわかる。うん、行かなくっちゃいけない。お母さんが心を軽く、やらかくしてくれる。声がひびいてくる、遠くから。なのに近い、とてもとても近い。

「時間よ」

ぼくの目が開いた。空がきらきら光ってる。ああ、飛んできたい。また目をつむる。お母さんのにおいがして、ぬくもりが伝わってきて、お母さんの声がする。もうケンエキじゃない。ぼくはここにいる。ぼくの場所に。お母さんの体と息にくるまれて、あったかい。愛ってどうゆうことなのか、今度こそほんとにわかった気がする。

お母さんの顔がそこに、すぐ前にある。ぼくはやさしい丸い目をのぞきこむ。ひげとひげがふれた。

「さあ、行くわよ、わたしの美しい坊や」

お母さんがぼくにほほえんでくれた。最後に。はじめて。

「おうちへ帰りましょう」

検疫所のサイモン（写真提供／Purr'n'Fur UK）

サイモンは一九四九年一一月二八日に息を引きとった。おれたちのうちで最後にサイモンに会ったのはジョージだった。前の晩に検疫所を訪ねて、メダルの授章式があることを伝えたんだ。だが、かわいそうにサイモンは急性腸炎で高熱を出し、獣医が呼ばれた。医者は注射を打って薬を飲ませたが、残念ながらサイモンはもちこたえられなかった。たぶんまだほんの三歳くらいだったんだ。でもはっきりいって、攻撃を受けたときの傷が治りきってなかったんだと思う。

サイモンはすばらしく勇敢な猫だったから、PDSAのディッキン・メダルだけじゃなく、ブルークロス・メダルとアメジスト号従軍記章も授与された。

ジョージがサイモンを……失礼、サイモン二等水兵猫をストーンカッターズ島で見つけてくれて本当によかった。たしかに、最初に船に連れてこられたときはあんまりこの猫が好きになれなかった。でも、サイモンはおれとみんなをすごく元気にしてくれて、とくに身動きがとれなかった時期にはおれたちの心を慰めてくれた。それからネズミ！　サイモンがいなかったらどうなってたことか。なにしろ、あのいまいましいモータクトーをやっつけてくれたんだ。本当にばかでかいやつだった。おれたちもつかまえようと頑張ったがだめで、ついに息の根を止めたのはサイモンだった。

サイモンが死んだという知らせをジョージから聞いたとき、おれたちはみんなものすごくショックを受けた。船の男たちにとって、あいつは本当に心の安らぎだったんだ。行っちまったあと、検疫所には数えきれないほどのカードや手紙や、花が届いた。生きてるときより多いくらいに。その処理をするために、ヘットのやつは「猫担当士官」を引きうける羽目になった。『タイム』誌にまでサイモンの死亡記事が載ったんだ。そんなことになる猫はそうそういないだろう？　もっとも、それをいったら人間にだってそうはいないけどね。

ともあれ、サイモンの葬儀が行なわれるつらい日がきた。亡骸《なきがら》は綿《わた》でくるまれ、特製の棺《ひつぎ》に入れられて英国国旗でおおわれた。セントオーガスティン教会のヘンリー・ロス牧師が短い儀式をしたあと、サイモンはロンドン東部のイルフォードに運ばれ、正式な海軍葬の礼をもってPDSAの動物墓地に埋葬された。ディッキン・メダルは、サイモンにかわってケランズ夫妻が受けとった。艦長と奥方が一匹の猫のためにそんなことをするなんて、前代未聞の話だ。サイモン自身がもらえなかったのが残念でならない。

サイモンの墓には記念碑が建てられ、そこにはこんな碑文が刻まれてる。

「サイモン」

1948年5月〜 1949年11月
イギリス海軍艦アメジスト号に勤務

1949年8月
ディッキン・メダルを受章

1949年11月28日没
揚子江事件中の働きは並外れたものであった

その日はもちろんおれたち全員が参列した。ケランズもおれも、ほかもひとり残らず。みんな、サイモンもそこにいるような気がしてた。船に乗ってたとき、サイモンは故郷の友人や家族を思いださせてくれる掛けがえのない存在だった。そしてこの葬儀の日、あいつがどれだけおれたちの力になってたかが改めてわかった。その力は、今もおれたちみんなに宿ってるように思う。

恐怖に押しつぶされそうになったとき、この世にはいいこともたくさんあるんだと、サイモンは身をもって教えてくれた。たとえどんな状況にあろうとも。たとえその「いいこと」がどんなに小さく、ふさふさしたものだとしても。

サイモンはこれからもずっとおれたちの心の中にいる。どうかあんたも、サイモンの物語を覚えててやってほしい。

けっして、忘れないで。

マッカネル二等水兵

サイモンが受章したPDSAディッキン・メダル（裏面）（写真提供／ Purr'n'Fur UK）

イルフォードの動物墓地にあるサイモンの墓（Photo by Patrick Roberts）

謝辞

まず初めにパトリック・ロバーツに謝意を表したい。パトリックのウェブサイトwww.purr-n-fur.org.uk の情報があったからこそ、私はサイモンの比類のない物語への興味を深めることができた。パトリックはまた、親切にもK・スチュアート・ヘット少佐に連絡を取らせてくれた。スチュアートは、旧アメジスト号乗組員のうち現在も存命の数少ないひとりである。

そのスチュアートにも感謝の言葉を述べたい。本書執筆中に生じたさまざまな疑問を解消するうえで、大変な力になってくれた。幸いにもお目にかかって、膨大な記録を見せてもらうこともできた。本書の写真は、スチュアートのおかげで掲載できたものが多い。しかしながら、本書はフィクションという性質上、サイモンの会話が事実から逸脱する場面もあることから、結果として物語になんらかの不正確な点が見られる場合には、サイモン二等水兵猫になりかわってスチュアートに無条件にお詫びしたい。

電信技手ロバート・アーネスト・ストーンの孫娘であるレベッカ・ストーンにもお礼を申しあげる。ロバートは当時のアメジスト号に勤務し、残念ながら二〇一四年三月に亡くなった。「アメジスト号を記念する物語展示」のためにレベッカが行なったリサーチとデザインは、有益な資料をさらに提供してくれた。この展示会は、ボーンマス芸術大学の「インテリア、建築、および設計」優等課程の一環としてレベッカが主催したものである。いつかレベッカのデザインが現実のものになることを願っている。www.rebeccastonedesign.tumblr.com

ＰＤＳＡにも感謝申しあげる。原稿の該当箇所に目を通したうえ、関連する資料写真を使用させてくれた。ポール・マッカネルは船に関するきわめて貴重な助言をくれた。表紙デザインを手がけたダナ・リツキ・ヌル・アドナンと、イラストを描いたリカ・クヴィリカシヴィリにも謝意を表したい。

フェイスブックのグループ「We Love Memoirs（回顧録大好き）」に集う素晴らしき読者と作家たちにもお礼の言葉を述べたい。アイデアを練りたいときや単に充電したいときに、フィードバックをくれ、気持ちよく相手をしてくれた。回顧録や人生全般について楽しく冗談を言いあいたい方には、グループへの参加をおすすめする。www.facebook.com/groups/welovememoirs

最後に、サイモンの物語を言葉にするうえで、力を貸してくれたすべての人に感謝する。おかげで、猫の目から見たアメジスト号の暮らしを描くことができた。本書の最終形をつくりあげるうえで、あなたがたの意見は掛けがえのないものだった。ありがとう。

訳者あとがき

「やせた一匹の幼い野良猫が、ひょんなことから香港でイギリスの軍艦に乗った。猫は水兵や水兵犬と一緒に大海原を旅をするうち、中国で恐ろしい事件に巻きこまれる。しかし瀕死《ひんし》の大怪我を負いながらも立ちあがり、水兵の心の支えとなって困難を乗りこえたのち、地球を半周する大航海を経てイギリスで盛大な歓迎を受ける。猫は英雄と讃《たた》えられ、戦時の勇敢な動物に贈られる勲章を猫としては史上唯一受章する――」

どう考えても、フィクションのなかでしかありえないような筋書きである。だが、これはすべて七〇年ほど前に本当にあった話だ。猫の名はサイモン。そして本書は、そのサイモンのなかに入りこんで一部始終を小説化した作品である。

物語の背景となる「揚子江事件」(「アメジスト号事件」とも)は、日本ではあまり知られていない。ごく簡単にいうと、一九四九年にイギリス海軍艦アメジスト号が揚子江を航行中に中国共産党の砲撃を受け、甚大な人的・物的被害をこうむったうえに河岸に抑留されるも、一〇〇日あまりののちに決死の脱出に成功した、という出来事である。サイモンはそのアメジスト号に乗っていた。著者のジャッキー・ドノヴァンはこの史実を知って激しく心ひかれ、歴史に関心のない読者にも広くこの物語を伝えたいと、「猫が一人称で語る小説」という形式を選んだ。

その際ドノヴァンは、「屈強で勇猛な猫」ではなく、「人間や動物の苦しみがわかる怖がりでやさしい猫」というキャラクターをつくった。また、あくまで事実をベースにしつつも随所で想像力をふくらませ、心温まるストーリーを編みあげた。そこには、猫と人の友情、猫と犬の友情、そして愛と冒険があふれ、笑いもあれば涙もあり、手に汗握るスリルもある。この物語のなかでは猫も犬もネズミも話すことができ、とくに相棒である犬のペギー（これも実在）とサイモンの掛けあいはじつに楽しい。そんな、古き良きアニメ映画のような世界を通して、知られざる歴史が浮き彫りにされていく。

猫が主人公の小説というと、猫の目線から人間の愚かさを揶揄《やゆ》する狙いを含むものが少なくない。猫の性格も、勝手気ままで気位が高いといった、一般に「猫らしい」とされるイメージに沿ったものであることが多いようだ。だが本書は違う。サイモンは素直で人がよく、人間も犬も大好き。最初はろくにネズミも獲れないのだから、ある意味およそ猫らしくない。しかしそのおかげで物語にもっと普遍的な魅力が生まれ、筋金入りの猫派ならずとも楽しめるものとなっている。

もちろん、猫好きにはたまらない猫写も満載だ。猫ならではの仕草や、人が猫に向ける愛情には、つい頬がゆるみ、胸が熱くなる。また、人間のいろいろな言動への反応や、おいしいものを食べたときの喜びの爆発などを読んで、「うちの子もこう感じているのかな」と、思わず飼い猫の顔をしみじみ眺めた読者も多いことだろう。

当然、著者も大の猫好き……かと思いきや、意外にもドノヴァンは幼いころから動物全般が怖いのだそうだ。そのため、まず友人たちの飼い猫を（少し離れたところから）つぶさに観察し、猫の行動とその理由についても徹底的に調べて学んだ。そして、自分が猫の「足となり目となれる」と確信できて初めて、キーボードに向かったのだという。動物が苦手で、動物関連のものをなるべく避けてきた人間が、そうまでして書きたくなるほどの力がサイモンとアメジスト号の物語にはあったと著者は言いきる。

では、その力とはなんなのか。また、サイモンを「ネズミを殺しまわる恐れ知らず」ではなく「臆病な猫」にしたのはどうしてなのか。ドノヴァンはサイモンの話を知ったとき、「サイモンの人生が水兵たちの人生と重なっているような気がした」と私宛ての電子メールに書いている。「アメジスト号の水兵たちは大半がまだ非常に若く（一〇代と二〇代前半が多い）、戦闘の状態に身を置いた経験もほとんどありませんでした。サイモンのことをネズミも獲れない臆病な性格にしたのは、水兵たちの内面を反映させた結果です。つまり、未知の敵に遭遇し、本当は攻撃したいわけでもないのに戦わざるをえない状況になったとき、水兵たちはきっと本書のサイモンのような気持ちだったに違いないのです。幼い気弱な猫として描くことで、物語の進行とともにサイモンを肉体的にも精神的にも成長させることができました。同時に、サイモンも人間も、家族や仲間を守るためなら、それまで考えもしなかったような仕事を引きうける力が出せるのだと示すこともできました。国のために銃を取ることを強いられたとき、世界じゅうの兵士や水兵に何が起きるかを、サイモンという存在が象徴しているように思うのです」

たしかに本書239ページの写真を見ると、若い水兵が多いのがわかる（あどけなさの残る顔もある）。サイモンをアメジスト号に連れてきたとされるジョージ・ヒッキンボトム三等水兵（巻末註の第3章参照）も、当時はわずか一七歳だった。少佐という高い階級にあった士官のスチュアート・ヘットでさえ、揚子江事件当時は二二歳にすぎない。拾われたときのサイモンにしても、せいぜい一歳くらいだったと推定されている。揚子江事件は、そうした若い人間と幼い猫を容赦なく呑みこむ恐ろしい現実だったのだ。

これが実話であることを改めて噛みしめるとき、サイモンの数奇な運命がなおのこと胸に迫る。私は初めて本書を読んだあと、実際にこの世に存在したサイモンという猫のことがしばらく頭から離れなかった。近所でも見かけるようなごく普通の小さな野良猫が、軍艦で波濤万里《はとうばんり》、一万マイルの旅をし、普通は人間とも猫とも無縁であるような困難と冒険を経験した。その長い長い航路の先に待ちうけていたものを思うと、やるせなさに胸がふさがる。せめてもの救いは、サイモンの物語が七〇年のあいだ語りつがれてきたこと。そして今また本書を通して、読者の心のなかで新しい時を生きようとしていることだ。時空を超えてサイモンに会えるのなら、あなたは忘れられていないよ、とひと言伝えてあげたい。そんな気持ちでいっぱいだ。

なお、アメジスト号がプリマス港に凱旋《がいせん》したときのニュース映像が何本かユーチューブにアップされている。そこには、傷だらけのアメジスト号や、大勢の市民や水兵たちとともに、なんと「動くサイモン」の姿が映っている。ぜひ「H.M.S. Amethyst back in Plymouth」または「simon the cat」で検索してみてほしい。

また、揚子江事件については『揚子江死の脱走（*Yangtse Incident*）』という映画（一九五七年、イギリス）が制作されている。ジョン・ケランズ艦長が直々に監修しただけあって、砲撃から脱出までの描写は迫力満点だ。しかも、サイモン役と思しき黒と白の猫が数回、なんの説明もなく当たり前のように登場してくるのも見逃せない。日本語字幕版はないようだが英語版ＤＶＤは入手できるので、興味ある読者には視聴をおすすめする。

（※以下、ややネタバレがあるので、本あとがきから先に読んでいる方はご注意を※）

最後に、アメジスト号の電信技手だったジャック・フレンチの言葉を紹介したい。フレンチは一九九〇年に帝国戦争博物館のインタビューに答え、イギリス政府がサイモンに杓《しゃく》子定規《しじょうぎ》に法律を適用したことを憤りながら次のように語った。「サイモンが死んだのは、［病気のせいではなく］水兵たちと離ればなれになったからだと思う。サイモンは船の暮らしにすっかり満足していた。だから、船にそのまま残しておいてやることだって簡単にできたはずなのだ。そうすれば、次の任務へと旅立たせてやることができただろうに。あいつは悲しみのあまりに息絶えたのだと、私は固く信じている。仲間をなくした寂しさに胸が張り裂けて、衰え果てたのだと」

本書の刊行までには多くの方のお世話になった。まず、温かく丁寧なメールを旅先から何度も下さった著者のジャッキー・ドノヴァンさん、日本語版の写真のためにご協力いただいたサイモン研究家のパトリック・ロバーツさん、翻訳の一部を手伝って下さった市川美佐子さんに謝意を表したい。また、お忙しいなか日本語版の表紙絵制作を引きうけていただき、サイモンが最後まで恋い焦がれた夢のアメジスト号を描いて下さった漫画家の深谷かほる先生には、サイモンにかわって心よりお礼を申しあげる。そして、本書の企画を実現して下さり、数々のわがままを聞いて下さった飛鳥新社出版部の畑北斗さんに、この場を借りて深く深く感謝申しあげる。もうひとつ。いつも空から見ていてくれる愛猫トラジに、ありがとう。

二〇一八年二月

梶山あゆみ

巻末註

左記の人々（本書での登場順）を除いて登場人物の氏名はすべて架空のものであり、存命であるなしにかかわらず実在した人物となんらかの類似が見られるとしても、それはすべて単なる偶然である。

イアン・グリフィス少佐
ジェフリー・L・ウェストン副長
バーナード・スキナー少佐
ジョック・ストレイン少佐
ジャック・フレンチ電信技手
ジョン・S・ケランズ少佐
K・スチュアート・ヘット少佐
ロバート・アーネスト・ストーン電信技手
ジョージ・ヒッキンボトム三等水兵
ジョージ・グリフィス兵曹
マイケル・ファーンリー空軍大尉

本書は入手可能な資料に基づいてできる限り正確に綴られている。ただし、以下に挙げた四本足の乗船者たち（いずれも実在）は、自分の口で記憶や心情を語る機会に恵まれなかったため、その物語に小説としての自由な創造をちりばめてあることをお断りしておく。

猫のサイモン
犬のペギー
ネズミのモータクトー
ウサギのヒューゴー

第1章　空と陸と

「飛行機はうしろからしっぽみたいなの」：第二次世界大戦後、香港に駐屯するイギリス軍大隊が港の上空で射撃演習をする際、航空機に吹き流しなどの曳航《えいこう》標的を引かせてそれを狙って撃った。演習が行なわれると銃撃の反響音で港の魚が気絶し、水面に浮かんできたという記録が残っている。

「黒いクリスマス」：一九四一年一二月八日、日本軍はハワイの真珠湾と香港を攻撃した。香港を植民地にしていたイギリス軍が応戦したが、一二月二五日に降伏。そのためこの日が「黒いクリスマス」と呼ばれるようになった。

「大きな建物」：香港には、一八九七年から一九九七年までイギリス海軍の基地「テーマー号（添馬艦）」が置かれていた。それとは別に、サイモンのいたストーンカッターズ島にはＮＡＡＦＩ（英陸海空軍厚生機関）の建物があった。ＮＡＡＦＩは一九二一年に英政府によって創設された機関であり、軍事基地や軍艦上にさまざまな娯楽施設を提供することを目的としている。たとえば、コインランドリー、売店、カフェ、バー、クラブなどである。サイモンがのぞいて一緒に踊りたくなったのは、軍人などが利用したダンスホール。

第2章　来る者、行く者

「スノーフレーク号」：第二次世界大戦中にイギリス海軍大西洋船団に所属した実在の艦艇。一九四三年、イギリスのタンカーがドイツ軍の潜水艦Uボートに撃沈された際には、タンカー乗組員の生存者六二人を救助する任務についている。そのスノーフレーク号には「Uボート」と呼ばれるオス猫が同乗していた。猫のUボートは普段はきれい好きだったが、あるとき艦長室の椅子で粗相をしたため、ニューファンドランド島で艦長に下船を命じられた。本書では物語の便宜上、Uボートが船のヒッチハイクに成功して最終的に香港に着いたものとする。

第3章　あるのは今だけ

「ぼくはジョージ」：一九四八年五月に誰がサイモンを船に乗せたかについては、ふた通りの資料がある。艦長のイアン・グリフィス少佐だというものと、ジョージ・ヒッキンボトム三等水兵だというものだ。ヒッキンボトムは数か月後にこの船「アメジスト号」を去り、そのあとサイモンはジョージ・グリフィス兵曹と仲よくなる。本書では物語の便宜上、「ジョージ」という名の架空の水兵を登場させた。存命であるなしにかかわらず実在した人物となんらかの類似が見られるとしても、それはすべて単なる偶然である。

「アメジスト号」：イギリス海軍所属の改ブラックスワン級スループ艦。一九四二年三月二五日起工、一九四三年五月七日進水、同年一一月二日就役。第二次世界大戦後にフリゲート艦に改造。物語のこの時点では香港に停泊していた。

第4章　冷たくて見えない

「片方の前足を水の中に」：サイモンの得意技のひとつが、水差しから四角い氷をすくい出すことだったという記録が残っている。

第6章　ポーカーフェース

「グリフィス少佐」：イアン・グリフィス少佐。一七歳のときに商船の船員となり、一九三九年にイギリス海軍に移籍。第二次世界大戦に服役し、一九四七年頃にアメジスト号に乗船。大の猫好きで、サイモンをことのほか可愛がった。

「いまいましい共産党のやつら」：当時の中国では、蔣介石《しょうかいせき》率いる中国国民党の国民革命軍と、毛沢東《もうたくとう》率いる中国共産党の人民解放軍とのあいだで内戦が行なわれていた（これを「国共内戦」という）。内戦は一九二七年に始まり、一九五〇年に幕を閉じた。両陣営は一九三七年～四五年までは「第二次国共合作」と呼ばれる協力関係を結び、日本軍の侵攻に対して共同戦線を張ったが、一九四五年の日本の敗戦とともに再び内戦が勃発《ぼっぱつ》した。内戦の結果、事実上の国家がふたつ誕生することとなった。ひとつは台湾の中華民国、もうひとつは中国本土の中華人民共和国であり、どちらも正当な中国政府であると主張した。

第8章　つかまる

「モータクトー」：アメジスト号に居ついたとくに大きなネズミに、水兵たちは実際に「モータクトー（毛沢東）」というあだ名をつけていた。「ネズミ解放軍」は中国共産党の人民解放軍をもじったもの。本物の人民解放軍はこの物語の後半に登場する。

第9章　弾ける星

「ジェント総督が非常事態を宣言」：英領マラヤの総督だったエドワード・ジェント卿《きょう》は、一九四八年六月一六日、三人のイギリス人農園所有者が殺害されたのを受けて非常事態宣言を発令し、それがマレー人の蜂起《ほうき》へとつながった。この事件はのちに「マラヤ危機」と呼ばれるようになる。「戦争」ではなく「危機」とされたのは、イギリスが現地で所有・支配する工場や農園の多くはロンドンのロイズ保険協会が保険引受人となっており、戦時には保険金が支払われない規則になっていたからである。

「リュウ・ユウ」：マラヤ共産党の党員で、マラヤ人民抗日軍の指揮官のひとり。第二次世界大戦中は日本軍に抵抗して、また戦後はイギリス軍に抵抗して、ゲリラ活動を行なった。一九四八年七月、イギリスの治安部隊によって殺害。

「レーン・クロフォード」：一八五〇年に香港で創業した高級特選店。イギリスから輸入した高級品やティーバッグなどの商品を扱っていた。現在は高級デパートとして、香港、中国本土、およびネット通販でブランド物の高級品を販売している。

「ウィスカス」：もしかしたら艦長には予知能力があったのかもしれない。というのも、キャットフードの「ウィスカス」は当時はまだ「カルカン」と呼ばれていたからだ。しかしこの場面には「ウィスカス」がぴったりであるため、本書ではこのまま使うことにする。

第11章　シンガポールの恐怖

「変わった船が見えた」：「バムボート」と呼ばれるもの。物資や荷物を運ぶのにマレー諸島で今も昔も使われている。最近では人を乗せることもある。

第14章　猫にとって最高のもの

「医者が来て、艦長も自分と一緒に行かなきゃ」：大勢の水兵が病気にかかったのは事実だが、実際のグリフィス艦長は重い病気になったからではなく、別の船の指揮を取るためにアメジスト号を去った。だが翌一九四九年に急性灰白髄炎《かいはくずいえん》を発症し、同年一月に死亡した。

第15章　はい、フロマージュ

「天然痘」：当時、アメジスト号では天然痘が流行し、一部の水兵が船内で隔離された。動物は天然痘にかからないので、サイモンもペギーも無事だった。

「アンリ・カルティエ＝ブレッソン」：「フォトジャーナリズムの父」または「ルポルタージュ写真の父」と称される写真家。実際にアメジスト号に乗船しており、それは上海に行って中国の内戦を取材するためだったと見られている。本章でサイモンと交わす会話は、ブレッソンのものとされる発言を引いて表現を改めたもの。

「決定的瞬間」：カルティエ＝ブレッソンによる造語。

第16章　九つの命

「中国国民党が船を出して」：当時のイギリスは、中国国民党政府が中国で唯一の合法的な政府であるという立場をとり、中国共産党政府を承認していなかった。

第17章　戦闘配置につけ！

「激しい砲撃を受けて座礁。死傷者多数」：実際に送信されたメッセージの一部。

第18章　惨劇のあと

「作業をしている水兵のなかには」：少尉以上のいわゆる「士官」には飲酒のできるカウンターがあったが、水兵には一日一度、一杯のラム酒が支給された。ヘット少佐の手配により、死者の水葬準備というつらい任務についた水兵には特別に別途ラム酒が支給された。

「ストレインとフレンチ」：電気技師のジョック・ストレイン少佐が、応急措置や修理の大半を指揮した。ジャック・フレンチはアメジスト号に残された唯一の電信技手。

第19章　一〇一回の眠り

「飛行機にはお医者さんが」：イギリス空軍所属の軍医、マイケル・ファーンリー大尉。アメジスト号の軍医が船上で死亡したのを受け、サンダーランド飛行艇で南京から到着した。

「新しい艦長はケランズ」：ジョン・S・ケランズ少佐は一九三二年にイギリス海軍に入隊し、輝かしい功績を残した。一九三五年と一九三七〜三九年に中国艦隊の任についたほか、日中戦争の際には上海などの拠点に詰め、一九三七年には一時期揚子江で砲艦の乗員として勤務していた。中国でのこうした貴重な経験が、アメジスト号着任後の数か月に大いに役立つこととなる。第二次世界大戦後は極東に戻り、香港で情報機関に勤務。一九四九年初頭からこの事件が起きるまでは、大使館付き海軍武官補佐として南京に派遣されていた。一説によると、ケランズはアルコール依存症のうえ気性が非常に激しかったため、海軍が手を焼き、大使館の閑職に回したという。だが、アメジスト号に新艦長が必要だったこの緊急事態に、これほど適任の人物はいなかっただろう。

「陸まで泳いだ仲間がどうなったか」：下船を命じられたのは五〇人。そのうちのひとりで電信技手のロバート・アーネスト・ストーンがのちに報告したところによると、一行はローズ島〔訳注　揚子江の中洲の島。現・雷公島〕の危険な無人の地雷原を無事に抜け、山岳地帯を何日も歩いてようやく中国国民党軍に発見された。負傷者は近くの病院に、その他の者はトラックの待つ隣町に護送され、上海まで無事に移動できるよう鉄道の最寄り駅に運ばれた。

「司令長官」：揚子江事件当時、極東艦隊の司令長官は海軍大将エリック・ジェイムズ・パトリック・ブリンド卿。ケランズはブリンドと連絡を取りあい、アメジスト号の状況と事態の進展を逐次報告していた。

「台風が近づいてきた場合の」：ケランズが送った実際の暗号メッセージ。脱出を計画していることをほのめかしている。

「岸から離れて」：司令長官からの実際の返答。計画の実行承認を暗に伝えている。

第21章　脱出

「こんなところで会うとは奇遇だな」：アメジスト号が呉淞《ウースン》の要塞を通過して自由になったとき、コンコード号からアメジスト号に実際に送られたメッセージ。

「船の姿がこんなにありがたかったことはない」：返信として実際に送られたメッセージ。

「呉淞《ウースン》の南で再び艦隊に」：香港にいる司令長官にケランズが実際に送ったメッセージ。

「イギリス海軍艦アメジスト号の」：国王ジョージ六世からアメジスト号に対して実際に贈られた言葉。

第22章　暑くて見える

「実行までは秘密にしたほうがいい」：南京に駐在する英大使ラルフ・スティーヴンソン卿は、シンガポールの英外務省に電報を打ち、「コンコード号が中国領水内に入ったことを断じて公表すべからず」と指示した。一九四九年八月二日付けの海軍による新聞発表にも、「コンコード号は揚子江の河口に待機して、アメジスト号が攻撃を受けたら上流に向かう態勢を整えていた」とのみ記された。二〇一三年七月になってようやく、当時コンコード号がすでに河口から五七海里（約一〇六キロ）上流にいたことを時の英防衛大臣が認めた。

「連合軍マスコットクラブ」：PDSA（傷病動物援護会）の一部門。戦時に活躍した動物に対して勲章を授与する役割をもつ。PDSAはイギリスの動物愛護団体。一九一七年、貧困層が飼育する動物の治療を目的に、マリア・ディッキンによって創立された。

「PDSAディッキン・メダル」：PDSAの創始者であるマリア・ディッキンが、戦時における動物の勇敢な行動を讃えるために設立した勲章。メダルのリボンは緑色、焦げ茶色、薄い水色の三色で、それぞれ水、大地、空気を表わし、海軍、陸軍、民間防衛および空軍を象徴している。メダルは青銅製で、表面《おもてめん》には「PDSA」の文字と、「武勇を賞して」および「われわれも奉仕する」という言葉が刻まれている。二〇一四年五月現在、受章した動物は合計六五匹。内訳は、馬三頭、伝書鳩三二羽、犬二九匹。そしてサイモンが猫としては唯一授与されている〔訳注　二〇一八年二月現在、馬四頭、伝書鳩三二羽、犬三三匹、猫一匹の合計七〇匹〕。

「サイモン二等水兵殿」：以下、ケランズがサイモンをＰＤＳＡディッキン・メダルに推薦したときの文言をそのまま使用した（サイモンが勇気を奮ってネズミを殺しはじめるまでにかかった時間については、本書では物語の便宜上、実際とは異なるようにした。つまり、実在したサイモンは本書のサイモンの言葉以上に勇敢だったのだ！）。

第23章　水準にかなう

「ぼくたちはイングランドのプリマス港に」：アメジスト号は一九四九年一一月一日にプリマス港に入り、熱狂的な歓迎を受けた。修理を終えて香港を発《た》ったのは九月九日だった。

「アメジスト号、見事な働き」：プリマス管区司令長官の海軍大将ロバート・バーネット卿が、アメジスト号帰還時に水兵に向けて実際に行なった歓迎演説の一部。

第25章　家に帰るとき

「ケンエキって呼ばれる場所」：サイモンが連れていかれたのは、プリマスから約三〇〇キロ離れたロンドン南部のサリー州にある検疫所。滞在中、何人かの水兵が面会に訪れた。

「海軍教会というところまで行進」：一九四九年一一月一六日、アメジスト号の乗組員は、古くから「海軍教会」として知られるロンドンのセントマーティン教会で感謝祭の礼拝に参加した。そのとき教会の前廊の上には、海軍最高執行委員会から献呈された軍艦旗が掲げられた。礼拝後、陸軍総司令部閲兵場で閲兵式が行なわれ、街路は水兵を讃える市民であふれた。賛美歌「いざやともに」を歌ったのち、L・M・チャールズ・エドワーズ主教が「海軍の祈り」を読みあげ、短い讃美歌と祝禱《しゅくとう》が続いた。その後、乗組員は行進をし、ロンドン市長主催による祝賀昼食会に出席した。

「すごくたくさんの人がぼくのことを」：サイモンのもとには、カード、手紙、詩、食べ物、その他の小包などが、多いときで一日二〇〇点も届いた。

エピローグ

「ブルークロス」：一八九七年にロンドンで設立された動物救護団体。勇敢な行動や英雄的行為を行なった動物にメダルを授与している。

「サイモンの墓には記念碑が」：これとは別に、プリマスにあるPDSAの病院には、彫刻家のエリザベス・マンツの手による記念額が飾られている。一九五〇年四月一三日、ジェフリー・L・ウェストン副長によってこの額の除幕式が行なわれた。

【著者】ジャッキー・ドノヴァン（Jacky Donovan）
イギリスの作家。9つの命とまではいかないものの、2つか3つは十分にもっている。夫に従順な主婦でいることに嫌気が差し、10年あまり前に荷物をまとめてサウサンプトンからロンドンへ、それからスペイン領グランカナリア島へと移り住む。著書に、自叙伝『*Instant Whips and Dream Toppings*』（2015年8月）と、第二次大戦時にアメリカで英雄となった犬に関する『*Smoky*』（2016年3月）がある。

【訳者】梶山あゆみ（かじやま・あゆみ）
東京都立大学人文学部英文学科卒業。訳書にヘルドブラー／ウィルソン『ハキリアリ』、ブラウン『冥王星を殺したのは私です』、スミス／マクラウド兄弟『ゆる犬図鑑』（以上、飛鳥新社）、ハマー『アルカイダから古文書を守った図書館員』（紀伊國屋書店）、ウォード／カーシュヴィンク『生物はなぜ誕生したのか』（河出書房新社）、ウォルター『この6つのおかげでヒトは進化した』（早川書房）、デンディ／ボーリング『自分の体で実験したい』（紀伊國屋書店）ほか多数。

サイモン、船に乗る

2018年4月18日　第1刷発行

著　者　ジャッキー・ドノヴァン
訳　者　梶山あゆみ
発行者　土井尚道
発行所　株式会社　飛鳥新社
〒101-0003東京都千代田区一ツ橋2-4-3
光文恒産ビル
電話（営業）03-3263-7770（編集）03-3263-7773
http://www.asukashinsha.co.jp

印刷・製本　中央精版印刷株式会社

ISBN978-4-86410-568-2

編集担当　畑 北斗